Anne K. Malkomes

Die Begleiter der Aphrodite

Ein Kýthera-Reise-Krimi

Anne K. Malkomes

Die Begleiter der Aphrodite

Ein Kýthera-Reise-Krimi

Bibliografische Information der Deutschen National-bibliothek:
Die Deutsche Nationalbibliothek verzeichnet diese Publikation in der Deutschen Nationalbibliografie; detaillierte bibliografische Daten sind im Internet über http://dnb.dnb.de abrufbar.

Foto: Anne K. Malkomes
Umschlaggestaltung & Karte von Kýthera: Uli Viereck, Hamburg, www.viereck.co

Verlag: BoD · Books on Demand GmbH,
In de Tarpen 42, 22848 Norderstedt
Druck: Libri Plureos GmbH, Friedensallee 273,
22763 Hamburg
ISBN: 978-3-7597-8533-6

Inhaltsverzeichnis

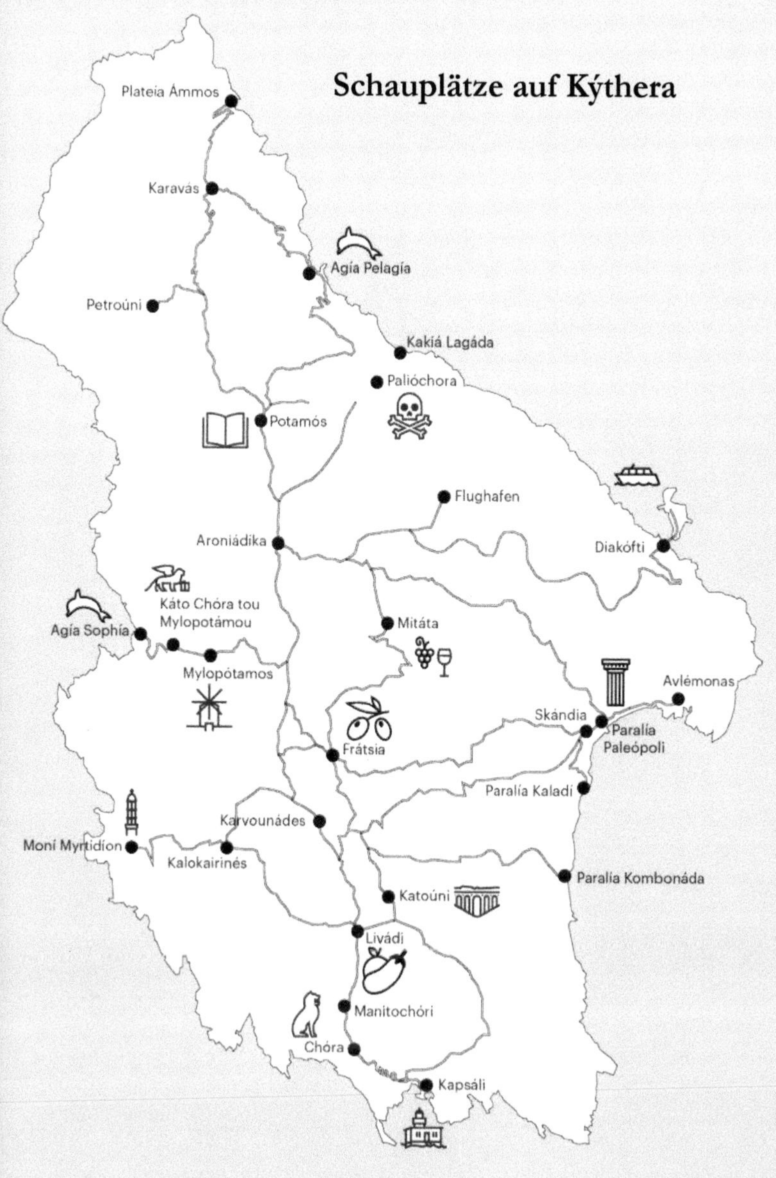

Schauplätze auf Kýthera
Plateia Ámmos
Karavás
Petroúni
Agía Pelagía
Kakiá Lagáda
Palióchora
Potamós
Flughafen
Aroniádika
Diakófti
Káto Chóra tou Mylopotámou
Agía Sophía
Mitáta
Avlémonas
Mylopótamos
Skándia
Paralía Paleópoli
Frátsia
Paralía Kaladí
Moní Myrtidíon
Karvounádes
Kalokairínés
Paralía Kombonáda
Katoúni
Livádi
Manitochóri
Chóra
Kapsáli
Chýtra

Verdächtige Gestalten

Die Hitze flirrte auf dem Fähranleger, auf dem verlassen einige Autos schwitzten. Der schmale Sandstrand, der zu beiden Seiten des Anlegers auslief, war menschenleer und müde Wellen liefen lautlos an Land aus. Möwen tauchten geräuschlos durch die Lüfte. Auf der Hauptstraße, die parallel zum Ufer verlief, rollten träge einzelne Fahrzeuge. Die dahinter liegenden Häuser des Ortes schwiegen und blickten stumm auf den Pier.

Eine zähe, doch gespannte Schläfrigkeit hatte den gesamten Ort erfasst. Wie ein Tier, zum Sprung bereit, lauerte Neápoli unter der Mittagssonne. Ob einheimisch oder fremd, man wartete. Gut geschützt saß man unter riesigen Sonnenschirmen in den Cafés und Restaurants, die sich auf der weiß getünchten Promenade, die das Ufer einfasste und Land von Meer schied, aneinanderreihten. Man trank Fréddo oder aß Chtapódi, Oktopus, um sich die Zeit zu vertreiben, bis – endlich – das Schiff käme.

Genüsslich schob sich Lena ein weiteres Stück Oktopus in den Mund, als plötzlich das Kreischen eines gequälten Motors die Stille zerriss. „Ti Malákas! Was für ein Idiot!“, stieß sie hervor und versuchte vergeblich die Gabel aufzufangen, die ihr vor Schreck aus der Hand gerutscht war und nun laut klappernd auf dem Boden unter dem Tisch landete. „Gamóto! Verdammt!“, fluchte sie, „Mein schöner Chtapódi!“

Erneut heulte ein Motor auf, dann hörte man das aufgeregte Tuckern schwerer Motorräder, die sich in rasantem Tempo durch die Gassen des Ortes der Uferpromenade näherten. Schon rauschten zwei schwarze Feuerstühle auf den Anleger. Die Bremsen quietschten, dann erstarben abrupt die Maschinen und ein dichter Geruch von Benzin und Gummi hüllte alles ringsum ein. Lässig glitten die ganz in Schwarz gekleideten Fahrer von ihren Böcken und nahmen die Helme ab. Darunter kamen ein Mann und eine Frau zum Vorschein. Unruhig von einem Bein auf das andere tretend verharrten sie neben ihren sich in der Sonne spiegelnden Krafträdern. Im nächsten Moment rollte ein weiteres Motorrad ungesund knatternd auf den Anleger. An das altersschwache, feuerrote Vehikel war ein recht großer, klobiger, mit vielen bunten Aufklebern verzierter Anhänger gekoppelt. Der kugelrunde Fahrer hatte sichtlich Mühe, sich in Balance zu halten und rechtzeitig vor den beiden schwarz Gekleideten anzuhalten. Schon fuchtelte der Mann aufgeregt mit beiden Armen durch die Luft, als könne er so das herannahende Unglück aufhalten, da brachte der Kugelrunde sein Gefährt endlich zum Stehen.

„Agápi mou", schmeichelte eine samtige Stimme neben ihr und ein zärtlicher Kuss traf ihr Ohr.

Nur widerstrebend löste Lena ihren Blick von diesem Spektakel, wandte den Kopf und fiel sogleich in die Augen ihres Gegenübers. Ihre Blicke sanken ineinander, verschlangen sich, tauchten bis zum Meeresgrund. Nie, nie, nie würde es genug sein. Immer, immer, immer wieder. Aiónios. Ewig.

Ein Handy klingelte. Hektisch angelte Sokrates in seiner Tasche danach, zuckte entschuldigend mit den Schultern, stand auf und entfernte sich einige Schritte.

„Natürlich!", dachte Lena, „Mutter! Und Muttersöhnchen!" Leichter Groll rollte ihr durchs Herz, doch den schob sie schnell zur Seite. „Viel zu schön! Und außerdem …" Schnell ließ sie den Blick schweifen. Wo waren diese drei Motorradfuzzis? Ein zufriedenes Grinsen stahl sich in ihre Mundwinkel, als sie die drei erblickte, die sich gerade im angrenzenden Café niederließen.

Der eine, der zusammen mit der Frau gekommen war, war groß, schlank und hatte ein extrem großes und schmales Riechorgan, das gebogen wie ein Vogelschnabel aus seinem Gesicht ragte. Seine Haare waren rabenschwarz und fielen fusselig bis auf die Schultern. Der kleine Kugelrunde mit dem exorbitanten Gefährt trug eine Kartoffelnase im Gesicht. Seine spärlichen Haare standen verschwitzt vom Kopf ab. Die Frau schließlich war mittelgroß, muskulös und drahtig. Das Auffallendste an ihr waren aber die grellrot gefärbten Haare, die ihr wild um den Kopf standen.

„Rote Zora", sann Lena, doch so richtig wollte dieser Vergleich nicht passen.

Gerade rückte Vogelnase der Rothaarigen den besten Stuhl am Tisch zurecht, während der Kugelrunde unnütz um sie herumwieselte und dabei fast den Sonnenschirm umriss. Seine hastig gestammelten Entschuldigungen bewahrten ihn nicht vor ihrem eisigen Blick.

Kaum hatten sich alle drei gesetzt, da pfiff die Rote auf den Fingern nach dem Kellner und rief: „Phíle, sollen wir ewig warten?" Das Sagen hatte also eindeutig sie. Das verriet auch ihr herrisch verbissener Mund, der nun nach dem herbeigeeilten Kellner schnappte: „Wurde auch Zeit! Drei Fréddo! Flott!"

„Fehlt nur noch die Peitsche“, dachte Lena und ein leises Frösteln lief ihr über den Rücken. Sie war froh, dass Sokrates in diesem Moment auf seinen Stuhl neben ihr plumpste. Hastig griff sie nach seiner Hand und verschränkte die Finger mit seinen.

„Óla endáxi?“, fragte er sie, „Du bist ein bisschen blass um die Nase.“ Besorgt sah er sie an.

„Óla kalá“, flüsterte Lena, „aber die Gestalten da“, dabei nickte sie mit dem Kopf in deren Richtung, „sind ein bisschen seltsam.“

„Wieso flüsterst du?“, flüsterte Sokrates.

„Weiß auch nicht“, kicherte Lena leise.

„Meinst du“, raunte Sokrates verschwörerisch, „das sind die nächsten Ganoven, die du zur Strecke bringen wirst?“ Seine Augen neckten sie.

„Maláka“, sagte Lena entrüstet und knuffte ihn in die Seite.

„Erwischt“, gluckste Sokrates und tippte ihr auf die Nasenspitze, „du legst es also wieder darauf an, der Polizei ins Handwerk zu pfuschen und die Gangster zu schnappen!“

„Ganz genau“, schmunzelte Lena, „schließlich bin ich die Gattin des Kommissars!“

Flitterwochen

Versonnen betrachtete Lena ihren Ehering, der frisch an ihrem Finger glänzte. „Verheiratet", durchfuhr es sie wieder einmal und ihr Herzschlag beschleunigte sich, „Sokrates und ich sind verheiratet! Wirklich und wahrhaftig. Ich kann es immer noch nicht glauben!" Eine warme Welle des Glücks durchrollte sie.

Was war sie aufgeregt gewesen! Nicht so sehr vor ihrem sogenannten großen Tag, mit dem alle Welt sie verrückt gemacht hatte, sondern in Vorfreude auf ihre Flitterwochen! Vier unendlich lange Wochen, nur sie zwei – die frischgebackenen Eheleute Lena und Sokrates! Dabei freute Lena sich nach all dem Trubel nicht nur auf ungestörte Zweisamkeit. Für sie markierten ihre Flitterwochen den Beginn ihres gemeinsamen Lebens, da sie sich bisher in ihrer Fernbeziehung zwischen Deutschland und Korfu aufgerieben hatten. Die Zeiten, in denen sie sich nicht hatten sehen können, da Sokrates als Kommissar auf Korfu unabkömmlich oder Lena als Reisejournalistin in ihrem Verlag in Deutschland gebraucht worden war, die Wiedersehen auf griechischem oder deutschem Boden, die gleichzeitig wunderschön innig und überzuckert von vorweggenommenem Abschiedsschmerz gewesen waren, die vielen, schier herzzerreißenden Lebewohls auf unpersönlichen Flughäfen, das Zerrissen-Sein des Lebens in eines ohne und eines mit dem Anderen, die Unsicherheiten, dass die Liebe verlöschen könnte – das alles war nun vorbei. Endlich blickten sie in eine gemeinsame Zukunft und daran konnte selbst Meropi, Sokrates' Mutter, nichts mehr ändern. Schließlich waren sie vor Gott und der Welt rechtmäßig verbundene Eheleute.

Meropi hatte alles nur Erdenkliche unternommen, um die Beziehung zwischen Sokrates und Lena zu torpedieren, denn sie hatte ihren Sohn unbedingt mit Sophia verheiraten wollen. Nach alter, hinterwäldlerischer Tradition hatten Meropi und Sophias Mutter ihre Kinder einander an der Wiege versprochen. Doch Sokrates hatte sich zu Lenas Erstaunen dieses Mal nicht dem Willen seiner Mutter gebeugt.

Ihre beste Freundin Niki hatte es ihr direkt nach der Taufe ihrer Tochter Anna vor gut zwei Jahren prophezeit. „Wenn Sokrates etwas will – und dich will er, daran besteht kein Zweifel –, dann wird er nicht zaudern! Er wird alle Hebel in Bewegung setzen und dich im Handumdrehen heiraten!"

Lena hatte damals ihre Freundin ausgelacht. „Wieso sollte Sokrates plötzlich eine solche Bestimmtheit an den Tag legen?", hatte sie gedacht und sich gründlich geirrt. Sokrates hatte, unterstützt von seinem Vater Lakis, seine Liebe zu ihr gegen seine Mutter verteidigt.

War das noch der Sokrates, der sie auf Nikis Hochzeit so schmählich hatte sitzen lassen, als Meropi dies von ihm gefordert hatte? Es musste der Sokrates sein, der ihr im Garten des Achilleion das Leben gerettet hatte. Mit dem sie während ihres ersten gemeinsamen Urlaubs auf Thássos auf der Spur des Marmors in manch schrecklichen Abgrund geblickt hatte. Der ihr einen so romantischen Antrag gemacht hatte. Der sie schlicht und ergreifend offenbar liebte.

Sokrates hatte alsdann die Hochzeitsvorbereitungen

mit einer so großen Verve vorangetrieben, dass Lena manchmal schwindelig geworden war, aber gezweifelt hatte sie nie.

Was war das für ein fieberhafter Trubel gewesen. Nicht nur Sokrates, sondern auch Niki war völlig aus dem Häuschen gewesen. „Wie Niki eben so ist", schmunzelte Lena, die ihre Freundin nur allzu gut kannte. Immerhin waren sie seit Kindesbeinen miteinander vertraut. Lenas Großeltern waren jeden Sommer aus Deutschland, wohin sie als Gastarbeiter gegangen waren, in ihr Dorf auf der Peloponnes zurückgekehrt und ihre Enkelin hatten sie natürlich mitgenommen. Nikis Familie hatte damals im Haus nebenan gewohnt und so hatten Lena und Niki zusammengefunden. Von Anfang an hatten sie eine ganz besondere, innige Verbindung zueinander gehabt.

„Kaum verwunderlich, dass wir jetzt sogar miteinander verwandt sind", lächelte Lena.

„Ohne mich gäbe es gar keine Hochzeit!", war Niki nicht müde geworden zu betonen, worauf Lena stets geantwortet hatte, „Stimmt. Ohne dich hätte ich Sokrates niemals kennengelernt. Allerdings hätte er mir dann auch nicht auf deiner Hochzeit mit deinem Vassilis, seinem Cousin, das Herz brechen können!" Darauf hatten sie herzlich gelacht und sich in den Arm genommen. Es war ja alles gut geworden.

Davon, dass Lenas Hochzeit etwas ganz Besonderes werden müsse, ließ sich Niki jedoch nicht abbringen. Sie war um Lena herumgeschwärmt, als gälte es, eine königliche Vermählung zu organisieren. Unentwegt hatte sie telefoniert und alle auch nur im entferntesten mit der

Eheschließung Betrauten völlig verrückt gemacht. Nichts war ihr gut genug erschienen, sodass zum Beispiel Lenas Patenkind, Nikis Tochter Anna, nicht nur ein angemessenes, sondern gleich mehrere niedliche Kleidchen besaß, die sie wahrscheinlich niemals würde auftragen können, so schnell, wie sie wuchs.

Bei der Hochzeitstorte hatte Niki sodann völlig übertrieben. An einem Sonntagnachmittag hatte sie den engsten Familienkreis zum Testen beordert. Das, was sie zum Probieren vorgefunden hatten, waren allerdings nicht zwei oder drei Torten, sondern veritable Tortenberge. Ihnen war im Anschluss so furchtbar übel gewesen, dass sie alle am folgenden Tag nicht hatten arbeiten können. Da hatte auch kein Ouzo mehr geholfen.

Wenn Lena eingewandt hatte, dass Niki nicht so übertreiben solle, hatte Niki sie stets mit großen, unschuldigen Augen angesehen und gesagt: „Aber es ist doch deine Hochzeit, Nífi! Und die lasse ich dir nicht vermiesen! Schließlich gehörst du jetzt einwandfrei und ohne Zweifel ganz und gar zur Familie! Lena: Familie!"

Auch Nikis Schwiegereltern hatten sich liebevoll um Lena gekümmert, fast als sei sie wirklich Nikis Schwester, der sie in dem ganzen Tumult hatten beistehen müssen.

Ebenso rührend war Sokrates' Vater Lakis gewesen. „Ach, Laki", dachte Lena liebevoll, „wenn du mich nicht manches Mal vor Niki und vor allem vor deiner Frau gerettet hättest in dieser verrückten Hoch-Zeit der Vorbereitung meiner Hochzeit …" Von Zeit zu Zeit hatte Lakis nämlich angerufen und mit ihr über alles Mögliche geplaudert außer über die Hochzeit, wofür

Lena ihm dankbar war. Nur Meropi hatte sich strikt aus allem herausgehalten. Wenn es sich nicht hatte vermeiden lassen, dabei zu sein, so wie beispielsweise bei der mittlerweile legendären Tortenschlacht, dann hatte sie versucht, mit ihrem sauertöpfischen Gesicht den Anderen die Laune zu verderben. Das war ihr allerdings nie gelungen, denn Lakis hatte stets darüber gewacht, Meropi mit irgendeiner Aufgabe weitab zu beschäftigen. Auch dafür war Lena ihm sehr dankbar.

„Lakis ist schon ein Phänomen!", dachte Lena amüsiert bei dem Gedanken an ihren Schwiegervater, „Obwohl er nur wenige Brocken Deutsch kann, hat er sich ausgezeichnet mit den Gästen aus Deutschland verstanden! Allerdings könnte der hauseigene Kumquat-Likör oder der Ouzo nicht unwesentlich zur Völkerverständigung beigetragen haben. Wie sagte mein Pappoús immer: To oúzo voitháei pánta. Ouzo hilft immer. Recht hat er!"

Ihre Verlagskolleginnen und -kollegen sowie ihre Freundinnen und Freunde aus Deutschland waren fast ebenso aufgeregt wie Niki gewesen. „Wie sieht eine griechische Hochzeit aus?" „Wie läuft sie ab?" „Was müssen wir anziehen?" Mit diesen und ähnlichen Fragen hatten sie Lena schier gelöchert.

„Mittlerweile könnte ich einen Ratgeber schreiben: die griechische Hochzeit – Anleitung für deutsche Gäste." Lena kicherte.

Eigentlich hatte es ihr sehr viel Spaß gemacht, immer wieder von ihrer Hochzeit zu erzählen. Gerne hatte sie erklärt, dass sich die Festgesellschaft anders als in Deutschland zunächst auf dem Kirchplatz versammeln werde, um auf Braut und Bräutigam zu warten. Dann werde zuerst der Bräutigam Sokrates mit seinen Eltern kommen und auf sie, die Braut, vor dem Kirchportal warten. Darauf werde Lena mit ihrem Familienersatz, ihrer besten Freundin Niki, deren Mann Vassilis und ihrer Tochter Anna erscheinen. Nachdem die Festgäste auch die Braut begrüßt hätten, dürften sie bereits in die Kirche gehen. Der Priester werde dann das Brautpaar und die Trauzeugen am Portal abholen. Gemeinsam werde es dann in die Kirche hineingehen, allerdings ohne Orgelmusik. „Ohne Musik?“, hatten ihre Kolleginnen und Kollegen entsetzt gefragt. „In der orthodoxen Kirche gibt es keine Instrumente, nur Gesang“, hatte Lena richtiggestellt.

Die Zeremonie werde ebenfalls etwas anders als in Deutschland aussehen. Die Brautleute würden mit den Trauzeugen, in ihrem Fall Niki und Vassilis, und dem Priester am Altar vor der Ikonostase stehen und allerlei heilige Handlungen vollziehen, so zum Beispiel die Krönung mit den Stéphana, den Hochzeitskränzen, Zeichen der königlichen Würde dieses Sakramentes, oder das dreimalige Umschreiten des Altars und das gemeinsame Trinken des Weines als Symbol dafür, dass sie nun als Eheleute in Freud und Leid gemeinsam ihren Weg gehen würden.

Nach der Trauung in der Kirche werde das Brautpaar von den Gästen auf dem Kirchplatz mit einer Reisdusche empfangen, um den Kindersegen zu garantieren. „Reisdusche?“, hatten die Freundinnen und Freunde entgeistert gefragt, „Wie verschwenderisch! Zum Glück hat man das in Deutschland abgeschafft!“ Die Kouféta, kleine, aufwendig hübsch verpackte Süßigkeiten für die Gäste, hingegen waren auf große Zustimmung gestoßen.

Das größte Erstaunen hatte allerdings bei den deutschen Gästen die schiere Anzahl der Eingeladenen hervorgerufen. „Über dreihundert? Ihr werdet mit mehr als dreihundert Personen feiern? Wie geht das? Das ist völlig verrückt." Darauf hatte Lena nur mit den Achseln gezuckt. Wie hätte sie das verhindern können? Ihre Schwiegereltern waren nun einmal als Bio-Kumquat-Erzeuger bekannt auf Korfu und mussten vielfältige Kontakte pflegen, sodass zwangsläufig viele Menschen hatten eingeladen werden müssen.

Dann war der große Tag plötzlich da gewesen. Lena erinnerte sich sehr gut daran, wie angespannt und voller Zweifel sie gewesen war bis zu diesem einen Moment vor dem Kirchportal, als sie auf Sokrates, ihren Gambrós, zugeschritten war und sich ihre Blicke getroffen hatten. In diesem Moment hatten sie beide gespürt, dass sie zusammengehörten. Eine Gänsehaut überzog Lenas Körper, so intensiv wirkte dieser Augenblick bis heute in ihr nach.

Danach war alles wie ein Glücksrausch gewesen. Seite an Seite waren sie in die Kirche geschritten und hatten am Altar gestanden und waren durch die Zeichen und Riten miteinander im Mysterion, im Sakrament der Ehe verbunden worden.

„Der Priester war allerdings sehr speziell", dachte Lena belustigt. Genauer gesagt hatte er so stark genuschelt, dass sie fast geglaubt hatte, er spräche eine fremde Sprache. „Dennoch", schmunzelte sie, „auch ohne Nikis ziemlich laut geflüsterte Aufforderung ‚Los! Jetzt!‘ hätte ich die Bibelstelle sicher nicht verpasst!“ Traditionellerweise traten nämlich die Bräute ihren Bräutigamen auf den Fuß, wenn der Vers über die Unterordnung der Frau unter ihren Mann aus dem Paulusbrief vorgelesen wurde. Sokrates beschwerte sich immer noch, dass sein blauer Fleck wohl nie verschwinden würde.

„Am schönsten“, überlegte Lena, „war allerdings, als wir als frisch Vermählte aus der Kirche traten und in all die freudigen Gesichter blickten! Niki und Vassilis mit Anna, unsere neuen Freunde Marina und Marios von Thássos, mein Chef Hans, die Kolleginnen und Kollegen, Freunde und Freundinnen. Nikis Schwiegereltern und Lakis. Selbst die Menschen, die ich kaum kannte, die wir aber unbedingt einladen mussten, weil es sich so gehört. Nur Meropi störte ein wenig, aber über ihre sauertöpfische Miene wird sie sich selbst ärgern müssen, wenn sie die Fotos sieht!“ Geärgert hatte sich Lena an diesem Tag nicht über ihre frisch gebackene Schwiegermutter.

„Das Fest auf Lakis’ Kumquat-Plantage war ebenfalls wundervoll! Bei der Deko hat Niki sich übertroffen! Alles wirkte wie verzaubert. Romantisch, aber nicht kitschig. Weiße Tischdecken, rustikal einfache Stühle, bunte Lampions, die wie lustige Glühwürmchen in den Olivenbäumen tanzten. Prachtvolle weiße und rosa Rosen üppig auf den Tischen arrangiert. Kerzenlicht, das in den Gläsern schimmerte. Und was für eine bombastische Stimmung!“ Lena grinste breit.

Lakis und Meropi sowie Nikis Schwiegereltern hatten

die nach und nach eintrudelnden Gäste in Empfang genommen und ihnen reichlich vom hauseigenen Kumquat-Likör als Aperitif angeboten. Entsprechend ausgelassen war die Stimmung gewesen, als Lena und Sokrates nach ihrem Fotoshooting endlich mit ihrem Brautwagen vorgefahren waren. Alle Gäste hatten sich erhoben und fröhlich getuschelt: „Da kommen sie! Das Brautpaar!" Die Musik hatte die tanzende Freude aufgenommen und mit den rhythmischen Klängen der griechischen Weise angeheizt, sodass ihre Ankunft wie eine Art Triumphmarsch gewesen war. Vorbei an Meropi und der verhassten Sophia, die wie das sprichwörtlich heulende Elend am Rande gestanden hatten, und hinein in die muntere Menge ihrer Freundinnen und Freunde, Kolleginnen und Kollegen. Ausgelassen hatten sie gefeiert, bis selbst der Morgenstern langsam verblasste.

„Und jetzt Kýthera", murmelte Lena. Eine Welle der Wehmut flutete ihr Herz. Einmal nach Kýthera zu reisen, davon hatten ihre geliebte Giagiá und ihr geliebter Pappoús immer geträumt. Diese Insel war für sie so etwas wie ein mythischer Sehnsuchtsort gewesen – vielleicht, weil man sich in ihrem Dorf auf der Peloponnes so viel Phantastisches über dieses Eiland erzählt hatte. Sie hatten diese Reise jedoch nie angetreten. Zuerst, als sie jung waren, waren sie zu arm gewesen, um sich ein solches Vergnügen leisten zu können. Später, als sie als Gastarbeiter genug Geld verdient hatten, hatten sie bei ihren Besuchen in Griechenland nichts Anderes gewollt, als in ihr Dorf zu fahren. Und dann, als sie schon Rentner gewesen waren und flexibel gewesen wären, hatten sie nach dem plötzlichen Tod ihrer Tochter ein

Kind zu versorgen gehabt, ihre Enkeltochter Lena.

Lena seufzte schwer. Sie vermisste ihre Großeltern jeden Tag.

„Korítsi mou, mein Mädchen", hörte sie ihre Giagiá und ihren Pappoú leise tadelnd raunen.

Folgsam blinzelte Lena eine Träne weg und dachte im nächsten Moment an eine Geschichte, über die sich ihre Großeltern herzlich amüsiert hatten. Damals, als sie mit Niki auf Entdeckungstour durch Griechenland gegangen war, hatten sie eigentlich auch nach Kýthera gewollt. Allerdings war ihnen das Schiff in Gýtheio, dem anderen Fährhafen neben Neápoli, von dem aus die Insel zu erreichen war, vor der Nase davongefahren. Ihre Großeltern hatten daraufhin sogar das Lied „Ta Kýthera poté de tha ta vroúme", „Kýthera werden wir niemals finden" von Giorgos Katsaros und Charis Lymberopoulos auf sie umgedichtet und sie damit, lauthals gesungen, gefoppt: „Kýthera werdet ihr niemals finden, ihr habt das Schiff verpasst."

„Zum Glück haben wir das Schiff verpasst", schmunzelte Lena, „denn sonst hätte Niki niemals ihren Vassilis kennengelernt und ich hätte niemals Sokrates getroffen! Sokrates wäre niemals Annas Nounós geworden und ich niemals Annas Nouná und so hätte Sokrates nie eine zweite Chance bekommen. Vielleicht hat Kýthera sogar darauf gewartet, dass ich sie mit meinem Herzensmenschen besuche. Immerhin ist sie die Insel der Aphrodite, der Göttin der Liebe."

Dass ihre Großeltern sie jetzt so glücklich sehen konnten, hoffte Lena. Das Schiff würden sie dieses Mal jedenfalls ganz bestimmt nicht verpassen.

Porphyrousa

Mit der Schläfrigkeit war es schlagartig vorbei, als am Horizont die Porphyrousa auftauchte. Der weiße Schiffskörper durchpflügte gemächlich, aber bestimmt das blaue Meer in Richtung Neápoli. Am Land brach eifrige Geschäftigkeit aus: plötzlich fluteten drängelnd und hupend Autos die Hauptstraße, zukünftige Passagiere, die gerade noch friedlich in einem der Cafés gesessen hatten, riefen hektisch nach der Rechnung, sammelten ihre sieben Sachen und eilten zu ihren Wagen, Kellner kreisten, um rasch abzukassieren. Über dem Gewusel schwebten die scharfen Pfiffe von Trillerpfeifen, denn auch die örtliche Polizei nahm teil: Die Hauptstraße wurde in beiden Richtungen großräumig von vier Beamten abgesperrt, sodass sich der Verkehr alsbald zu stauen begann. Auf dem Anleger hatten sich zwei weitere Polizisten postiert und begannen, die Fahrzeuge, die zum Schiff wollten, natürlich mittels ihrer Trillerpfeifen einzuweisen, allerdings so, dass sie sich fast ineinander verkeilten. Das Chaos war perfekt.

„Nichts gegen deine Kollegen", grinste Lena, „aber das ist das beste Chaos-Ballett mit Pfeifkonzert, das ich je gesehen und gehört habe."

„Sollten wir nicht langsam auch zu unserem Auto gehen", drängelte Sokrates ein wenig knurrig, da er, wenn es um die Polizei-Ehre ging, wenig Spaß verstand.

Begütigend strich Lena ihm über die Wange: „Sokrati. Sigá! Langsam! Das Schiff ist doch noch weit weg!" Sie saß entspannt auf dem bequemen Sessel, hatte die Beine weit von sich gestreckt und schlürfte vergnügt ihren

Fréddo. Sokrates lehnte sich ebenfalls zurück, konnte aber seine Rastlosigkeit nur schwer unterdrücken und rutschte unruhig hin und her.

„Unglaublich", rief Lena aufgeregt und beugte sich gefährlich weit über die Reling, um einen besseren Blick auf das Deck unter ihnen zu haben. Sokrates schmunzelte und legte ihr liebevoll den Arm um die Schultern. So war sie. Außer Rand und Band, wenn sie etwas gepackt hatte. Er drückte einen Kuss auf ihre Schläfe. Unwillig schüttelte Lena leicht den Kopf. „Nun schau doch mal!", forderte sie ihn leicht tadelnd auf.

Das Geschehen auf dem Deck unter ihnen war wahrlich sehenswert. Über eine steile Rampe schoben sich die Autos mühsam hoch, rollten aufs Deck und wurden sogleich in Empfang genommen. Ein breitschultriger, sonnenbrauner Mann in olivgrüner Kleidung und einem großen Schlapphut auf dem Kopf dirigierte sie mal lockend, mal nachdrücklich vor und zurück, ein bisschen weiter rechts, etwas mehr links, weiter nach hinten, noch weiter, noch weiter, noch weiter und Stopp. Dem Fahrer lief der Schweiß über die Stirn bei diesem engen Einparkmanöver.

„Wie Tetris", stieß Lena begeistert hervor und stupste Sokrates in die Seite. Tatsächlich wurden die Autos wie die verschiedenen Bausteine in dem Spiel hin und her rangiert, bis sie die richtige Position hatten, was so viel hieß, dass sie fast lückenlos hinter- und nebeneinander standen.

„Der Typ ist ein Phänomen", bemerkte Sokrates anerkennend.

„Ich wette, unten im Schiffsbauch ist es wegen der Hitze, des Abgasgestanks und des Lärms nicht halb so entspannt, nur etwas großzügiger als hier zum Parken."

Sokrates zuckte die Achseln. Dann löste er sich von der Reling und fragte: „Magst du auch einen Fréddo?"

Lena nickte abwesend, drehte dann aber den Kopf und strahlte ihn an. „Agapoúla, ich bleibe noch ein bisschen und schaue?"

Sokrates zwinkerte ihr zu und entfernte sich.

Auf dem Deck unter ihr, an der Absperrung zwischen Passagier- und Autobereich wurde es plötzlich hektisch. Ein älterer Herr, der sich schon geraume Zeit wie ein Ertrinkender an das abgrenzende Gitter geklammert hatte, rief laut: „Hey!" Er warf drohend die Faust in die Luft. Seine Brille war verrutscht und saß bedenklich schief auf seiner Nase. „Gamóto! So geht das doch nicht", jammerte er schrill und wandte sich an den neben ihm stehenden Mann.

„Sostó", bestätigte dieser und schüttelte seinen puterroten Kopf energisch, „rechtlich äußerst fragwürdig, was die Reederei hier macht!"

„Die Autos stehen viel zu eng!", mischte sich nun eine pummelige Frau ein.

„Wenn das Schiff schlingert, dann TAK", rief der Grauhaarige laut und demonstrierte das Aneinanderprallen der Autos, indem er die Handflächen aneinanderschlug. Seine Brille kam noch mehr in Schieflage.

Der Puterrote nickte eifrig. „Genau. TAK!", imitierte er den Grauhaarigen und der Rotton seines Gesichts vertiefte sich um eine weitere Nuance, und die Rundliche sekundierte: „TAK!"

Wild gestikulierend redeten sie aufeinander ein, Wortfetzen wie „Verklagen!" und „Unmögliche Schiffseigner!", „Halsabschneider!" und „Profiteure!" schallten über das Schiff, sie kamen sich bald hier und da mit ihren wild fuchtelnden Armen in die Quere. Kurze Zeit später sah Lena, wie sie die Absperrung eilig umrundeten und auf den Autostapler zuliefen, der sie aber nur wie lästige Fliegen verscheuchte. Dann verlor sie sie aus dem Blick.

Beschwingt drückte Sokrates die schwere Tür zum Inneren des Schiffes auf. Sofort schlug ihm ein widerliches olfaktorisches Konglomerat und Eiseskälte entgegen.

„Wie ich das auf den Schiffen liebe", murmelte er und verzog angewidert das Gesicht.

Der Geruch von Abgasen, die aus dem Schiffsbauch die Treppe heraufzogen, mischte sich mit dem beißenden Uringestank, der von der auf dem Treppenabsatz liegenden Toilette herüberwehte. Diese Mixtur wurde alsdann von der auf Hochtouren brummenden Klimaanlage verwirbelt und ihm direkt ins Gesicht geblasen.

„Gamóto, diese Klimaanlagen!", grummelte er. Fröstelnd zog er die Schultern nach oben. „Und als ob es unbedingt diese Eisschranktemperatur sein müsste!"

Ungeduldig zog er an der nächsten Tür, die in den Salon des Schiffs führte. Hier saßen in akkuraten Reihen diejenigen, die sich nicht auf dem Deck tummeln wollten.

Sokrates runzelte die Stirn, so wie er es immer tat, wenn ihm etwas seltsam vorkam. „Irgendetwas ist hier anders“, überlegte er.

Mit scharfem Blick musterte er die Passagiere, entdeckte aber zunächst nichts Ungewöhnliches. Leise dudelte griechischer Pop aus den verstaubten Lautsprechern. Wie üblich saß man mit einem Fréddo und dem neusten Kinitó, um die Überfahrt zu überstehen. Doch die Langeweile, die sonst auf jedem griechischen Schiff zäh wie Sirup über allem hing, gab es hier nicht. Stattdessen lag etwas wie Sehnsucht in der Luft. Immer wieder schweifte der Blick der großen und kleinen Passagiere durch die Panoramafenster nach draußen, um sich zu versichern, dass man noch nichts verpasst hatte. Fiebrige Erwartung erhitzte die Gesichter. Man sprach miteinander und vereinzelt sichtete Sokrates sogar einen Reiseführer, aus dem eifrig vorgelesen wurde.

„Kalá“, schüttelte er verwundert den Kopf, „diese Insel scheint doch etwas Besonderes zu sein, wenn man hier die üblichen Attitüden aufgibt.“

Weiterhin die Mitreisenden beäugend stellte er sich in die Schlange vor der Bar.

„Unerhört“, schallte es zeternd von deren Spitze, „ich habe drei Fréddos bestellt! Drei!“ Der Kugelrunde mit der Kartoffelnase blies sich vor der Bedienung, einem verängstigt schauenden jungen Mädchen, auf. Dieses hantierte hektisch mit einem weiteren Becher, während der Kugelrunde ungeduldig mit seinen Wurstfingern auf die Theke trommelte. Mit zitternden Händen stellte es schließlich einen weiteren Fréddo vor ihm ab.

„Das macht dann zwölf Euro“, piepste es ängstlich.

„Nichts“, zischte der Kugelrunde, „sollte ich dir geben.“ Damit knallte er das Geld auf den Tresen und schob sich schubsend durch die Menge.

„So ein unhöflicher Grobian", raunte Sokrates und sah kopfschüttelnd dem Mann hinterher, bis der in einer der vorderen Sitzreihen verschwand.

Als die Fähre ablegte, standen Lena und Sokrates einträchtig am Heck, jeder einen Fréddo in der Hand. Das Zittern der großen Motoren durchlief das Schiff und die Fahrgäste, deren Sehnsüchte nun vollends geweckt wurden. Aufgeregt schnatternd flanierte man übers Deck, beäugte und kommentierte das Lichten des Ankers und das entschwindende Festland.

„Ich komme mir vor wie in einem Gemälde von Watteau", sagte Lena unvermittelt.

„Bitte was?", fragte Sokrates verwundert.

„Erinnerst du dich an die Bilder, die ich dir gezeigt habe?"

Sokrates krauste nachdenklich die Stirn. „Von diesem Franzosen?", meinte er dann, „Aus dem 18. Jahrhundert? ‚Einschiffung nach Kýthera' war der Titel und das Gemälde gibt es in drei Ausführungen. Richtig?"

„Akrivós. Genau. Kýthera galt damals als Insel der Liebe und der Harmonie, der Glückseligkeit. Ein Paradies, von Aphrodite-Venus beschützt." Verstohlen wies sie mit dem Kopf auf sich und die Passagiere. „Wir sind wie die Menschen auf Watteaus Gemälden: eingeschifft nach Kýthera, voller Sehnsucht nach diesem paradiesischen Ort, wo Harmonie und Liebe regieren."

„Das stimmt", sagte Sokrates zärtlich und zog sie sanft an sich.

Die Fähre nahm Fahrt auf und je mehr sie sich vom Anleger entfernten, desto mehr enthüllte sich Neápoli. Lena musste unwillkürlich grinsen. Immer, wenn sie ihren Freunden in Deutschland von der Überfahrt von Neápoli erzählt hatte, war Verwirrung entstanden. „Ich dachte, ihr macht Flitterwochen in Griechenland und nicht in Neapel?", hatten sie mit großen, runden Augen hilflos gefragt, was Lena ein ums andere Mal dazu beflügelt hatte zu erklären, dass Neápoli eine kleine griechische Stadt auf dem südöstlichsten Finger der Peloponnes sei und eben nicht die in Italien, gleichwohl Neapel seinen Namen daher habe, dass sie eine griechische Siedlung gewesen sei. Übereifrig hatte sie noch weitere Dinge über Neapels Stadtgeschichte angeführt, doch meistens war sie unterbrochen worden – so auch jetzt.

Sokrates stieß sie in die Seite. „Was für ein Panorama!", sagte er schwärmerisch und zeigte auf Neápoli.

Die Cafés und Restaurants der kleinen Provinzstadt, die sich an der Promenade drängten, schmiegten sich in die dahinter auftauchenden Häuserreihen. Majestätisch erhob sich die sandsteinfarbene Kirche aus dem Häusermeer. Die spärlich grünen Hügel, die sich im Hintergrund erhoben, schlossen die Stadt am Meer wie ein Gehäuse ein.

„Neápoli hat übrigens rund 2000 Einwohner und ist ein wichtiges Zentrum hier am südöstlichen Finger der Peloponnes", begann Lena zu fachsimpeln, „rund um die Stadt wird viel Obst und Gemüse angebaut und auf dem Markt verkauft. Besonders berühmt sind die Zwiebeln, vatikiótiko kremmýdi – eine lokale Spezialität. Ihnen wird bei Halsbeschwerden heilende Wirkung nachgesagt und es gibt ganz ungewöhnliche Rezepte, wie Zwiebel-Cocktail mit Honig, gefüllte Zwiebeln, und natürlich auch die üblichen Speisen, wie Zwiebel-Pita oder -Suppe! Wie schade", rief sie, „dass wir die nicht kosten konnten! Und den Wochenmarkt mit all den bunten Gemüsen und Genüssen haben wir auch nicht besucht!" Etwas ruhiger fügte sie an: „Wenigstens haben wir den berühmten Chtapódi bei den Meistern des Oktopusses verzehrt." Sie räusperte das Bedauern aus ihrer Stimme und fuhr dann fort: „Neben dieser Bedeutung im Agrarbereich ist Neápoli aber auch ein wichtiger Fährhafen. Die Insel Elafónissos mit ihren Traumstränden ist nur etwa 20 Minuten entfernt und Kýthera erreicht man in ungefähr 90 Minuten."

„Niki hatte mich gewarnt", ächzte Sokrates Lena unterbrechend und erntete einen irritierten Blick von ihr. „Sie meinte, dein Reiseleiter-Gen werde immer wieder durchbrechen. Unheilbar." Schmerzhaft verzog er das Gesicht, als hätte er in eine scharfe Zwiebel gebissen.

„Du Schuft!", fauchte Lena und boxte ihn auf den Arm, sodass ihm fast der Fréddo aus der Hand rutschte.

„Kátze kalá", rief er beschwichtigend und hob die freie Hand, wie um sich zu ergeben, und sagte mit sanfter Stimme, „Ich liebe es, dir zuzuhören." Dann zog er sie an sich und verschloss ihren Mund mit einem innigen Kuss.

Der Fahrtwind fuhr angenehm kühl über ihre Haut, als sie wenig später eng aneinandergeschmiegt auf einer Bank saßen. Das blaue Wasser gischtete an der Schiffsseite auf und die Bugwellen liefen in die Weite aus. Aus dem Dunst schälte sich in noch weiter Ferne schüchtern die Insel, auf die die Porphyrousa beharrlich zusteuerte.

Lena genoss Sokrates' Nähe. Sein Duft, der sich mit dem Salz des Meeres verband, umhüllte sie wie ein sicherer Kokon.

Sokrates genoss Lenas Nähe. Ihr Duft, der sich mit dem Salz des Meeres verband, umhüllte ihn wie ein sicherer Kokon.

Nach und nach wurde aus den Schemen eine fest geformte Insel. Deutlich ragte die Nordspitze des Eilands vor ihnen auf und auf einer Anhöhe erhob sich die schlanke Gestalt eines Leuchtturms.

„Kýthera", durchlief es die Menge und es schien, als dampfe nicht nur das Schiff zielstrebig auf dieses Eiland zu, sondern als dränge nun auch jeder Einzelne auf dem Schiff hin zu dieser Insel. Auch Sokrates und Lena wurden davon erfasst. Aufgeregt rutschten sie hin und her, nahmen eine bessere Position ein, um alles genau betrachten zu können. Sanfte Hügelwellen und schroffe Einschnitte zogen an den begierig blickenden Passagieren vorbei. In den Buchten stapelten sich weiß die Häuser der kleinen Ortschaften. Rotes Gestein glühte über blauem Wasser.

Wie ein Feuer sprang jäh ein Wort von Mund zu Mund: „Delfine!" Auch Lena und Sokrates reckten angestrengt die Hälse. Da waren sie. In einem eleganten Bogen hoben sie sich aus den Fluten und tauchten geschmeidig wieder in die Wellen zurück.

„Die Liebesgöttin kann nicht weit sein", sagte Sokrates und zwinkerte Lena zu.

„Ihre Begleiter, die Delfine, sind jedenfalls schon da“, pflichtete Lena ihm bei und lächelte ihn an.

Die Delfine hielten sich ganz nahe der Porphyrousa, so als begleiteten sie das Schiff, das sich nun erwartungsvoll entlang der Ostküste auf den Hafen in Diakófti zuschob. Als die Anlegestelle in Sicht kam, schossen die anmutigen Tiere davon.

Die flachen, weiß getünchten Häuser des Ortes lagen verstreut an den Hängen der karg dahinter aufragenden Berghügel. Die Siedlung lief in eine sanfte Bucht mit schneeweißem Strand aus und das sich davor ausbreitende Meer glitzerte in allen Südseefarben. Noch winzig kleine Menschen planschten munter im Wasser.

„Wie eine Wüstenstadt“, sinnierte Lena und Sokrates nickte zustimmend.

„Eine Wüstenstadt mit Südseestrand“, ergänzte er.

Das Eiland schien ihnen begrüßend zuzuzwinkern und die fröhliche Erregung der Fahrgäste stieg. Das Schiff hielt nun unbeirrt, doch bedächtig auf die Mole zu, die sich auf der vorgelagerten Insel, die mit einem Damm mit Diakófti verbunden war, lag. Die anderen Reisenden strömten ungeduldig ins Schiffsinnere, um sich auf den Ausstieg vorzubereiten. Lena und Sokrates jedoch verharrten noch einen Augenblick.

„Bezaubernd schön“, flüsterte Lena ehrfürchtig und Sokrates drückte sie zärtlich an sich.

Während die hupenden, vom Schiff rollenden und die auf das Einladen wartenden Autos um sie tosten, stand Lena in der vibrierenden Hitze des Anlegers und bestaunte die Bucht von Diakófti. Die Sonnenstrahlen und der leise Wind, die ihre Haut streichelten, das intensive Blau des Wassers und der gleißend weiße Strand, die sich vor ihr ausbreiteten, der karstige Bergrücken, an dessen Hänge sich die weißen Häuser schmiegten, etwas weiter die roten Felsen, an denen sich die Brandung schäumend brach, die Luft, die heiß und salzig und frisch roch – das alles sog Lena in sich auf, bis ihre Körpermitte schließlich glühte und Wellen purer Freude in all ihre Glieder ausliefen. Der raue Charme Kythéras schlug sie in diesem Moment unwiderruflich in Bann und ließ sie wie festgezaubert mitten im Chaos stille stehen.

Als Sokrates das Auto endlich vom Schiff manövriert und Lena in dem Gewimmel ausfindig gemacht hatte, musste er mehrere Male die Hupe betätigen, bis sie endlich auf ihn aufmerksam wurde und ins Auto stieg.

Das beste Bett Kýtheras

Vorsichtig schloss Lena die Balkontür hinter sich. Ihre Kladde und die Stifte legte sie auf den wackeligen Tisch, der angenehm im Schatten stand. Dann trat sie an die Brüstung. Was für ein Ausblick. Vor ihr breitete sich die Bucht von Kapsáli glitzernd blau aus. Meer, Meer und noch mehr Meer. Ganz am Horizont, einige Seemeilen außerhalb der Bucht ragte dreieckig, schroff, Wind und Wellen trotzend eine markante Felsinsel auf, die wie magisch ihre Blicke anzog. Das musste Chýtra sein – ein unbewohntes, wahrscheinlich durch ein Erdbeben entstandenes, schwer zugängliches Eiland, gleichwohl voller Leben. So hatte Lena gelesen, dass dort einige seltene Vogelarten brüteten und sogar Seehunde ihr Refugium hatten.

„Leider nicht mehr", berichtigte sich Lena und schüttelte traurig den Kopf. Touristen, die mit kleinen Booten nach Chýtra gebracht wurden, um die auf der Südseite befindliche blaue Grotte zu bewundern, hatten diese Tiere vertrieben. Wie so oft störten diese Aktivitäten ein solches Biotop empfindlich. Lena seufzte tief: „Tourismus ist Fluch und Segen zugleich."

Ebenfalls intensiv touristisch vermarktet wurde eine nur auf Chýtra und im Süden der Insel wachsende Blume, die gelbe Semprevíva. Ihr Vermieter hatte ihnen einen kleinen Strauß als Willkommensgruß geschenkt und stolz erzählt, dass diese Blumen immer im Juni an den steilen Hängen des Eilands gepflückt würden. Lena misstraute dieser, wie sie fand, allzu romantischen Geschichte.

„Witziger Name allerdings“, schmunzelte Lena, „Chýtra, der Kochtopf! Wenn der Wind die Wolken über diesem Felsen zusammentreibt, dann soll er aussehen wie ein dampfender Kochtopf mitten im Meer. Sehr passend. Aber wieso die Einheimischen Chýtra auch Avgó, Ei, nennen?“

Lenas Blick verweilte noch ein wenig auf dem mächtigen Felsen mitten im Meer und schweifte dann weiter. Rechter Hand erhob sich majestätisch der Fels, auf dessen Gipfel Chóra, die Inselhauptstadt thronte. Von hier unten sah man allerdings nur die wuchtigen Festungsmauern und das weiß getünchte Kirchlein, das vorwitzig über den steinernen Schutz lugte; der Stadtkern hingegen verbarg sich neugierigen Blicken.

„Wie geschickt diese Festung gebaut wurde“, staunte Lena, „Als wären die Mauern aus dem Felsen selbst gewachsen. Beeindruckend!“

Lena bewunderte noch eine Weile Fels und Mauerwerk, bevor ihre Augen weiterwanderten. An den grau, mit dem Grün vereinzelter Kiefern gesprenkelten Flanken des Felsen wand sich auf- oder absteigend die kleine Inselhauptstraße, der sie vor Kurzem ebenfalls gefolgt waren, um endlich in Kapsáli anzukommen.

Den Berg von Chóra trennte eine Schlucht vom Örtchen Kapsáli, die man, wild kurbelnd ob der vielen Haarnadelkurven, fast ohne davon Notiz zu nehmen, über eine solide Brücke überfuhr. Der kleine Hügel, der sich direkt daran anschloss, verschmolz von Lenas Platz aus fast mit dem Felsen von Chóra und allein die weiße Kirche, die von seinem Plateau grüßte, machte ihn sichtbar. Unterhalb des Kirchleins, im Übergang vom

Felsen zum Meer war ein steinernes Gebäude einge-
mauert.

„Was das wohl ist? Eine Befestigung? Aber so nah am
Wasser?“, rätselte Lena – Anlass genug, sich das später
einmal genauer anzusehen. Zumal sie dort abgezirkelte
Schwimmbahnen erkennen konnte. Sie liebte das Meer
und das schwerelose Gleiten im Wasser und Naturbäder
wie hier faszinierten sie.

Der Strand von Kapsáli begann unterhalb dieses un-
definierbaren Gemäuers und, soweit Lena erkennen
konnte, handelte es sich um ein malerisches Gemisch
aus Steinen, Felsbrocken und Sand. Zu dieser Uhrzeit,
Siesta-Zeit, war er allerdings spärlich besucht. Nur einige unbelehrbare Touristen aalten sich in der Sonne
und würden später mit einem veritablen Sonnenbrand
bezahlen.

Gesäumt wurde das Meeresufer von einer Promenade, Appartements und verschiedenen Tavernen und
Bars, die ebenfalls wegen der Uhrzeit eher verschlafen
als betriebsam wirkten. Am anderen Ende lief der
Strand in eine kleine felsige Landzunge aus, an deren
Saum sich der kleine Hafen schmiegte. Verträumt
schaukelten einige Schaluppen auf den trägen Wellen.
Dahinter erhob sich das Kap zu zwei miteinander ver-
bundenen Hügeln, zu denen ein steiler, schmaler Pfad
hinaufführte. Die eine Anhöhe krönte eine winzige, aus
Bruchsteinen gebaute Kapelle. Auf der anderen stand
ein kleiner Leuchtturm mit Wärterhäuschen. Ihr Vermieter hatte gescherzt, dass dort im Leuchtturmhäus-
chen das beste Bett Kýtheras stünde: Meer nach allen
Seiten, bester Blick auf Chóra und Kapsáli sowie die

Felseninsel Chýtra.

„Allerdings eine sehr winzige Behausung, kein bisschen privat, da von allen Seiten einsehbar", dachte Lena und musste kichern, denn just in diesem Moment drang aus dem Inneren des Appartements ein sonores Schnarchen an ihr Ohr. „Sokrati mou, Sokrati mou", gluckste sie, „gut, dass wir dort nicht Quartier genommen haben, denn das hätte das ganze Dorf gehört!"

Immer noch grinsend setzte sie sich an den Tisch und öffnete ihr Reisetagebuch. Versonnen strich sie über die Seiten, die bereits mit ihrer akkuraten Schrift gefüllt waren. Wie es sich für eine gute Reisejournalistin gehörte, hatte sie alles minutiös notiert und beschrieben: ihre Reiseroute, Hinweise auf besonders Sehenswertes, geschichtliche Hintergründe, Hotel- und Restauranttipps. Das Einzige, was sich zu ihrer professionellen Herangehensweise unterschied, war, dass sie sich den Luxus gönnte, handschriftlich zu arbeiten. Beruflich tippte sie alles direkt in ihren Laptop. Aber jetzt war sie schließlich in den Flitterwochen! Aber man wusste ja nie: Vielleicht könnte sie eine kleine Reportage über Kýthera schreiben oder ihr Verlag sie im kommenden Jahr noch einmal auf diese Insel schicken, um einen ausführlichen Reiseführer zu erarbeiten. Dafür müsste sie ihrem Chef Hans nur lange genug von dieser Insel vorschwärmen. Ein spitzbübisches Grinsen stahl sich auf ihre Lippen.

„Das wäre herrlich!", seufzte sie sehnsüchtig, doch dann besann sie sich und ihr Augen begannen in ganz besonderer Weise zu leuchten, „Aber jetzt bin ich doch hier! In Flitterwochen!"

Zärtlich strich sie über ihre Aufzeichnungen. Was hatten sie in der vergangenen Woche nicht alles erlebt: von Korfu aus zuerst mit dem Schiff bis Igoumenítsa und dann quer durch die Lande immer Richtung Süden, vorbei an Bergen, auf deren Gipfeln noch Schnee blitzte, grüne Seen, über die beeindruckende Drahtseil-Brücke, die Festland und Peloponnes verband, Städte am Meer, Dünen, soweit das Auge reichte, die Säulen von Olympia, das antike Messene, die wehrhaften Türme der kargen, schroffen und doch so bezaubernden Máni, durch Plantagen von Zitrusfrüchten, dazwischen immer wieder Meer und Fisch und Wein und Oliven und Sokrates Mund.

„Lena mou", raunte da eine samtige Stimme an ihrem Ohr. Leise war Sokrates hinter sie getreten und schlang nun seine Arme um sie. Sanft entwand er ihr das Reisetagebuch. „Ich habe eine bessere Idee", säuselte er in ihr Ohr, „wieso probieren wir nicht einmal Kythéras bestes Bett aus."

„Zweitbestes", berichtigte Lena flüsternd und bevor Sokrates verstand, was sie meinte, drehte sie sich zu ihm und küsste ihn innig.

Brücke der Liebe

Glücklich sah Lena sich um. Hier saßen sie nun als Mann und Frau. War das nicht phantastisch? Das Essen war himmlisch gewesen: inseltypische Landküche, zart und ganz frisch, dazu der leichte Krasí, der Wein aus dem Inseldorf Mitáta. Da mussten sie unbedingt hin, hatte Lena sich vorgenommen. Die Sterne blinkten von einem schwarz-samtenen Himmel und die Wellen schwappten müde auf Kapsális Strand zu ihren Füßen.

„Thaumásia! Wundervoll!", sagten Sokrates und Lena gleichzeitig, lächelten sich zärtlich an und Sokrates ergriff Lenas Hand.

Lena verschränkte ihre Finger mit den seinen und fragte: „Was hat dir in unseren Flitterwochen bisher am besten gefallen?"

„Lenaki", seufzte er spitzbübisch schmunzelnd und zog sie näher heran, sodass er in ihr Ohr flüstern konnte, „Das kann ich unmöglich hier laut sagen!"

„Sokrati", murmelte Lena leidlich entrüstet und küsste ihn mitten auf den Mund.

Gemütlich zurückgelehnt saßen sie wenig später in den bequemen Sesseln einer Bar auf der Promenade. Die Musik aus den Lautsprechern war zwar eine Spur zu laut, aber wenigstens entsprach sie ihrem Geschmack: „Tribute to Elena Paparizou" hatte der Inhaber getitelt. Vor ihnen klirrten die Eiswürfel in ihrem Ouzo.

„Wie ist denn unser Programm für die nächsten Tage?", fragte Sokrates.

„Also …", stotterte Lena schuldbewusst, sodass Sokrates laut lachen musste.

„Lena mou“, setzte er hinzu, „rück schon raus mit der Sprache. Dass du dir nicht überlegt hast, was wir tun könnten, glaubt dir kein Mensch – nicht mal dein dusseliger Ehemann!“

Lena grinste und richtete sich in ihrem Sessel auf. „Na gut“, meinte sie hoheitsvoll, „Kýthera ist ein Fels im Meer, fallengelassen von einem guten Gott, ungefähr auf der Hälfte der Strecke zwischen der Peloponnes und Kreta. Ganz so poetisch ist Kýtheras Entstehung natürlich nicht: die Insel entstand wahrscheinlich durch ein schweres Erdbeben, bei dem sich die Erdmassen gegeneinander auftürmten. Daher strecken sich Kythéras Ufer nicht sanft dem umgebenden Meer entgegen, sondern der Fels bildet eine massive Ebene, die schroff zum Meer hin abbricht. Die durchschnittliche Höhe beträgt 300 Meter; an der höchsten Stelle sind es nicht einmal 500 Meter. Die wichtigsten Inselorte liegen alle von Nord nach Süd aufgereiht auf dieser Hochebene: Potamós, Karvounádes, Livádi, Chóra. Die Landschaft ist sanft gewellt, oft karg, manchmal fruchtbar und kleine Kiefernwälder tupfen duftend das Grau. An einigen Stellen fällt das Hochplateau ab zu Stränden und Buchten. An den zugänglichsten liegen die touristischen Zentren Agía Pelagía, Diakófti, Kapsáli. Die Insel ist 28 Kilometer lang und 19 Kilometer breit, umfasst also 284 Quadratkilometer. Sie ist die südlichste der ionischen Inseln.“

Lena verstummte und sah Sokrates erwartungsvoll an. Doch er zuckte ratlos mit den Schultern und fragte: „Was soll ich aus deinen kenntnisreichen und poetischen Beschreibungen der Insel Kýthera entnehmen?"

„Dass wir morgen eine Erkundungstour über die Insel machen! Von Süd nach Nord sehen wir uns die einzelnen Inselorte an!", rief Lena eifrig.

„Einverstanden."

„Ich meine, das ist ein guter Plan. Ich habe gestern auf dem Weg in Livádi ein schnuckeliges Café gesehen, dort könnten wir frühstücken und dann weiterfahren. Potamós soll wunderschön sein und … und … Wir sehen die Insel und wir können …"

„Lena", unterbrach Sokrates sie lachend, „ich sagte schon: Symphonó! Einverstanden!"

„Oh, okay", sagte Lena. Normalerweise stießen ihre Pläne auf mehr Widerstand und sie musste ausgiebig Überzeugungsarbeit leisten. Verwirrt nahm sie ihr Glas und drehte es, sodass die Eiswürfel aneinander klirrten.

„Nifoúla mou", sagte Sokrates sanft und streichelte über ihre Wange. „Lenaki mou", wiederholte er und wartete, bis sie ihn ansah, „s'agapó."

„Nóstimo! Lecker!", quetschte Lena mit vollem Mund hervor und biss sogleich wieder von ihrem Toast ab.

„Téleia", mümmelte auch Sokrates.

Vor ihnen stand ein üppiges Frühstück: frisch gepresster Orangensaft, zwei aromatisch duftende Ellinikoí Kafédes, griechische Kaffees, handgerührt, Schinken-Käse-Toastáki, Eier, knuspriges Weißbrot, das noch warm war, sowie jeweils ein Stück der Portokalópita, des Orangen-Kuchens, dem sie einfach nicht hatten widerstehen können.

„Du hattest wie immer das richtige Näschen", sagte

Sokrates bewundernd, lehnte sich zurück und strich sich wohlig über den Bauch.

„Was meinst du?", fragte Lena, die ganz in ihr Essen vertieft war.

„Na, dieses Zacharoplasteío, dieses Café! Wie du das immer machst, ist mir zwar ein Rätsel. Aber es funktioniert!"

Verwundert starrte Lena ihn an. Ein kleines Stück Toast klebte an ihrer Nasenspitze, was Sokrates zum Lachen brachte.

„Steht dir wunderbar, wenn dir Käse mit Toast an der Nasenspitze klebt", feixte er.

„Du Schuft", knurrte Lena, schnappte sich eine Serviette, schlug zunächst nach ihm, dann führte sie sie zur Nase und rubbelte wild an ihr herum, sodass sie ob der rauen Behandlung feuerrot glänzte. „Weg?", fragte sie und präsentierte ihm ihr Gesicht.

„Moment", sagte er, näherte sich ihr und küsste sie auf die Nasenspitze.

„Igitt", rief sie mit gespielter Entrüstung und wischte sich erneut mit dem Papier durchs Gesicht.

Sie mussten beide lauthals lachen, was ihnen erboste Blicke von den Nebentischen eintrug.

„Sokrati", schnaufte Lena, die ob ihrer Lachsalve kaum Luft bekam, „wir müssen ein bisschen leiser sein."

„Ja, ja, man schaut schon", flüsterte Sokrates.

„Jetzt noch einmal von vorn", sagte Lena dann, „was ist mit meinem Riecher?"

Wieder mussten sie kichern.

Dann sagte Sokrates: „Ich bewundere dich, dass du einfach immer tolle Restaurants oder Cafés findest. Es reicht dir ein Blick auf das jeweilige Geschäft und schon weißt du, ob es sich lohnt oder nicht."

„Das hat nichts mit Riechern oder Nasen zu tun, sondern ist berufliches Können", erwiderte Lena trocken, doch Sokrates drückte ihr einen schmatzenden Kuss auf die Nase.

Bevor sie aufbrachen, kauften sie zwei weitere Stücke Kuchen bei der netten Inhaberin der Zacharoplasteío. Als Lena ihr mit neugierigen Augen die erste Frage stellte, schüttelte Sokrates leicht den Kopf. Er wusste nur zu gut, wohin Lenas berufliche Wissbegier nun führte. Da war anscheinend kein Kraut gegen gewachsen. Er seufzte tief und setzte sich dann resigniert auf den nächstbesten Stuhl, um abzuwarten.

„Ihre Kuchen sind phantastisch", hörte Sokrates seine Frau flöten, „das sind bestimmt Familienrezepte?"

„Akrivós! Genau!", antwortete die Inhaberin geschmeichelt und, da Lena sie unverwandt aus großen erwartungsvollen Augen ansah, fügte sie hinzu: „Meine Ur-Ur-Großmutter eröffnete diese Zacharoplasteío."

„Alítheia? Wirklich?", staunte Lena angemessen, sodass die Besitzerin stolz fortfuhr: „Das war 1823. Zeitgleich mit der Fertigstellung der Brücke von Katoúni." Dabei wandte sie sich leicht zur Panorama-Scheibe im hinteren Teil des Ladens um und wies mit einer Handbewegung auf einen bestimmten Punkt.

Lena kniff die Augen zusammen und auch Sokrates wandte seinen Blick in die angegebene Richtung. In einigen Kilometern Entfernung konnten sie nun im felsigen Grün fast verborgen eine im Sonnenlicht schimmernde Brücke ausmachen, die sich über ein Flussbett von einer kleinen zur gegenüberliegenden Ortschaft spannte.

„Deshalb heißt Ihre Zacharoplasteío auch ‚Géphyra‘, Brücke!", rief Lena aufgeregt, um im nächsten Moment verwundert nachzufragen, „Aber wieso ‚Géphyra tis Agápis‘, Brücke der Liebe?"

Die Inhaberin lachte: „Das hat mit der Baugeschichte der Brücke zu tun."

„Jetzt bin ich aber gespannt!", seufzte Lena.

Sokrates schüttelte unmerklich den Kopf. Lena war wirklich ein Phänomen. Sie schaffte es immer, auch die zugeknöpftesten Zeitgenossen zum Reden zu bringen. Die Menschen von Kýthera zählten sicherlich nicht zu denen, die ihr Herz auf der Zunge trugen, aber Lenas Strategie funktionierte auch hier.

„Ich heiße übrigens Rena, wie meine Mutter und deren Mutter und deren Mutter und deren Mutter", stellte sich die Inhaberin schmunzelnd vor, „alles – wie unsere Kuchen – ganz Tradition!"

„Chaíro polí, Rena, sehr erfreut, Sie kennenzulernen! Ich bin Lena und das ist mein Mann Sokrates."

„Chárika", nickte Sokrates.

„Chárika, Chárika", erwiderte Rena freundlich.

„Rena", insistierte Lena eifrig, „wie war das nun mit der Brücke von Katoúni?"

„Korítsi mou!", wandte sich Rena mit einem Schmunzeln wieder Lena zu und begann zu erzählen, „Das war so: Die Briten, die damals auf unserer Insel das Sagen hatten, projektierten eine Straße, die die Hauptstadt Potamós mit dem Fischerhafen von Avlémonas verbinden sollte. Ein junger Ingenieur wurde mit Planung und Bau beauftragt. Der arme Tropf jedoch verliebte sich in ein wunderschönes Mädchen, das in Katoúni wohnte. Um in der Nähe seiner Angebeteten sein zu können, verlegte der Liebeskranke kurzerhand die Streckenführung und baute die Brücke bei Katoúni. Allerdings wurden die beiden kein Liebespaar und die Straße wurde nach dem Abzug der Briten auch nie vollendet“

„Was für eine wunderliche Geschichte“, staunte Lena und strahlte Rena an. „Eucharistoúme!“

„Gerne, Korítsi mou! Jetzt muss ich aber wieder in die Backstube. Meine Tochter Rena kommt gleich und will Backunterricht haben! Adío! Auf Wiedersehen!“

„Ich weiß, was du jetzt willst“, grinste Sokrates, als sie aus dem Laden traten, griff ihre Hand und zog sie zu ihrem Mini. Wenig später rollten sie über die Brücke von Katoúni. Am anderen Ende hielt Sokrates in einer eigens für Besucher geschaffenen Parkbucht. Auf einem Schild wurde mit dürren Worten erklärt: Katoúni Bridge, englisches Bauwerk, 1823, 110 Meter lang, 6 Meter breit, 16 Meter hoch.

Lena betrachtete die schön symmetrischen Bögen und seufzte: „Eigentlich eine traurige Geschichte.“

Sokrates zog sie an sich und flüsterte zärtlich: „Es kann nicht jeder ein so unverschämtes Glück haben wie wir.“

Aphrodites Strand

Sonnendurchglüht und frisch geduscht saß Lena auf dem Balkon. Erschöpft und angefüllt mit vielen Eindrücken waren sie vor Kurzem heimgekehrt. Beruhigend rauschte das Wasser, denn Sokrates stand unter der Brause. Das konnte dauern. Daher schlug Lena ihr Reisetagebuch auf und begann eifrig zu schreiben.

Unsere Tour in den Norden hat uns nicht ganz in denselben geführt. Auf halber Strecke sind wir stecken geblieben. Genauer gesagt: am Strand der Aphrodite! Aber der Reihe nach:

Frühstück in Livádi in der Zacharoplasteío „Géphyra tis Agápis". Köstlicher Kuchen! Alles ganz traditionell mit Rezepten der Ur-Ur-Großmutter. Von hier aus Blick über die Ebene mit den silberglänzenden Oliven bis zur Brücke von Katoúni.

Fahrt über die Katoúni-Brücke: herzzerreißende Liebesgeschichte um einen jungen britischen Gentleman, der seine Angebetete nicht für sich gewinnen konnte, obwohl er ihr extra eine Brücke baute.

Dummerweise (oder glücklicherweise) von Katoúni aus abgebogen Richtung Avlémonas. Über schroffe und grüne Bergrücken geht es zum Strand hinunter. Kurvenreich, aber wenig befahren. Immer wieder ausgedehnte Felder mit Orangenbäumen, Olivenhaine, Weingärten, kleine Kapellen und versteckt Zeugen aus antiker Zeit. Unten dann das Meer.

In dieser Talsenke befindet sich ein ausgedehnter, mit vielen kleinen Steinen durchsetzter Sandstrand, der — erstaunlicherweise — wenig bevölkert ist. Vielleicht, weil er nicht feinsandig genug und der Sonne preisgegeben ist? Bis auf ein paar spärliche Kieferngewächse oberhalb des Strandes und wenigen Felsbrocken auf dem Sand gibt es keinen Schatten. (Oder weil alle Welt lieber die sich nach Westen anschließenden und nur über Pisten zu erreichenden Buchten, wie die Paralía Kaladí, anfährt. Lohnenswert? Vermieter fragen!)

Aber wir sind ja keine Amateure. Wir steuern diesen weiten Strand an, weil wir etwas wissen, was anderen verborgen ist! Dieser Strand, der Paralía Paleópoli, ist in Wahrheit der Strand der Aphrodite! Wer glaubt, Aphrodite sei bei Zypern dem Meer entstiegen, der irrt! Hier war es, dass Aphrodite, die Schaumgeborene, das Licht des alten Griechenlands erblickte. So erzählt es zumindest Hesiod in seinem Gedicht „Theogonie".

Aphrodite, die Göttin der Liebe – nichts wie hinein ins kühle Nass! Wir fühlen uns selbst ganz göttlich, als wir im kristallklaren Wasser treiben. Oder wie Baudelaire es ausdrückt: Kýthera, „Insel der süßen Geheimnisse und der Herzensfeste! / Wo der antiken Venus stolzer Geist noch schweift / Über die Meere hin, wie Düfte sich verbreiten, / Dass Liebe und Verlangen die Seele dort ergreift".

Vom Wasser aus können wir die gesamte Aphrodite-Bucht bewundern, die sich in einem weiten Bogen von kurz vor Avlémonas, dessen Häuser als weiße Punkte irrlichtern, bis zu den sandigweißen, vom Meer rund und glatt geschmirgelten, von kleinen Höhlen durchlöcherten Aphrodite-Felsen zieht. Eigentlich sind es zwei Buchten, denn ein mächtiger Felsen, der oben wie eine Pudelmütze grün trägt, teilt den Strand in eine langgezogene und eine kleine lauschige Bucht – die Paralía Paleópoli und die Paralía Limní. Gut vorstellbar, wie die Göttin hier aus dem tosend schäumenden Meer steigt und ans Ufer schreitet.

Das herrliche Meer wiegt uns wunderbar und wir verweilen, umeinander treibend, tändelnd eine ganze Weile. Weit draußen meine ich Delfine zu sehen. Wie passend, heißt es doch, sie seien die Begleiter der Aphrodite! (Sokrates meint allerdings, ich hätte mir das nur eingebildet. Von wegen: der Wunsch ist Vater des Gedankens. Maláka!)

Genug geplanscht: Hunger! Herrliche Landküche in einem Lokal in unmittelbarer Nähe zu den Stränden der Aphrodite im alten Skándia – Homer lässt grüßen! Unter großen Platanen sitzt man angenehm im Schatten, die Zikaden geben ein Konzert. Lauschig! Das Essen phantastisch! Gegrillte Zucchini, Melizanosaláta, Auberginensalat, und endlich wieder Lamm! Dazu ein herrlicher Wein von der Insel. Der Besitzer wollte uns aber nicht verraten, von wem er den Wein bezieht. „Geheimtipp", meinte er sibyllinisch. Ich vermute: aus Mitáta.

Einen eher überteuerten Fréddo trinken wir in Avlémonas. Weiß getünchte Häuschen drängen sich um die in den Felsen gefressene Badebucht und den Hafen. Malerisch sieht es aus, aber irgendetwas stört mich hier. Vielleicht zu touristisch. Müde bummeln wir bis zum alten Fort und zurück und an der kleinen Kapelle am Hafen entlang, aber es ist zu heiß, sodass wir uns bald in unser klimatisiertes Vehikel stürzen und den Rückweg antreten.

Die Ausgrabung am Ortsrand bei Paleópoli, Kýtheras alter Stadt, aus Homers „Ilias" auch als Skándia bekannt, lassen wir ebenfalls unbesichtigt.

Übrigens: nur hier und etwas oberhalb bei Paleókastro sind einigermaßen systematische Ausgrabungen vorgenommen worden, deren Funde man im Archäologischen Museum bewundern kann. Vermutet wird, dass Homers Skándia bei einem schweren Erdbeben zum Teil im Meer versank. Angeblich, so munkeln Einheimische, könne man Skándia in besonderen Nächten im Meer erblicken.

Wir nehmen den steilen Weg Richtung Diakófti und gelangen

nach zahlreichen Kurven und atemberaubenden Ausblicken in ausgewaschene Schluchten wieder auf die Hauptstraße, die vom Fähranleger zur Inselmitte führt. Eine dreiviertel Stunde später sind wir zurück in Kapsáli.

Die Ausgrabungen in Paleópoli haben meine Neugier geweckt, deshalb hier noch ein paar Anmerkungen zur Inselhistorie: Kýthera blickt auf eine lange Geschichte zurück; erste Funde lassen sich auf 6000 vor Christus datieren und stammen aus der Höhle Agía Sophía (heute Kirche, im Westen bei Mylopótamos gelegen). Diese erste Zeit bleibt aber gehüllt ins mysteriöse Dunkel der Vergangenheit.

Konkreter wird es erst mit den Minoern, die deutliche Spuren hinterlassen haben. Hoppla, Minoer? Etwa die Minoer, die Dynastie auf Kreta (mit Minos, seinem Palast von Knossós, dem Minotauros und Ariadnes Faden)? Genau die! Was suchten die denn auf Kýthera? Anscheinend nutzten sie die Insel als Station auf ihren Handelsrouten. Sie waren es, die dieses Gebiet um Avlémonas und Paleópoli besiedelten.

Nach deren Untergang (blöder Vulkan bei Santorini) stießen die Mykener (genau: der unglückselige Agamemnon, die rachsüchtige Klytämnestra, die brave Tochter Iphigenie und die erbeutete Seherin Kassandra von Troja) in das entstandene Machtvakuum vor und beherrschten die Insel.

Abgelöst wurden sie von den Phöniziern. Unter ihrer Ägide bis zum Fall von Byzanz schöpfte man aus einer sehr lukrativen Quelle: den an den Küsten der Insel zuhauf vorkommenden Purpurschnecken, auf Griechisch: porphýra. Unschwer sich vorzustellen, dass sehr viele Schnecken ihr Leben lassen müssen, um ein Stück Stoff purpurn zu färben. Ein aufwendiges und kostspieliges Unterfangen. Deshalb war Purpur die Farbe der Kaiser und Könige sowie der reichen Adeligen oder Befehlshaber (siehe das

Purpur-Gewand in der christlichen Passionsgeschichte). Kýthera hieß daher damals auch Porphyrousa, Purpurinsel. Nur folgerichtig, das Schiff, das Eiland und Festland verbindet, nach dieser Episode zu benennen, schließlich ist heutzutage der Tourismus die lukrative Quelle für die Insel und seine Bewohner.

Zurück zu den Phöniziern: Sie brachten den Aphrodite-Kult auf die Insel und vereinten ihn mit dem bereits bekannten, minoischen Kult um die Große Mutter. Angenommen wird, dass in dieser Zeit ein Aphrodite-Tempel errichtet wurde. Belegt ist dieser Tempel in verschiedenen literarischen Zeugnissen, so etwa bei Herodot, doch gefunden hat man ihn bis heute nicht. Auch Schliemann grub 1887 ohne Erfolg. Seit einiger Zeit vermutet man, dass der Tempel entweder in spätere Bauwerke integriert wurde, also unter den Ruinen von Paleópoli zu finden ist, oder aber durch ein Erdbeben mit Teilen Skándias ins Meer gerissen wurde.

Nach den Phöniziern folgten die Dorer, dann die Spartaner, die auch um diese Insel in starker Konkurrenz mit Athen standen. Sie nutzten Kýthera als Handelsstation Richtung Ägypten und Libyen sowie als Schutz gegen die Piraten. In der Römerzeit wurde es sehr ruhig; das Eiland versank in der Bedeutungslosigkeit. Erst im zwölften beziehungsweise 13. Jahrhundert begann Kýthera wieder zu blühen, dann aber an anderer Stelle, nämlich in Palióchora.

Zufrieden setzte Lena den Stift ab, strich sachte über das Geschriebene und lehnte sich dann zurück. Mittlerweile hatte eine leichte Dämmerung eingesetzt. Über dem Meer lag rosa Dunst, Chýtra hob sich als massig schwarzer Block davon ab. Weiter nach oben verwuschen die Farben in Blau und Schwarz. Der Venus-Stern blinkte zu Lena hinunter.

Lena zwinkerte zurück. „Ja, ja, Aphrodite-Venus!“, schmunzelte sie.

Im Bad hatte inzwischen das Rauschen aufgehört und Lena hörte Sokrates schief, aber inbrünstig pfeifen.

„Unser Lied“, lächelte sie und summte leise Elena Paparizous ESC-Gewinner-Lied „Number One“ mit.

Lena schloss die Augen und atmete tief die kühle Nachtluft ein.

Kultur muss sein

„Éla! Komm schon!“ Amüsiert blickte Lena zu Sokrates hinunter, der sich ein ganzes Stück unter ihr die Stufen hinaufquälte. Der Parkplatz, auf dem sie ihren Mini abgestellt hatten, lag bereits weit unter ihnen, versteckt inmitten von Kiefern und Pinien, die ihren betörenden Duft verströmten. Auch das auf halbem Wege befindliche erste kastenförmige Kirchengebäude, was wie ein militärischer Durchlass wirkte und das Gästehaus der Pilger beherbergte, hatten sie schon passiert.

„Die Aussicht wird immer phantastischer!“, rief Lena ermunternd und kletterte weiter, bis sie am hölzernen Kirchportal anlangte, über dem in filigranen Gauben, die aus dem Felsen hinausragten, zwei Glocken baumelten. Schon hatte sie ihren Fotoapparat gezückt und schoss Bild um Bild.

Es war aber auch zu schön: Rechterhand blinkte Chóra gleißend im Sonnenlicht, gut beschützt von seiner gewaltigen Festung. Weit unter ihr Kapsáli mit seinen weiß getünchten Häusern, die es umringenden grünen Kiefern und Pinien, die zwei weiten Buchten, die wie ein Omega aussahen, die Landzunge, auf der stolz der Leuchtturm thronte, und das endlos blau glitzernde Meer, auf dem Chýtra schwamm. Über ihr ragte der mächtige Felsen auf, an dem sie auf einem vergleichsweise winzigen Vorsprung klebte. Alles zum Kloster Gehörende setzte sich glänzend weiß vom grau-grünroten Felsen ab. Zu allem Überfluss ankerte in diesem Moment ein großer Vier-Mast-Segler zwischen Kapsáli und Chýtra. Postkartenpanorama. *Klick Klick Klick.*

Lena ließ ihren Fotoapparat sinken und widmete sich ganz der Aussicht.

„Schweißtreibend", schnaufte Sokrates, als er Lena vor dem Portal einholte.

„War die Nacht zu anstrengend, Gambroúli mou", feixte Lena, erhielt von Sokrates aber nur einen strafenden Blick, denn in diesem Moment öffnete sich die Tür. Ein schmächtiger Pappás mit einem beeindruckenden Rauschebart begrüßte sie freundlich und bedeutete ihnen einzutreten.

Sobald sie durch das Portal schritten, standen sie mitten im Kirchenschiff, denn Ágios Ioánnis en Krimnó war in den Felsen hineingebaut. Der kleine höhlenartige Raum war weiß getüncht und bot nur wenig Platz. Mit dem rostigen Kerzenständer, dem Tischchen mit bunter Plastikdecke, den Gebetsstühlen, der Ikonostase, die unter einen Felsvorsprung geklemmt war, und den drei Menschen war der Raum bereits gut gefüllt. In die andächtige Stille mischte sich das leise Tropfen von Wasser.

„Die Ikonostase müsste dringend restauriert werden", dachte Lena. Verdrossen ließ sie ihren Blick darüber hinweg wandern. Viele kleinere Ikonen zierten den oberen Teil; einige waren vom eindringenden Wasser so beschädigt oder vom Kerzenrauch so verdunkelt, dass man nicht mehr erkennen konnte, was eigentlich darauf zu sehen sein sollte. Von den Schnitzereien blätterte die Vergoldung ab, manche waren sogar herausgebrochen und nicht ersetzt worden. Prominent auf Brusthöhe waren drei große Ikonen angebracht.

Lena deutete auf eine der Ikonen und fragte: „Ist das Johannes mit der Apokalypse?“

Der Pappás nickte.

Sokrates sah Lena zweifelnd an. „War Johannes nicht auf Pátmos?“

„Doch, doch. Aber es heißt, dass Johannes, nachdem er aus Rom geflohen war, zunächst nach Kýthera kam. Hier soll er die Inspiration für die Offenbarung gehabt haben, die er dann auf der Insel Pátmos niederschrieb“, erklärte Lena.

Der Pappás nickte.

„Aha“, machte Sokrates, dann wandte er sich den Kerzen zu.

„Welche Laus ist dir denn über die Leber gelaufen“, fragte Lena auf dem Weg hinab.

„Mich ärgert es, wenn alles so verlottert! Hast du gesehen, in welchem Zustand selbst die drei großen Ikonen waren?“

„Das stimmt schon“, meinte Lena, „Nur: wie will man das alles finanzieren? Es gibt in Griechenland und speziell hier auf der Insel so viele Kirchen! Außerdem hat dies auch seinen ganz eigenen, morbiden Charme!“

„Wenn du meinst“, knurrte Sokrates.

„Lenaki mou, mir schwirrt der Kopf. Ich kann nicht mehr“, stöhnte Sokrates, als sie aus dem Archäologischen Museum traten.

„Sokrati!“, tadelte Lena, „Ein bisschen Kultur muss schon sein. Außerdem ist dies ein sehr überschaubares Museum mit nur zwei Sälen!“

„Du vergisst das Kloster, das wir uns vorhin bereits angesehen haben. Ganz zu schweigen von dem Aufstieg dorthin bei diesen Temperaturen, wie die Bergziegen auf der Suche nach schmackhaftem Grünzeug! Und nur zwei Säle? Die haben es aber in sich: viel zu viel zu sehen! Münzen, Bronzefiguren, Marmorstelen, Vasen und Scherben! All diese Zahlen und all die Menschen, die irgendwann einmal auf Kýthera waren. Minoer, Spartaner, Phönizier, Römer, Venezianer, Briten, Deutsche! Ich weiß nicht, wie du es schaffst, da den Überblick zu behalten!" Klagend setzte er hinzu: „Niki hat mich gewarnt. Wenn du einmal im Entdeckungsfieber bist, dann bist du nicht mehr zu bremsen. Ich dachte, sie scherzt!"

Lena kicherte.

„Du hast gut Lachen! Aber dein armer Ehemann kann nicht mehr! Hab Mitleid!"

„Endáxi!", lachte Lena, „Wie wäre es mit einem schönen Kaffee und leckerem Kuchen, vielleicht ein Stück Portokalópita in unserer Lieblings-Zacharoplasteío?"

Auf was für verrückte Dinge man hier auf der Insel stößt — zum Beispiel auf den Löwen von Kýthera! Er ist zweifelsohne das berühmteste Stück des hiesigen Archäologischen Museums und dies verdankt sich nicht nur dem Umstand, dass er schon über zweieinhalbtausend Jahre alt ist, sondern seiner ganz persönlichen turbulenten Geschichte.

Ein unbekannter Künstler erschuf ihn wahrscheinlich Mitte des sechsten Jahrhunderts vor Christus aus einem weißen Marmorblock. Aufgestellt wurde er vermutlich vor einem Tempel oder auf einem Grab in Paleókastro, der antiken Inselhauptstadt, die etwas oberhalb von Paleópoli lag. Mit dem Niedergang der Stadt geriet auch der Löwe in Vergessenheit und wurde verschüttet. Erst Jahrhunderte später entdeckten ihn die Venezianer wieder und brachten ihn ins Kástro von Chóra, wo er jahrhundertelang über die Festung und das Meer wachte.

Die deutschen Besatzer fanden anscheinend so großen Gefallen an ihm, dass sie ihn 1941 als Souvenir mit nach Deutschland nahmen. In den 50er Jahren tauchte er in einem Museum in Berlin wieder in der Öffentlichkeit auf. Dort wurde man auf ihn aufmerksam und veranlasste eine Restitution. Von Berlin wurde er darauf zurück nach Griechenland überführt, wo er zunächst in einem Athener Archiv verschwand, dann aber auch in der Sammlung ausgestellt wurde. 1979 ging er auf Weltreise, unter anderem nach Paris, New York und Moskau.

Im Jahr 1983 kehrte er endlich nach Kýthera zurück und wurde ganz standesgemäß Teil des Archäologischen Museums. Jedoch währte dies nicht lange, denn bei dem schweren Erdbeben im Jahr 2006 wurde auch das Museum stark beschädigt und musste seine Pforten schließen. Der Löwe verschwand wieder im Dunkel der Archive. Die Instandsetzung erfolgte ab 2013 und erst ungefähr zehn Jahre nach dem verheerenden Erdbeben konnte das Museum wiedereröffnet werden. Seitdem allerdings grüßt der Löwe von Kýthera jeden Besucher des Archäologischen Museums.

Was für eine atemberaubende Geschichte! (Übrigens: Sein abenteuerliches Leben erzählt der Löwe von Kýthera in einem anschaulichen Animationsfilm, gleichwohl nur auf Griechisch.)

Während ich dies auf meinem Lieblingsplatz auf dem Balkon sitzend schreibe, schläft Sokrates. Wie ein gefällter Baum ist er ins Bett gesunken. Als hätten wir die gesamte Insel erkundet. Dabei waren wir lediglich im Archäologischen Museum und vorher noch im Kloster Ágios Ioánnis en Krimnó. Schweißtreibende

Kletterei hinauf am Felsen, aber toller Panoramablick. Und das
Museum hat sich absolut gelohnt!

Abendstimmung mit Krokodil

Selig lächelnd saßen sich Lena und Sokrates gegenüber, ihre Hände auf der noch leeren Tischplatte ineinander verschränkt. Die Sonne war bereits hinter dem Felsen von Chóra verschwunden, das Licht flirrte rosarot in der Bucht und vereinzelte Lichter, die in den Bäumen auf der Promenade hingen, schwebten wie Glühwürmchen in der leichten Brise.

„Das hast du gut gemacht, Lena", bemerkte Sokrates, „wenngleich ich eigentlich für einen gewaltfreien Umgang mit unseren Mitmenschen bin. Aber dein Sprint mit nur ganz leichtem Körperkontakt beim aus dem Weg Schubsen war sportlich und durchsetzungsfähig!"

„Denen wollte ich auf keinen Fall den letzten freien Tisch mit direktem Strand- und Meerpanorama überlassen!", sagte Lena und rümpfte verächtlich die Nase.

„Deinem Ganoventrio", flüsterte Sokrates und grinste belustigt.

„Sostó! Genau!" Lena sah sich verstohlen zu dem Trio um, das an einem der hinteren Tische Platz genommen hatte. Aus den Augenwinkeln konnte man sie recht gut beobachten. Der Kugelrunde war noch immer puterrot im Gesicht und schimpfte vor sich hin, von wegen „Frechheit", und auch Vogelnase wurde es nicht müde, böse Blicke zu ihnen herüberzuschießen. Nur die Rothaarige thronte scheinbar völlig gelassen auf ihrem Stuhl und schaute hinaus aufs Meer.

Sokrates, der Lenas heimliches Manöver genau registriert hatte, konnte sich nur mit Mühe ein Lachen verkneifen. Bemüht gediegen sagte er: „Aber im Auge behalten ist natürlich immer gut.“

„Natürlich“, murmelte Lena ernst, völlig versunken in ihre Observation.

„Selbstverständlich und unbedingt“, bekräftigte er und seine Augen glitzerten schalkhaft.

Lena stutzte und runzelte die Stirn. Langsam, fast unwillig löste sie ihren Blick von den dreien und wandte sich Sokrates zu. Sie sah ihm in die Augen und fühlte sich ertappt. Auf ihre Lippen stahl sich ein verschämtes Lächeln, dann straffte sie sich jedoch und erwiderte würdevoll: „Selbstverständlich, Herr Kommissar.“

Jetzt konnte beide nicht mehr an sich halten und prusteten laut los, was einige Gäste an den Nebentischen aufschreckte. Während Vogelnase sie erneut mit bösen Blicken bombardierte, zischte der Kugelrunde: „Manche Menschen haben kein Benehmen. Das ist doch die Höhe! Eine Unverschämtheit …“

Mit gefährlich sanfter Stimme unterbrach die Rote ihn in seiner Schimpftirade: „Skasmós.“

Sie schaute immer noch aufs Meer, aber Vogelnase und der Kugelrunde gehorchten sofort. Vogelnase senkte den Blick auf die Tischplatte und murmelte entschuldigende Worte vor sich hin; der Kugelrunde schwieg, verschränkte allerdings verschnupft die pummeligen Arme vor der Brust und sein Gesicht wurde in dem Bemühen, all die boshaften Worte zurückzuhalten, noch eine Spur röter.

„Phíle!“, kommandierte die Rothaarige wie schon in Neápoli und winkte gebieterisch den Kellner an ihren Tisch.

Am Strand zu ihren Füßen erstarb nach und nach der
Trubel. Unweit packte ein Großvater die vielen Wasser-
spielzeuge seines Enkels zusammen, der derweil geduldig neben ihm wartete. Zum Schluss klemmte sich der
Großvater ein aufblasbares, jetzt zu voller Größe ange-
schwollenes Gummikrokodil unter den Arm und so
setzten die beiden sich in Bewegung. Ihr Ziel war offenbar die Umkleidekabine auf der Promenade. Da diese
höher lag als der Strand, galt es, dort angekommen, den
Höhenunterschied zu überwinden. Der Kleine erklet-
terte diesen mühelos, bepackt mit all den Sachen hatte
sein Großvater jedoch zu kämpfen. Als er endlich
schnaufend oben anlangte, war sein Enkel bereits auf
und davon. Vergnügt war er am Rande der Promena-
denmauer entlanggelaufen, hatte sich geschickt an den
dort platzierten Tischen der Restaurants vorbeige-
schlängelt, sich unter den herabhängenden Zweigen eines Baumes hindurchgeduckt und war jetzt verschwunden. Auf die Rufe seines Großvaters reagierte er nicht.
Was tat der Großvater? Er lief seinem Enkel hinterher
und wählte für seine Verfolgung dazu denselben, da
kürzesten Weg. Vorsichtig schob er sich also in seinen
bunten Badeshorts, über denen sich ein ansehnlicher
Bauch wölbte, mit dem grünen Gummikrokodil unter
dem Arm an den Tischen und den daran sitzenden Gästen vorbei.

„Syggnómi! Syggnómi", murmelte er und nickte entschuldigend den Gästen zu, die ihn staunend musterten,
manche amüsiert, andere mit hochgezogenen Brauen.
Auch Lena und Sokrates verfolgten belustigt diese artis-
tische Nummer. Nur hinter ihnen regte es sich rügend.

„Tststs", zischte Vogelnase missbilligend und der Kugelrunde quakte, „Man sollte seine Kinder im Griff haben!"

Lena verdrehte die Augen und Sokrates raunte: „Was geht das die beiden an?"

„Er stört sie überhaupt nicht!", pflichtete Lena ihm bei, „Wenn wir, vor deren Nase er herumturnt, uns beschweren würden, dann …"

„Popó! Du meine Güte!", rief Sokrates in diesem Moment aus und sprang von seinem Stuhl auf. Auch Lena riss erschrocken die Augen auf.

Sportlich wollte der Großvater soeben um die herabhängenden Zweige des Baumes balancieren, verlor dabei aber beinahe das Gleichgewicht, sodass er fast zwischen Himmel und Strand baumelte. Im letzten Moment fing er sich und tauchte unter den Blättern hindurch. Dann war auch er verschwunden.

„Puh", sagte Lena und tätschelte Sokrates, der sich wieder setzte, den Arm.

„Was werden wir heute noch erleben?", fragte Sokrates gespielt verzweifelt, „Erst Kultur satt, jetzt Akrobatik."

„Tha doúme, Gambroúli mou", entgegnete Lena augenzwinkernd.

„Das Essen sieht jedenfalls gut aus!", sagte Sokrates und wies auf den Kellner, der ihre Speisen brachte.

Wenig später versanken Lena und Sokrates ganz in den herrlichen Genüssen – ein frischer Choriátiki mit Kapern und dem lokalen Ladopaksímada, Olivenöl-Zwieback, gegrillter Chtapódi, Oktopus, und frischer Fangrí, Meerbrasse – und in eine angeregte Diskussion, was sie alles noch auf der Insel erkunden wollten.

Die Bucht war in samtiges Schwarz gehüllt, als Lena und Sokrates ihr Mahl beendeten. Auch am Tisch des Trios waren die Teller und Platten leer gegessen und Vogelnase winkte eifrig dem Kellner.

„Phíle!", rief er lauthals, „Ton logariasmó, parakaló!"

Zufrieden rieb er sich die Hände und, als ihm der Kellner wenig später selbige auf einem silbernen Tablett präsentierte, blätterte er mit großer Geste die Scheine hin, während ein gönnerhaftes Lächeln seine Lippen umspielte.

Der Kellner nahm mit stoischer Miene das Geld entgegen und wandte sich zum Gehen. In diesem Moment schlug der Kugelrunde mit der flachen Hand auf den Tisch, sodass Teller und Platten verdächtig klirrten, und krähte triumphierend: „Karpoúz! Oder wollen Sie uns die Nachspeise vorenthalten?"

Für einen winzigen Augenblick entgleisten die Gesichtszüge des Kellners, doch im Nu hatte er sich wieder im Griff, verbeugte sich und eilte davon, um die geforderte Melone zu holen.

Lena runzelte die Brauen und auch Sokrates verzog das Gesicht, als hätte er in eine saure Zitrone gebissen. Sie blickten einander an und verstanden sich ohne Worte: „So ein schlechtes Benehmen!" Freilich war es in Griechenland üblich, dass nach dem Essen ein kleines Dessert gereicht wurde und zwar kostenlos, aber hatte man als Gast das Recht, danach zu verlangen? Gar in einem solchen Ton? Lena und Sokrates schüttelten die Köpfe.

Als der Kellner ihre Rechnung brachte, gaben sie ein besonders üppiges Trinkgeld.

„Noch ein Ouzochen", fragte Sokrates, als sie das Lokal verließen, und legte den Arm um Lena. Sie nickte und schmiegte sich an ihn. Der Sommerabend war einfach zu schön. Eine weiche Brise wehte vom Meer her in die Bucht und brachte ein frisches, salziges Aroma mit, die Zikaden gaben ein herrliches Konzert, über ihnen am nachtschwarzen Himmel blinkten fröhlich die Sterne und der Felsen von Chóra glomm theatralisch illuminiert.

Mein Mann und ich (ich werde es nicht müde, diesen herrlichen Umstand zu betonen – Sokrates, mein Ehemann, Gambroúli mou!) sind etwas angeschickert. Wir haben zu viel von dem kytheriotischen Tsípouro genossen. Tsípouro ist bekannt, kennt ja jedes Kind: ein Trester-Schnaps, im Prinzip wie der italienische Grappa oder der kretische Raki. Auf Kýthera reicht das aber nicht, sondern man stellt daraus noch etwas Besonderes her, nämlich den sogenannten Fatouráda. Dies ist ein aus dem Tsípouro hergestellter mit Zimt und Nelken versetzter Likör. Sehr süffig, angenehm kratzig und mit Eis an einem herrlichen Sommerabend absolut perfekt.

Wir hatten ihn aber auch nötig, denn wir haben mein Ganoventrio aus Neápoli wiedergesehen! So ein schlechtes Benehmen! Wenn sie keine Kriminellen sind, so sind sie zumindest sehr unangenehme Zeitgenossen!

Aber genug davon! Mein Gambroúli schnarcht schon friedlich, während ich dies schreibe. Der Mond steht über der Bucht, übergießt Chóra und Chýtra mit seinem Licht und überzieht die winzigen Wellen geheimnisvoll mit Diamantenstaub. Man könnte meinen, gleich stiege die Göttin Aphrodite herab, um in den verzauberten Fluten ein Bad zu nehmen.

Zeit fürs Bett. Kaliníchta!

Wind und Wolken

„Sokrati, Sokrati! Éla!"

„Lena?", rief Sokrates besorgt aus dem Inneren des Appartements und stürzte eilends auf den Balkon, „Lena, ist etwas passiert? Geht es dir nicht gut? Óla endáxi?"

„Sieh doch nur!", sagte Lena aufgekratzt, die, ohne sich ihm zuzuwenden, entspannt an der Brüstung lehnte, und wies mit ihrem ausgestreckten Arm aufs Meer.

„Panagía mou!", stöhnte Sokrates erleichtert und stützte sich neben Lena aufs Geländer, „Ich dachte, dir ist etwas zugestoßen!"

„Sokrati mou, schau doch nur!", sagte Lena andächtig, weiterhin ohne ihm ihren Blick zu schenken, „Der Kochtopf brodelt!"

„Ti? Wie bitte?", fragte Sokrates verständnislos.

„Chýtra macht heute seinem Namen alle Ehre!", erklärte Lena, die Augen unverwandt auf das kleine Eiland gerichtet, „Die Wolken ballen sich rund um den Felsen, hüllen ihn ein und der Wind bläst in sie hinein, verwirbelt sie. Das Ganze sieht aus wie ein überkochender Kochtopf! Chýtra."

Ein feines Zischen und der unmittelbar folgende, scharfe Geruch von verbranntem Kaffee ließen Sokrates zusammenfahren. „Gamóto!", rief er entnervt und eilte nach drinnen, von wo man ihn leise schimpfen hörte: „Von wegen wie ein überkochender Topf. Da haben wir die Bescherung! Gamóto, jetzt muss ich erst das Bríki säubern. Gaïdoúri! Esel!"

Wenig später trat Sokrates mit zwei dampfenden Ellinikoús Kafédes auf den Balkon. Missmutig verzog er das
Gesicht.

„Ist es dir zu windig?", fragte Lena, die sich bereits an
dem kleinen Tisch niedergelassen hatte.

„Hm", brummte Sokrates, stellte die Kaffees ab und
setzte sich.

„Wie der Wind die Wolken über die Insel jagt! Ist das
nicht beeindruckend?"

„Hm."

„Bisher hatten wir strahlend blauen Himmel und Sonnenschein. Jetzt erleben wir endlich das richtige
Kýthera: wild, sprunghaft, kraftvoll. Manchmal soll
auch plötzlich Nebel aufziehen, der alles einhüllt. Gru-
selig." Lena kicherte. Alsdann zog sie nachdenklich die
Nase kraus: „Oder nein: den Nebel soll Aphrodite aus-
schicken, um geheime Lieben vor missgünstigen Augen
zu verstecken. Weiße Wolken, weißes Licht – alles Aphrodite!" Lena kicherte abermals.

Ihr Blick folgte den wild dahinjagenden Wolken. Mal
verdichteten sie sich zu einer kompakten Wolkendecke,
mal riss diese plötzlich auf und unwirklich strahlender
Sonnenschein brach hindurch. Schatten und Licht-
punkte malten auf den Flanken von Chóra ein schecki-
ges Fleckenmuster, sodass mal grell weiß die Kirche
hoch oben auf dem Plateau aufstrahlte, mal das Grün
der Pflanzen oder das Grau des Felsens.

Davon völlig unbeeindruckt schlürfte Sokrates mür-
risch seinen Kaffee. Schließlich fragte er: „Was schlägst
du vor, dass wir bei diesem Wetter unternehmen könnten?"

„Ich habe da schon eine Idee", strahlte Lena Sokrates an, „Bei diesem Wetter böte es sich an, Mylopótamos und die Umgebung zu besichtigen. Danach wird sich das Wetter sicherlich gebessert haben und wir können noch zum Strand."

Da Lena ihn unverwandt anstrahlte, lächelte Sokrates schließlich auch. „Endáxi, Lenaki mou."

Was für ein Auftakt zu diesem Tag! Bei unserem morgendlichen Balkon-Kaffee bot sich uns ein beeindruckendes Schauspiel: ein kräftiger, für Kýthera nicht ungewöhnlicher Wind fegte die Wolken über die Insel! Aufruhr am Himmel! Chýtra kochte! Sonnenflecken in Wolkenschatten an den Flanken Chóras.

Mittlerweile hat es sich wieder beruhigt und die Sonne strahlt von einem blauen Himmel, über den kleine Schäfchenwolken ziehen. Es ist gute Mittagszeit und wir sitzen gemütlich in einem Lokal in Frátsia.

Wie kommen wir gerade auf diesen Ort? Natürlich auf Empfehlung unseres Vermieters. Ich hätte hier nie nach einem Restaurant gesucht – auf den ersten Blick wirkt Frátsia nämlich ziemlich unbedeutend: verstreute Häuser, staubige Straßen, wenige Unterkünfte, eine große Kirche, ein großer Platz, an dem ein Café, ein Kindergarten, eine ehemalige Schule, die jetzt ein Konferenzzentrum ist, und „unser" Lokal liegen. Aber Frátsia zählt nicht nur zu den ältesten Siedlungen der Insel (spätestens ab dem 16. Jahrhundert ließ man sich hier nieder), sondern rundum wird intensiv Landwirtschaft und Viehzucht betrieben.

„Unser" Lokal liegt also prominent an dem großen Platz, der sich mehr oder weniger daraus ergibt, dass sich hier die von Nord nach Süd sowie die von Ost nach West verlaufenden Straßen kreuzen. Es besteht aus einem flachen Bungalow und einem mit großen

Kiefern bestandenen Vorgarten, in deren Schatten Tische aufgestellt sind. Klar, wo wir sitzen, oder?

Unser Vermieter hat die Küche überschwänglich gelobt: „Frische Produkte in einfacher, aber geschmacklich überraschender Weise dargeboten!" Wie immer hat uns das dazu verleitet, viel zu viel zu bestellen. Aber wer kann auch widerstehen, wenn es Phasolákia, grüne Bohnen, mit einer Prise Zimt, Chórta mit Kapern, Hähnchen in Wein mit Rosenblättern gekocht und Auberginen mit Tomaten-Bulgur gibt? Wir warten demgemäß gespannt auf unser Essen (den lecker-leichten Krasí haben wir schon, ein zarter Rosé, blumiges Bouquet mit Zitrusnoten, selbstverständlich aus Mitáta – da müssen wir unbedingt noch hin!). Derweil nutze ich die Zeit, um von unserem Tag zu berichten – und der war, wie das morgendliche Wetter – bereits turbulent. (Das Wetter als Präludium des Tages!)

Nach dem Frühstück machten wir uns auf den Weg nach Mylopótamos. Mich zog es zunächst in die Ruinen von Káto Chóra, genauer Káto Chóra tou Mylopotámou oder auch Kástro Mylopotámou. Dieser einstmals nicht unbedeutende Ort ist heute verlassen und dem Verfall preisgegeben, wenngleich der Zahn der Zeit langsam nagt, denn die Gebäude sind aus soliden Steinen erbaut worden. Stellenweise lässt sich noch erahnen, wie prächtig einige Häuser waren: steinerne Balkone, die aus den Mauerresten ragen, fein behauene Fensterumrandungen, der geflügelte venezianische Löwe über dem Tor. Beachtlich ist, wie geschickt gebaut wurde, um den wenigen vorhandenen Platz zu nutzen: eng beieinander, aber trotzdem großzügig wirkend.

Errichtet wurde dieses Kástro unter den Venezianern und diente vor allem der Abwehr der Piraten, denn von diesem Standpunkt aus hat man eine gute Sicht auf die (auch heute noch) wilde Westküste und das Ionische Meer.

In Káto Chóra siedelten sich übrigens Flüchtlingsfamilien an, zum Beispiel Menschen aus der stolzen Stadt Monemvásia auf der Peloponnes, die vor den Osmanen flohen, oder aus Kýthera selbst. Dies ist ein eigenes Kapitel rund um die ehemalige Inselhauptstadt Palióchora, die von dem gefürchteten Piraten Barbarossa heimgesucht und ausradiert wurde. Die wenigen, die fliehen konnten, siedelten in Káto Chóra. Kurz: wieder einmal ein geschichtsträchtiger Ort.

Wenn man durch Ruinen klettert, sollte man eigentlich darauf gefasst sein, auch auf allerlei Getier zu stoßen. Wir waren dann doch sehr überrascht, einer ziemlich dünnen und langen Schlange zu begegnen, die sich zunächst faul in der Sonne aalte, dann aber wütend zischend auf uns zugeschossen kam. Wir rannten, so schnell wir konnten. Damit war unser Besuch im Kástro beendet.

Mittlerweile habe ich ein bisschen recherchiert: die Schlangen auf Kýthera sollen alle ungiftig sein. Unsere Panik also völlig grundlos. Dennoch: selbst dieses Wissen hätte uns nicht weniger schnell laufen lassen, nehme ich an.

Auf diesen Schrecken gab es in Mylopótamos erst einmal einen schönen Ellinikón Kafé. Wie meine Giagiá immer sagte: „O kafés xalarónei ta névra. Kaffee beruhigt die Nerven." Wir saßen auf dem zentralen Platz oberhalb des Flusslaufes im Schatten einer mächtigen Platane. Herrlich (wenngleich der Kaffee etwas besser hätte sein können)! Danach fühlten wir uns wieder so weit hergestellt, uns bis zum Wasserfall zu wagen. Etwa zehn Minuten ging es über kleine Schleichwege mitten durch üppiges Grün hinunter. (Dieses Mal ohne Begegnungen mit Wildtieren!)

Will man den Wasserfall beschreiben, so fällt einem sofort das Adjektiv verwunschen ein. Das dichte Blätterdach ist an dieser Stelle kreisrund unterbrochen, sodass sich die Sonnenstrahlen in diese Höhle ergießen. Die Gischt des Wasserfalls flimmert im *einfallenden Licht wie Millionen von Diamanten, die sich wiederum wie eine glitzernde Stickerei auf die umgebende Wasseroberfläche legen. Das unbewegte Wasser am Rande funkelt geheimnisvoll saphirblau und smaragdgrün. Darüber taumeln Schmetterlinge und Libellen. Es würde nicht verwundern, wenn sich in dem natürlichen Bassin unterhalb des Wasserfalls Najaden tummeln würden. Sokrates und ich wagten es deshalb nicht, in dieses Gewässer zu steigen und die geheimnisvollen Bewohner zu stören.*

Als wir wieder aus dem kühlen Grün auftauchten, war es wieder sehr heiß, der Himmel wolkenlos. Viel zu heiß, um sich weiter auf Entdeckungstour durch Mylopótamos zu begeben, etwa zu den namensgebenden Mühlen. (Über 20 soll es einmal in Mylopótamos gegeben haben, von denen vor allem die damals herrschende Klasse in Chóra profitierte!)

Also setzten wir uns in meinen Mini und fuhren los. Erst als wir Mylopótamos hinter uns gelassen hatten und auf die Inselhauptstraße einbogen, bemerkten wir, dass wir Hunger verspürten. Glücklicherweise erinnerte ich mich an die Empfehlung unseres Vermieters. Kurzerhand bogen wir wieder von der Hauptstraße ab und kamen wenig später nach Frátsia.

Da sind schon unsere Speisen! Es riecht himmlisch! Wenn es auch so schmeckt …

Herrlich dufteten die Speisen. Die leichte Zimtnote der Bohnen kitzelte in Lenas Nase und der Rosenduft vermischte sich harmonisch mit dem harzigen Geruch der Kiefern ringsum.

„Téleia", meinte Sokrates und begann, die Speisen auf ihre Teller aufzutun.

Er zerteilte gerade das Hähnchen, als aus der gegenüberliegenden ehemaligen Schule und dem jetzigen

Konferenzzentrum eine lärmende Gruppe heraustrat und zielstrebig das Lokal ansteuerte. Sokrates hielt in der Bewegung inne, musterte sie eingehend und runzelte pikiert die Stirn.

„Gambroúli mou, auf ungestörte Zweisamkeit kannst du nur an bestimmten Orten hoffen", neckte Lena und grinste breit.

Sokrates zuckte die Achseln und machte sich wieder ans Zerteilen des Fleisches. Lena aber beobachtete aufmerksam die Menschen, die nun das Restaurant betraten und sich nach und nach an den umliegenden Tischen verteilten. Es handelte sich um eine bunte Truppe: jüngere Leute leger in T-Shirts und kurzen Hosen oder Röcken, ältere Damen mit aufwendig toupierten Frisuren und gesetztere Herren im Leinenanzug, alle angeregt auf Griechisch oder Englisch miteinander plaudernd.

Lenas und Sokrates' Nebentisch näherte sich ein Pulk junger Herren. Scherzworte folgen hin und her und unter lautem Gelächter ließ man sich nieder.

„Wartet auf mich!", rief da vom Eingang her ein ausnehmend gutaussehender, großer, sportlicher Bursche mit dunklem, lockigem Haar und strahlend hellblauen Augen seinen Kumpeln zu und winkte ihnen hektisch. Sodann verabschiedete er sich eilig von einer älteren Dame, mit der er ins Gespräch vertieft gewesen war und die nun mitleidig dem davoneilenden Beau hinterher sah. Kurz bevor er den Tisch erreichte, blieb er plötzlich wie angewurzelt stehen. „Je später der Tag, desto schöner die Gäste", murmelte er andächtig, während er Lena unverwandt und ungeniert anstarrte. Dann verbeugte er sich übertrieben höflich und grüßte ehrfurchtsvoll: „Kalispéra, Kalispéra.“

Die anderen jungen Herren sprangen daraufhin feixend auf, ahmten die Verbeugung des Schönlings nach und riefen lautstark: „Kalispéra!“

„Kalispéra“, erwiderte Lena amüsiert.

Von Sokrates erhielten sie lediglich einen missbilligenden Blick.

Laut lachend ließen sich die Herren wieder auf ihre Stühle plumpsen und ein junger Mann mit einer seltsam blondierten Igelfrisur klopfte dem Beau begütigend auf die Schulter und zog ihn, da dieser sich immer noch nicht rührte, auf den freien Platz neben sich. Die Augen des Schönlings ruhten allerdings weiterhin auf Lena.

„Lass uns essen“, knurrte Sokrates, schoss noch einen wütenden Blick hinüber und senkte ihn dann auf das Mahl.

„Ich hatte nicht zu hoffen gewagt, dass ich mit von der Partie bin!“, sagte einer der Herren mit einem adretten Mittelscheitel enthusiastisch.

„Wieso das denn nicht? Du bist doch erstklassig auf deinem Gebiet!“, erwiderte der junge Mann mit der Igelfrisur.

„Du Schmeichler“, gab der Mittelscheitel zurück.

„Im Ernst! Wenn du es nicht in die Mannschaft geschafft hättest, obwohl du doch der Experte in Sachen Unterwasserarchäologie, Spezialgebiet gesunkene Schiffe bist, dann weiß ich auch nicht! Oder was meinst du, Dionysis?“ Igelfrisur stieß den neben ihm sitzenden Beau in die Rippen.

„Syggnómi? Wie bitte?", sagte der Angesprochene, „Ich war gerade abgelenkt."

„Ja, ja", gluckste die Igelfrisur und stieß seinen Freund nochmals in die Rippen, „Wenn es irgendwo hübsche Frauen zu sehen gibt, ist es um dich geschehen. Das hast du gerade eben wieder eindrucksvoll demonstriert." Bedeutungsvoll wackelte er mit dem Kopf, deutete mit dem Daumen von Dionysis zu Lena und hauchte verzückt Küsschen in die Luft, woraufhin die gesamte Runde erneut in lautes Gelächter ausbrach.

Der Schönling zuckte nur die Schultern und sagte zuckersüß: „Wo er recht hat, hat er recht!" Wieder landete ein langer, verzückter Blick auf Lena.

„Wenn ich eines ganz und gar nicht mag, dann das", grollte Sokrates leise und abermals schoss er einen zornigen Blick zum Nebentisch.

„Syggnómi? Wie bitte?", fragte Lena konsterniert und sah von ihrem Essen auf, in das sie völlig versunken gewesen war. Es war aber auch zu köstlich. „Sokrati, was hast du gesagt?"

Aber Sokrates schwieg und stocherte wild auf seinem Teller herum.

„Gambroúli mou", versuchte es Lena noch einmal und wollte ihm ihre Hand auf den Arm legen. Doch Sokrates schob sie grob weg.

„Meine Güte", zischte er und blitzte sie aus dunkelbraunen Augen ungehalten an, dann machte er sich weiter ans Gemetzel.

Verwundert zuckte Lena mit den Achseln und wandte sich wieder ihrem exzellenten Essen zu.

„Eifersüchtig", kicherte Lena reichlich angeschickert, als sie zu dem bereits schlafenden Sokrates ins Bett kletterte, „mein Ehemann ist eifersüchtig. Wer hätte das gedacht. Dabei habe ich gar nichts davon mitbekommen, dass dieser Beau, wie Sokrates ihn nennt, seine Augen nicht von mir lassen konnte. Gut sah er schon aus, ein wahrer Adonis. Aber ich bin doch so glücklich mit meinem Sokrates! Glücklich frisch verheiratet! Und mein Gambroúli ist eifersüchtig!" Sie kicherte erneut und summte leise und ziemlich schief Paparizous Hit „Kátze kalá".

„Höre ich Elena Paparizou?", murmelte Sokrates verschlafen und zog sie fester an sich.

„Das sind eher die vorhin genossenen, eiskalten Fatouráda, die aus mir singen", giggelte Lena, dann schmiegte sie sich tiefer in Sokrates' Umarmung und im Einschlafen dachte sie: „Nicht nur Ouzo, sondern auch Fatouráda hilft. Vor allem gegen jeglichen Groll und alle Eifersucht."

Frühstück mit Zeitung

„Was gibt es denn so Faszinierendes in dieser Lokalzeitung, dass du schon seit zehn Minuten keinen Bissen mehr zu dir nimmst, obwohl du immer behauptest, das Frühstück sei die wichtigste Mahlzeit des Tages?"

Es war spät geworden am vorigen Abend und anscheinend hatten sie zu viele eiskalte Fatouráda genossen. Deshalb hatten sie entschieden, heute, am Sonntag, einen ruhigen Tag in Kapsáli einzulegen. So saßen sie zu einem späten Frühstück oder einem frühen Lunch auf ihrem Balkon, den mit allerlei Leckereien und den obligaten Ellinikoús Kafédes gut gedeckten Tisch zwischen sich.

„Was?", reagierte Lena zerstreut, ohne von den *Kýthera's Sempreviva* aufzublicken.

Kurz entschlossen schnappte Sokrates Lena die Zeitung aus der Hand. „Lass mich mal sehen."

Sanft wehrte er Lena ab, die sich das Blatt zurückerobern wollte, während er sich in den Artikel auf der ersten Seite vertiefte. „Wirklich interessant", murmelte er und las die Überschrift, „Bürgermeister kündigt Schatzsuche an. Spektakuläre Funde erhofft."

In diesem Moment gelang es Lena, die Zeitung wieder zu sich zu ziehen. „Ich habe sie gekauft, also lese ich sie auch zuerst!", triumphierte sie. Doch als sie Sokrates enttäuschtes Gesicht sah, räumte sie ein: „Ich lese vor!"

Bürgermeister kündigt Schatzsuche an. Spektakuläre Funde erhofft

Der Bürgermeister von Kýthera, Kyrios Aronis, gibt mit großer

Freude bekannt, dass das staatliche Griechische Archäologische Institut, das die Sorge um die antiken Altertümer trägt, den Antrag auf Untersuchung der Gewässer vor Kýthera bewilligt.

Wie wir berichteten, hatte eine Forschungsgruppe der Kytherian Association of Australia Anfang des Jahres den Antrag bei der staatlichen Stelle eingereicht. Die Forschungsgruppe, die Experten aller einschlägigen Fachrichtungen vereint, viele mit kytheriotischen Wurzeln, und bestens mit der Insel und ihren Mythen und Legenden vertraut ist, geht — wie einst Schliemann im Hinblick auf Homers „Odyssee" — davon aus, dass in den alten Erzählungen (siehe Artikel auf Seite 2) ein Körnchen Wahrheit steckt.

Die Erforschung der Gewässer vor Kýthera soll am kommenden Montag beginnen. Zur Auftaktveranstaltung am Sonntag um 20 Uhr im Archäologischen Museum sind alle interessierten Bürgerinnen und Bürger herzlich eingeladen, so unser Bürgermeister Kyrios Aronis.

Lena blickte von der Zeitung auf und Sokrates auffordernd an.

„Sicher, Lenaki", sagte er, „wir gehen hin!"

„Fein", freute sich Lena.

„Ich verstehe aber nicht", überlegte Sokrates, „warum sich ausgerechnet eine australische Forschungsgruppe dafür interessiert?"

Lena zuckte mit den Achseln. „Keine Ahnung. Ich versuche nachher im Internet etwas über diese *Kytherian Association* herauszufinden. Aber jetzt bin ich erst einmal neugierig, was es mit den Mythen und Legenden auf sich hat!" Sie blätterte die Zeitung um und vertiefte sich in den Artikel, derweil Sokrates seinen Kaffee schlürfte.

Als Lena fertig war, fragte er: „Und? Kleine Zusammenfassung, bitte!"

„Auf Kýthera gibt es viele Mythen und Legenden", begann Lena und Sokrates unterbrach ungeduldig, „Das wusste ich bereits."

„Sokrati", erwiderte Lena tadelnd, um dann schlicht fortzufahren, „in einer Erzählung geht es um Paris und Helena. Auf ihrer Flucht vor Helenas Mann Menelaos standen die Winde nicht günstig, sodass die Liebenden irgendwo Schutz suchen mussten. So kamen sie nach Kýthera, denn dies ist die Insel Aphrodites, der Paris Helena verdankte. Irgendwann war die Zeit gekommen, um nach Troja aufzubrechen. Doch bevor sie die Insel verließen, brachten Paris und Helena der Göttin ein Opfer dar, kostbare Geschmeide und Goldmünzen. Der Ort des Opfers", hier machte Lena eine bedeutungsvolle Pause, „soll bei den Bädern der Aphrodite gewesen sein!"

Sokrates stieß einen anerkennenden Pfiff durch die Zähne, was Lena mit einem Nicken quittierte.

„Das ist aber", setzte sie fort, „nur eine Geschichte. Eine andere Legende erzählt, dass irgendwo ein sagenhafter Piratenschatz versunken ist. Bis zum 19. Jahrhundert beutelten die Piraten Kýthera und die kleine Schwesterinsel Antikýthera sehr. Die Freibeuter versetzten die Bewohner regelmäßig in Angst und Schrecken, denn sie kamen an Land und plünderten. Aus Angst verlegten die Kytherioten ihre Siedlungen in gut verborgene Winkel fernab der Küste. Die alte Inselhauptstadt Palióchora zeugt von der Vergeblichkeit dieses Bemühens: zwar liegt sie weit oben in einer gut versteckten Felsschlucht, doch der gefürchtete Korsar Barbarossa fand sie dennoch und gab den Befehl, die Stadt einzunehmen und mit den Bewohnern keine Gnade walten zu lassen." Lena lief ein kalter Schauer den Rücken hinunter und auch Sokrates legte seine Stirn in sorgenvolle Falten. „Allerdings", nahm Lena den Faden wieder auf, „waren die Inseln für die Piraten noch in einer anderen Hinsicht interessant. Hier kamen nämlich viele Schiffe auf der Route zwischen Izmir, Konstantinopel und Chíos vorbei und es gab viele Buchten und Höhlen, in denen sich die Piraten verstecken konnten, um dann unerwartet hervorzubrechen und die kostbaren Schiffsladungen zu kapern. Der Legende nach soll jedenfalls ein Piratenschiff vollgeladen mit kostbarer Beute vor den Bädern der Aphrodite gesunken sein."

„Hm", grübelte Sokrates, „eines verstehe ich nicht: die Ortsangabe in beiden Geschichten ist recht präzise: die Bäder der Aphrodite. Das ist doch dort, wo wir so himmlisch gebadet haben, oder? Warum ist nicht schon vorher jemand auf die Idee gekommen, an dieser Stelle nach dem Schatz zu suchen?"

Im Archäologischen Museum

„Hast du eigentlich herausgefunden, was es mit der *Kytherian Association of Australia* auf sich hat?", fragte Sokrates, als sie sich durch die Kurven hinauf nach Chóra schraubten.

„Jep", sagte Lena und schaltete einen Gang herunter, um die nächste Kurve schwungvoller nehmen zu können.

Sokrates umklammerte den Türgriff. „Am liebsten fahre ich selbst", beschwerte er sich leise.

„Hast du was gesagt?", schnappte Lena, die es hasste, wenn man ihr auch nur andeutungsweise eine zu rasante Fahrweise vorwarf.

„Típota! Típota! Nichts! Loipón, also diese *Kytherian Association*?", bemühte Sokrates sich um einen entspannten, rein neugierigen Ton, um sie nicht weiter zu verärgern.

Doch er musste zunächst noch warten. Lena beschleunigte, nahm die letzte Anhöhe zur Stadt und bog auf den großen Parkplatz ein. Als das Auto stand, erklärte sie: „Zu Beginn des 20. Jahrhunderts gab es wegen der prekären wirtschaftlichen Lage auf der Insel eine veritable Emigrationswelle. Eine von mehreren übrigens. Jedenfalls: Viele Kytherioten wanderten aus, um anderswo ihren Lebensunterhalt zu verdienen. Manche gingen nach Amerika und viele nach Australien. Sydney war hier die erste Anlaufstelle und so verwundert es nicht, dass man sich dort in einem Café mit anderen Ausgewanderten traf, um gemeinsam in Erinnerungen an die Heimat zu schwelgen. 1922 gründete man dann eine Bruderschaft, deren Ziel es war und immer noch ist, die Beziehungen mit Kýthera aufrechtzuerhalten. Daraus entwickelte sich ein intensiver Austausch, von dem nicht zuletzt die Insel profitiert. In ihrer neuen Heimat halten die australischen Kytherioten so die Inselkultur lebendig. Es gibt zum Beispiel Tanzgruppen, Kochkurse, Griechischkurse und so weiter. Sie sprechen sogar einen eigenen Dialekt! Ihre Heimatinsel wiederum unterstützen sie mit verschiedenen Projekten, wie jetzt die Suche nach dem Schatz.“

„Das ist ja einmal ausgefallen. Von den Korfioten habe ich so etwas noch nicht gehört.“

Am Archäologischen Museum drängten sich bereits viele Interessierte. Lena und Sokrates stellten sich ein wenig abseits und betrachteten die fast schon festlich gekleideten Menschen, die angeregt miteinander redeten und insgesamt ziemlich aufgekratzt wirkten. Plötzlich hielt mit quietschenden Reifen ein zerbeulter grüner Kleinwagen neben ihnen, dessen Fahrer ihnen hektische Zeichen gab, Platz zu machen. Grummelnd traten Lena und Sokrates beiseite. Kaum hatte der sein Vehikel rangiert und den Motor schlussendlich abgewürgt, stürzte ein Reporter, erkennbar an seiner überdimensionierten, um den Hals hängenden Kamera, herbei und knipste, was das Zeug hielt. Auch die Wartenden waren jetzt aufmerksam geworden.

Der Fahrer hatte sich endlich aus dem Auto geschält, hob beschwichtigend die Hände in die Höhe und rief: „Kalós ílthate! Herzlich willkommen! Als der Bürgermeister von Kýthera sage ich Ihnen: Schön, dass Sie alle da sind!"

Begleitet von dem aufgeregt Fotos schießenden Reporter bahnte der Mann sich seinen Weg durch die Menge, die ihn bewundernd begrüßte. Gerade, als er an dem großen Portal des Museums anlangte, wurden die schweren Flügeltüren effektvoll geöffnet und der Bürgermeister trat gefolgt von den Leuten hinein.

Lena und Sokrates schauten sich amüsiert an.

„Dann mal hinterher", sagte Sokrates spöttisch.

Sie hatten sich gerade in Bewegung gesetzt, als knapp vor ihnen ein schwarzer Feuerstuhl einbog und mit kreischenden Bremsen vor dem Aufgang zum Museum zum Stehen kam.

„Prosochí! Vorsicht!", sagte Sokrates und zog Lena gerade noch rechtzeitig zurück, denn nun knatterten zwei weitere Motorräder, ein altersschwaches rotes und ein schwarzes heran.

„Ist das nicht …?"

Lena nickte. „Unser Ganoventrio. Charmant wie eh und je!"

„Willst du etwas essen?", fragte Sokrates barsch, als sie mit den anderen Besuchern aus dem Archäologischen Museum ins Freie traten, „Mir ist eigentlich gründlich der Appetit vergangen."

„Pós? Wie? Essen? Keine Ahnung. Mir egal", entgegnete Lena gedankenverloren.

„Lena!", raunzte Sokrates und zog sie grob am Arm zur Seite weg aus dem Getümmel, „Wäre es völlig unangemessen, wenn meine Frau Gemahlin ihrem Ehemann wenigstens Gehör schenkt?"

„Pós? Wie bitte?", fragte Lena konsterniert.

„Augen scheinst du ja nur noch für diesen Schönling, diesen Beau zu haben! Willst du jetzt gleich mit ihm anbandeln? Soll ich mir ein Taxi nehmen?"

„Sokrati! Von wem sprichst du? Ich habe", Lena senkte ihre Stimme zu einem konspirativen Flüstern, „nur Augen für das Verbrechertrio." Mit einem ungeduldigen Kopfnicken wies sie auf die Rothaarige mit Vogelnase und dem Kugelrunden im Schlepp, die gerade an ihnen vorbei zu ihren Feuerstühlen stürmten.

„Blablabla", machte Sokrates verächtlich und seine Augen funkelten in einem dunklen Maronenbraun.

„Was soll das nun wieder heißen?", fragte Lena entrüstet, doch in diesem Moment sah sie Sokrates in die Augen und verstand, „Panagía mou! Spuck's aus, was dich wütend macht! Es gibt nämlich Wichtigeres zu bereden!"

„Sicher", knirschte Sokrates ironisch zwischen den Zähnen hervor, „als ob es nebensächlich wäre, dass meine Ehefrau sich den Kopf verdrehen lässt von diesem dahergelaufenen …"

Sokrates' Litanei ging im lauten Geknatter angelassener Motorräder unter und schon schossen die Rothaarige, der Kugelrunde und Vogelnase an ihnen vorbei und davon.

Entnervt rollte Sokrates mit den Augen, dann schluckte er schwer und atmete tief durch. „Dieser Schönling aus der Forschungsgruppe", nahm er in sachlicherem Ton den Faden wieder auf.

„Hä?", fragte Lena ratlos.

„Dieser besonders gutaussehende Typ, der dir schon

in Frátsia schöne Augen gemacht hat und der offensichtlich zur Forschungsgruppe gehört. Groß, muskulös, dunkle, lockige Haare, strahlend hellblaue Augen. Dazu ein umwerfendes, weißes Lächeln. Sommerteint. Einige Sommersprossen auf der Nase. Er stand neben dem, der eine komische Frisur hatte."

„Der mit der blondierten Igelfrisur?"

„Akrivós. Genau. Dieser … dieser … Beau hat dir die ganze Zeit heiße Blicke zugeworfen. Fast hätte er dich mit seinen Augen verschlungen. Und du hast ihn völlig hingebungsvoll angesehen."

„Vlakeíes! So ein Quatsch! Ich war die ganze Zeit damit beschäftigt dieses Verbrechertrio im Auge zu behalten. Fandest du nicht, dass die sich extrem seltsam benommen haben?"

Mit einem Blick auf die Umstehenden, die sich inzwischen interessiert zu ihrem Streit umgewendet hatten, ergriff er energisch Lenas Arm und führte sie vom Hof des Museums. Dabei murmelte er: „Gehen wir etwas essen! Unser Vermieter hat mir etwas geflüstert von einer herrlichen Souvlaki-Bude. Dort können wir uns weiter unterhalten."

Vom Archäologischen Museum war es nicht weit bis zum zentralen Sträßchen, das von der Inselhauptstraße bis vorne auf die Felsnase mit dem mächtigen Kástro führte. Schmale Gassen zweigten immer wieder von ihm ab und schlängelten sich am Felsen nach oben oder unten. Die Häuser entlang dieser Wege drängten sich eng zusammen, um den wenigen Platz, den das Felsplateau, auf dem Chóra thronte, bestmöglich auszunutzen.

Sie waren liebevoll restauriert, strahlten in frischem Weiß, üppig blühende und grünende Pflanzen vor ihren prachtvollen, in grün, rot und blau leuchtenden Türen. Immer wieder passierten Lena und Sokrates wie verzaubert wirkende Torbögen. Kleine Läden boten ihre Waren, bunte Souvenirs, Sträuße von Semprevíva, Schmuck und auch allerlei Tand, in geschmackvollen Auslagen an. Lena hätte sicherlich vor lauter Begeisterung ob dieser romantischen Postkartenmotive Fotos über Fotos geschossen und Sokrates hätte darüber die Augen gerollt, doch sie hatten jetzt keinen Blick dafür. In Gedanken versunken tappten sie nebeneinander her. Selbst der abgedroschene Name der Souvlaki-Braterei, Sirtaki, den sie sonst sicherlich mit beißendem Spott kommentiert hätten, konnte sie nicht aus ihren Grübeleien reißen.

Das Lokal war sehr gut besucht, dennoch fanden sie einen Tisch in einer Nische, die sie vom Getümmel der Gasse schützte. Die Bestellung war schnell erledigt, nun saßen sie sich, dumpf vor sich hinbrütend, schweigend gegenüber.

„Bist du immer noch eifersüchtig“, fragte Lena nach einer Weile und sah Sokrates herausfordernd in die Augen.

Sokrates wurde rot und zuckte verlegen die Schultern. „Ein bisschen.“

„Also wirklich, Sokrati!“, sagte Lena und schüttelte den Kopf.

„Kein Grund?“, fragte Sokrates.

Lena schüttelte erneut den Kopf.

Sokrates seufzte tief und ließ sich erleichtert in seinem

Stuhl zurücksinken. Dann sagte er: „Ziemlich langweilige anderthalb Stunden, oder?"

„Langweilig", feixte Lena, „da hatte ich aber eben einen anderen Eindruck!"

Sokrates wurde noch eine Spur röter, setzte aber unbeirrt fort: „Dieser Bürgermeister! Redet und redet und redet! Glaubt, wer weiß, wie wichtig zu sein! Zum Glück kamen dann die Leute von der Forschungsgruppe! Die hatten wenigstens etwas Substantielles zu erzählen! Schon bemerkenswert, ihre Vision, sich auf die Suche zu machen, auf den Spuren dieser alten Mythen und Legenden. Wirkten auch alle sehr kompetent: Archäologen, Taucher, Historiker. Schon eine bunte Truppe. Denkwürdig! Aber das Publikum …"

„Hast du denn gar keine Augen im Kopf?", rief Lena entrüstet und funkelte ihn aus gefährlich glitzernden Augen an. „Hast du nichts bemerkt?"

Sokrates zuckte hilflos die Schultern. „Außer, dass der Beau schon wieder meine Frau angeschmachtet hat? Was soll ich bemerkt haben?"

„Mich wundert, dass dem Herrn Kommissar nichts aufgefallen ist", sprudelte es aus Lena hervor, „hast du nicht gesehen, wie verdächtig sich die drei benommen haben? Besonders als es um das Gold ging. Ich habe sie genau beobachtet und …"

„Okay, mal langsam", hakte Sokrates ein, „du sprichst von den drei Motorradfahrern, die wir schon in Neápoli und in Kapsáli gesehen haben und die uns vorhin fast umgefahren hätten?"

„Von wem denn sonst? Sicher nicht von diesem Schönling", ereiferte sich Lena, doch bevor sie fortfahren konnte, stellte der Kellner ein großes Tablett reich beladen mit allerlei Köstlichkeiten vor ihnen ab: verführerisch duftende Spieße mit Hühnchen- und Schweine-Souvlaki, einen Teller Tzatziki, kross geröstete Brotfladen, einen Bauernsalat und dazu zwei eiskalte Mythos-Biere.

„Kalí órexi", wünschte der Kellner mehr pflichtbewusst denn freundlich und rauschte davon.

Lena langte sofort gierig zu, was Sokrates ein kleines Schmunzeln entlockte. Aber auch er zögerte nicht lange.

„Nóstimo", bemerkten sie nach den ersten Bissen wie aus einem Munde. Sie grinsten sich schief an, dann vertieften sie sich einmütig in den Genuss der saftigen, kross gegrillten Souvlaki.

Nach einiger Zeit sagte Sokrates: „Loipón."

„Also", kaute Lena, spülte mit einem kräftigen Schluck Mythos hinterher, „mir ist aufgefallen, dass die drei sich wirklich verdächtig benehmen. Der große schlaksige Typ …"

„Der mit der Vogelnase?"

„Genau! Der hat sich sogar Notizen gemacht – und zwar immer, wenn es um das Gold ging!" Lena spießte energisch ein Stückchen Souvlaki auf ihre Gabel und stieß diese jede Silbe betonend bei dem nächsten Wort zwischen ihnen in die Luft: „Mi-nu-ti-ös!" Das Souvlaki wanderte in Lenas Mund, sie kaute verbissen, schluckte und spülte erneut mit einem Schluck Bier nach. Dann fuhr sie fort: „Das war aber noch nicht alles! Er hat außerdem sehr akribisch aufgeschrieben, wenn etwas über den Zeitplan gesagt wurde, und darüber, wann und wo die Forschungsgruppe unterwegs sein wird." Lena spießte ein weiteres Souvlaki-Stück auf ihre Gabel, wedelte damit triumphierend vor Sokrates' Nase und schob es sich in den Mund.

„Sich Notizen zu machen, ist aber nicht verboten. Der Journalist hat auch alles – akribisch", Sokrates zog die Augenbrauen in die Höhe, „festgehalten. Selbst du hast etwas aufgeschrieben!"

„Das ist doch etwas ganz Anderes", brauste Lena auf.

„Hm", zuckte Sokrates mit den Schultern.

„Sokrati!", beschwerte sich Lena, „Du nimmst mich anscheinend nicht ernst!" Erbost spießte sie ein weiteres Souvlaki-Stück auf, tunkte es in das Tzatziki und schob es sich in den Mund.

„Ich versuche dir zu folgen, nur …"

Unwirsch winkte Lena ab, schluckte und sagte: „Wie steht es damit: Die beiden anderen haben sich dauernd umgesehen, die Leute genaustens gemustert und miteinander getuschelt."

„Getuschelt und umgesehen haben sich viele", wandte Sokrates trocken ein und wischte Lena mit seiner Serviette etwas Tzatziki von der Wange, „wie das bei Griechen üblich ist."

„Haben die auch heimlich von den anderen Besuchern Fotos gemacht wie der Kugelrunde? Vor Anstrengung ist er einmal fast vom Stuhl gefallen!"

„Wie hast du denn das …? Egal. Lenaki! Das ist vielleicht etwas ausgefallen, aber kein Grund, die drei zu verdächtigen!"

„Hm."

„Lena, mal ehrlich: Würden sich professionelle Kriminelle so auffällig benehmen?"

Nachdenklich strich sich Lena eine Strähne aus dem Gesicht. „Du meinst, ich habe da etwas hineininterpretiert?"

Sokrates nickte. „Du hast dich ein bisschen verrannt in die Idee, ein Ganoventrio entdeckt zu haben. Glaub deinem Kommissar!"

„Klar", nuschelte Lena, „weil der Herr Kommissar sich ja nie verrennt! Beau, sage ich nur!"

Sokrates wurde erneut rot, erwiderte aber: „Ganz genau. Der Kommissar hat immer recht." Ein schelmisches Lächeln stahl sich auf sein Gesicht.

„Maláka", murmelte Lena und musste dann doch lachen.

Als sie später mit kugelrunden Bäuchen vor den leeren Tellern und Platten saßen, nahm Sokrates den Faden wieder auf: „Eine Frage wurde aber geklärt: dass die Ortsangabe, bei den Bädern der Aphrodite, die in den Erzählungen vorkommt, keine präzise ist. Anscheinend ist sie in einem weiten Sinne zu verstehen und bezeichnet das Meer rund um die Insel. Bei den Bädern der Aphrodite kann demnach überall sein."

„Dennoch beginnt die Forschungsgruppe an eben diesem Strand. Meinst du, wir könnten dort zuschauen?"

„Klar, warum nicht? Am besten wäre es natürlich", rief Sokrates begeistert und seine Augen begannen zu strahlen, „am besten vom Wasser aus! Wir wollten doch eh einen Segeltörn machen!"

„Bloß nicht!", dachte Lena entsetzt. Sie spürte, wie sie unter Sokrates' erwartungsvollem Blick rot anlief.

Glücklicherweise kam in diesem Moment der Kellner und enthob sie zunächst einer Antwort.

„Óla endáxi? War alles in Ordnung? Darf ich noch eine kleine Süßigkeit aufs Haus bringen? Wir haben heute phantastisches Revaní.“

Schatzfieber

Die Auftaktveranstaltung im Archäologischen Museum wirkte wie ein Startschuss: das Schatzfieber brach aus und es erfasste gnadenlos alle. Ob groß, ob klein, Mann oder Frau, alt oder jung, ob einheimisch oder Gast auf der Insel, alle waren auf der Jagd. Die gesamte Insel summte wetteifernd.

Wenige Eigensinnige, die sich für besonders schlau hielten, suchten nicht zu Wasser, sondern zu Lande, sodass man immer wieder im unwegsamen Gelände auf Einzelpersonen, kleine Trupps oder vom Großvater angeführte Familien stieß, die – mal mit perfekter Ausrüstung, mal nur mit Spitzhacke und Schaufel ausgerüstet – verbissen den Boden durchforschten. Die Masse der Schatzjäger jedoch hielt sich verständlicherweise ans Wasser. Alles, was schiffbar war, war auf dem nassen Element. Das Forschungsschiff war folglich niemals allein zu sehen, immer umschwärmten es zahllose Schaluppen wie die Arbeiter ihre Bienenkönigin. Wer selbst ein Schiffchen besaß, schätzte sich glücklich, während sich die Bootsverleiher die Hände rieben. Ihre Segeljachten, Motorboote, Jollen, Tretboote, Kähne, Kanus, Kajaks, Klipper und alle anderen wassergängigen Vehikel konnten sie stundenweise für horrende Summen vermieten – und sie waren über Tage hinaus ausgebucht. Ein solch gutes Geschäft hatten sie noch in keinem Sommer jemals gemacht.

Lena freute dies insgeheim, denn sie dachte, dass sich ihr Problem nun von ganz allein erledigt hätte. Sie war zwar eine leidenschaftliche Schwimmerin, aber das

Segeln war ihr ein Graus. Alleine die Erinnerung an die wenigen Male, in denen es ihr nicht gelungen war, sich einem Törn zu entziehen, verursachte ihr umgehend Übelkeit. Jedes einzelne Mal war ihr hundeelend gewesen. Aber zuzugeben, dass sie seekrank wurde, kam auf gar keinen Fall in Frage! Wie stand sie denn als einzige Landratte da in ihrer segelbegeisterten Schwiegerfamilie? Also hatte sie immer wieder fest die Zähne zusammengebissen und still gelitten. Das auf der Insel ausgebrochene Schatzfieber, glaubte Lena, bewahrte sie vor einer neuerlichen, leidvollen Erfahrung. Doch da irrte sie gründlich.

Lena erwachte am Montag, dem Tag nach der Auftaktveranstaltung im Archäologischen Museum, von einem lauten Knall. Erschrocken fuhr sie auf.

„Sokrati?"

Kein Sokrates neben ihr im Bett und auch sonst war es absolut still.

„Sokrati?"

Ein leises Knacken im Türschloss ließ sie aufhorchen. Im nächsten Moment bauschte ein kühler Luftzug die Gardine am offenen Fenster.

„Lenaki!", wisperte Sokrates von der Tür her, „Syggnómi! Entschuldige! Ich wollte dich nicht stören. Die Tür ist mir aus der Hand gerutscht … Schlaf einfach noch ein bisschen."

„Was ist denn los, Sokrati?", ächzte Lena und ließ sich in die Kissen zurückfallen. Sie griff nach ihrem Handy. „So früh? Was machst du? Wohin willst du eigentlich um diese Zeit?"

„Schlaf einfach noch ein bisschen! Ich bin gleich wieder zurück!“, sagte Sokrates und zog die Tür hinter sich ins Schloss.

„Endáxi, in Ordnung“, brummelte Lena, drehte sich auf die Seite und schlief wieder ein.

Ungeduldig trommelte Lena mit ihren Fingern auf die Balkonbrüstung. Wo blieb er nur? Er war jetzt schon Ewigkeiten weg! Wohin war er überhaupt gegangen? Sie beugte sich weit über das Geländer und kniff die Augen zusammen. Das Einzige, was sie jedoch erspähte, war, dass sich der Strand langsam zu füllen begann. Die Sonne war ja auch schon ein ganzes Stück den Himmel hinaufgeklettert und warf ihre Strahlen verführerisch glitzernd über das Wasser. Lena schnaubte erbost. Er wusste ganz genau, dass sie gerne schwamm, wenn sie die Bucht fast für sich hatte, also früh am Morgen, bevor die ganzen Touris wie Heuschrecken einfielen. Außerdem wollten sie doch an den Aphrodite-Strand, um zu beobachten, was die Forschungsgruppe dort herausfand. Das wurde alles viel zu spät!

„Maláka“, grummelte sie.

Sollte sie einfach gehen? Schließlich könnte Sokrates sich denken, wo sie war.

„An meinem Lieblingsplatz, den ich nun leider seinetwegen mit viel zu vielen Menschen teilen muss! Aber das interessiert ja den Herrn Sokrates nicht!“

In diesem Moment hörte sie, wie ein Schlüssel ins Schloss gestoßen und die Türe geöffnet wurde. Mit einem lauten Knall fiel sie ins Schloss.

„Sokrati?“

„Nai.“

„Wo warst du denn? Ich warte auf dich wie bestellt und nicht abgeholt …“ Lena stockte. Sokrates war auf den Balkon getreten. Seine Miene wirkte wie versteinert. „Ist etwas passiert?“, fragte sie erschrocken. Doch dann sah sie seine Augen: dunkles Maronenbraun, ein untrügliches Zeichen dafür, dass er wütend und gekränkt war. „Wieso bist du sauer?“

„Nichts ist mehr zu bekommen!“, presste er zwischen zusammengebissenen Zähnen hervor, „Alles weg! Es ist einfach unglaublich!“

„Bitte?“

„Alles weg!“, rief Sokrates und fast sah es so aus, als wolle er sich sogar die Haare raufen.

„Ich verstehe immer noch nicht.“

„Na, die Segelboote – oder überhaupt Motorboote, Jollen, Tretboote, Kähne, Kanus, Kajaks, Klipper und alles andere Schiffbare! Weg! Alles weg! Auf Tage, was sage ich, auf Wochen hinaus ausgebucht! Unseren Segeltörn können wir also vergessen!“

„Dóxa to Theó! Gott sei Dank“, wäre ihr fast herausgerutscht, doch sie konnte sich noch rechtzeitig auf die Zunge beißen. „Schade“, sagte sie stattdessen und bemühte sich um einen bedauernd Tonfall.

Sokrates schnaubte unglücklich. „Jetzt wird es nichts mit unserem Segeltörn! Dabei hätte ich mir die Insel Kýthera so gerne von ihrer Schokoladenseite angesehen! Zumal heute, da doch die Schatzsuche beginnt!“

Was für ein spannender, ereignisreicher Tag! Heute hat die Schatzsuche offiziell begonnen – und wir waren dabei!

Natürlich waren Sokrates und ich heute an Ort und Stelle, als die Forschungsgruppe mit der Suche begann. Zu Sokrates großem Ärger konnten wir kein Segelboot mieten, um quasi hautnah dabei zu sein. (Deshalb schaut er auf den Bildern so miesepetrig und hat sich den gesamten Tag darüber beschwert, wie schade es doch sei, dass wir nicht von unserem Boot aus zusehen könnten!)

Wir mussten uns also damit bescheiden, das Ganze vom Strand aus zu betrachten. Das war – zugegebenermaßen – etwas langweilig. Viel mehr, als dass immer mal wieder einer in Tauchausrüstung ins Meer gesprungen ist oder Geräte und Kameras ins Wasser gereicht wurden, gab es nicht zu sehen.

Die zahlreichen Zuschauer zu Lande und zu Wasser zu beobachten, war hingegen nicht langweilig!

An Arbeiten war seitens der Forschungsgruppe anfangs überhaupt nicht zu denken, so dicht umringt war ihr Schiff. Zum einen von den Booten, mit denen man versuchte, so nahe wie nur irgend möglich heranzukommen. Zum anderen von den Menschen, die sich nicht damit begnügten, in gebührendem Abstand am Strand zu bleiben. Einige Schwimmer nämlich nahmen Kurs auf das Forschungsschiff und manche ganz Findige paddelten vom Ufer aus auf ihren Luftmatratzen oder ihren Plastikflamingos hinaus. Ein Tohuwabohu! Wie Piranhas zur Fütterungszeit, die sich auf den Leckerbissen schlechthin stürzen. Die anwesende Polizei hatte alle Hände voll damit zu tun, den Forschenden Bewegungsfreiheit zu verschaffen!

Natürlich waren auch Pressevertreter dabei. Die haben vielleicht einen Wind gemacht. Und einer ist tatsächlich mitsamt seiner überdimensionierten Kamera ins Meer geplumpst. Ein Beitrag ist heute Abend bestimmt im Fernsehen zu sehen! (Nicht vom ins Wasser Fallen!)

Gefunden wurde allerdings nichts. Glauben wir jedenfalls! Zu-

mindest haben wir nichts beobachten können, was wie ein gehobener Schatz aussah. Außerdem: außer Berichten von der Arbeit der Forschungsgruppe keine Neuigkeiten in den hiesigen Medien oder auf den Social-Media-Kanälen – und das wäre DIE Meldung gewesen!

Nachdenklich kaute Lena auf dem Stift. Vorhin am Strand waren auch die drei Gestalten aufgetaucht: die Rothaarige mit ihren beiden Spießgesellen. Sie hatten sich auffällig abseits gehalten, aber alles genau beobachtet. Die Rothaarige hatte sogar ein Fernglas, mit dem sie unentwegt das Forschungsschiff belauert hatte, dabeigehabt. Irgendwie verdächtig, oder? Sokrates hätte sie bestimmt ausgelacht, deshalb hatte sie nichts gesagt. Bildet sie sich nur etwas ein, wie Sokrates meinte, oder war dieses diffus warnende Gefühl richtig?

Ihr Blick schweifte über die Bucht von Kapsáli. Die Sonne war bereits hinter dem Felsen von Chóra verschwunden und das Licht schimmerte golden. Die Venus blinkte und der Mond zeichnete sich erst kraftlos als durchscheinende Sichel am Himmel. Bald würde die Nacht die Bucht mit ihrem samtigen Dunkel ausfüllen. Überall würden dann die elektrischen Lichter aufflammen und der Fels von Chóra würde aufgrund der über seine Flanken verteilten Illumination noch imposanter erscheinen.

„Die Dusche ist jetzt frei", rief Sokrates aus dem Inneren.

„Endáxi", seufzte Lena, „lassen wir es für heute gut sein!"

„Kalispéra!", tönte Lakis' Stimme aufgekratzt aus dem Telefon, „Wie geht es euch? Gut, hoffe ich doch!"

„Kalispéra, Papa, uns geht es gut!", erwiderte Sokrates und zwinkerte Lena zu, die ihm gegenüber an dem wackeligen Tischchen auf dem Balkon saß, die gut gefüllten Ouzo-Gläser zwischen sich.

„Kalispéra, Laki! Uns geht es bestens!", ergänzte Lena und zwinkerte ihrerseits Sokrates zufrieden zu. Sie griff nach dem Ouzo. Den konnte sie jetzt gut gebrauchen. Aus der Kleinigkeit, die sie rasch nach dem Duschen hatten essen wollen, war nämlich wieder einmal ein Schwelgen in inseltypischen Leckereien geworden. Der Ouzo hatte selbstverständlich auch hier nicht gefehlt und Sokrates hatte sogar gescherzt: „Ouzo hilft immer! Hoffentlich auch dabei, die Enttäuschung ob eines ausfallenden Segeltörns hinwegzuspülen!"

„Lena!", unterbrach Lakis' Stimme ihre selig satte Träumerei, „Schön, dich zu hören! Habt ihr schon viel gesehen und erlebt? Als Reisejournalistin: welche Highlights hast du schon entdeckt? Ist es nicht spannend, dass jetzt sogar nach einem Schatz gesucht wird? Ganz Griechenland spricht davon! In den Nachrichten wurde davon berichtet, dass heute bei den Bädern der Aphrodite getaucht worden sei. Wart ihr auch da? Ich wäre zu gerne …"

„Bei euch auch alles in Ordnung?", unterbrach Sokrates den Redeschwall seines Vaters etwas unwirsch, „Mama wohlauf? Auf der Plantage geht alles seinen Gang?"

„Ja, ja, alles in bester Ordnung!", wischte Lakis die Fragen ungeduldig beiseite und fuhr fort, „Weshalb ich eigentlich anrufe!“

Sokrates richtete sich alarmiert auf. „Ist doch nicht alles in Ordnung? Ist etwas mit Mutter? Sie hat sich schon zwei Tage nicht bei mir gemeldet. Ist ihr etwas passiert, dass …“

„Vlakeíes! Blödsinn!“, unterbrach Lakis nun seinerseits seinen Sohn, „Weshalb ich anrufe: Ich habe eine Überraschung für euch! Sozusagen ein weiteres Hochzeitsgeschenk!“

„Gut, dass nichts mit Mutter ist“, murmelte Sokrates mehr zu sich und ließ sich erleichtert auf seinem Stuhl in die Polster sinken.

„Muttersöhnchen“, verdrehte Lena innerlich die Augen.

„Hast du etwas gesagt, Sokrati? Die Verbindung ist gerade ganz schlecht. Ich höre dich kaum!“

„Nichts, Papa, nichts.“

„Ich dachte, du hättest etwas gesagt!“

„Nein, ich …“

„Du hast nichts gesagt?“

„Nein, ich …“

„Dann ist ja gut! Ich dachte nur …“

„Was denn für eine Überraschung?“, unterbrach Lena die beiden Männer energisch.

„Schon vor Wochen habe ich es fest gemacht! Was für ein Glück! Als hätte ich es geahnt!“

„Laki“, neckte Lena, „du machst es aber spannend!“

„Loipón! Nun gut! Ich lade euch ein! Zu einem Segeltörn! Schließlich müsst ihr die Insel doch von ihrer Schokoladenseite – vom Meer – kennenlernen! Bei der ganzen Aufregung um den Schatz ist jetzt sicherlich kein Boot mehr zu bekommen! Was für ein Glück, dass ich schon vor Wochen eines für euch gemietet habe!"

„Was für ein Glück", echote Lena fassungslos. Sie konnte förmlich spüren, wie die Übelkeit in großen Wellen auf sie zurollte.

„Thaumásia!", rief Sokrates im selben Augenblick und sprang freudig erregt auf, „Papa, das ist wundervoll!"

„Ist das nicht phantastisch!", rief Sokrates aufgekratzt ein ums andere Mal, „Ist das nicht phantastisch! Ich dachte schon, wir müssten ganz und gar darauf verzichten! Aber jetzt!"

„Mhm, phantastisch", machte Lena matt, was Sokrates überhaupt nicht registrierte.

„Phantastisch! Jetzt sehen wir diese wunderschöne Insel doch noch von ihrer Schokoladenseite! Herrlich! Ich muss gleich …" Sokrates stürmte vom Balkon ins Innere.

Was hatte Lakis sich nur dabei gedacht? Wie konnte er nur? Einfach im Geheimen und weit im Voraus einen Segeltörn buchen als ein weiteres Hochzeitsgeschenk! Lieb gemeint, aber …

Drinnen polterte etwas zu Boden.

„Gamóto! Mist!", hörte Lena Sokrates leise fluchen, „Irgendwo muss sie doch sein!"

Wie sollte sie das aushalten? Hatte sie wenigstens die Tabletten, die Niki ihr empfohlen hatte, dabei? Irgendwo hatte sie die hingetan; nur wo?

„Da haben wir sie", ertönte es im Inneren triumphierend und schon stand Sokrates neben ihr auf dem Balkon. Enthusiastisch schwenkte er eine Karte in der

Hand. „Die Seekarte von Kýthera! Ich werde sogleich für uns die schönste Route zusammenstellen!"

Segeltörn

Wieder einmal kauerte Lena im Bug eines Segelschiffes und ihr war speiübel. Auch Nikis Wunderpillen halfen nicht. Ihr Magen hob und senkte sich im Takt des Bootes. Dabei war heute wunderbares Segelwetter: klare Sicht, leichter Wind und nur wenig Wellengang.

„Tief einatmen. Ruhig atmen", beschwor Lena sich und dachte an die anderen guten Ratschläge, die Niki ihr gestern spät in der Nacht am Telefon, als sie ihre Freundin panisch angerufen hatte, gegeben hatte.

„Lena", hatte diese gesagt, „du musst. Lakis wäre zu Tode beleidigt, wenn du sein Geschenk zurückweist! Ganz zu schweigen davon, dass Sokrates ebenfalls furchtbar enttäuscht wäre. Die beiden sind nun einmal leidenschaftliche Segler!"

„Als ob ich das nicht wüsste", hatte Lena gefaucht und sich empört, „Mir scheint, als erlebte ich ein Déjà-vu in Endlosschleife!" Dann hatte sie verzweifelt gefragt: „Es gibt wirklich keinen Ausweg? Ich muss?"

Nachdem Niki ihr begütigend zugeredet und ihr Mut gemacht hatte, hatte Lena sich wieder einmal gefügt. Jetzt verfluchte sich dafür. Die in ihr aufkochende Wut vertrieb etwas den bitteren Geschmack, der immer wieder stoßweise aus ihrem Magen aufstieg. Wer war nur auf die Idee gekommen, das Land zu verlassen und sich aufs Meer zu begeben? Tollkühne Helden oder hirnverbrannte Draufgänger? War es am Land nicht schön genug? Was man nicht alles sehen und entdecken konnte! Warum auch noch das Meer?

„Ist das nicht herrlich", rief Sokrates ihr vom Heck

aus zu. Mit großer Geste wies er auf die hüpfende Küstenlinie.

„Mhm", machte Lena und trotz ihres misslichen Zustands musste sie ihm doch zustimmen: die Insel vom Meer aus zu sehen, war spektakulär. Kýthera lag wie ein vom Himmel gestürzter Felsen mitten im Blau. Hier an der Westseite war die Insel karg und unwirtlich: schroffe Felswände, grau, beige, braun, spärliches Grün von widerstandsfähigen Pflanzen, die sich in den Stein klammerten, dazwischen mal mehr, mal weniger zugängliche Buchten, in denen das kühle Nass verführerisch schillerte. Menschenleere, die Inselorte, alle gut auf der Hochebene verborgen, nicht auszumachen, nur ab und zu gleißte eine Kirche weiß im Sonnenlicht. Unendliche Weite und außer dem leisen Säuseln des Windes und vereinzelten Möwenschreien Stille. Sanft glitt ihr Boot dahin.

„Sokrati?", rief Lena und die Übelkeit setzt unvermittelt wieder ein, „Sokrati!"

„Ti? Was?", rief Sokrates abgelenkt, da er gerade versuchte, das Segel neu im auffrischenden Wind auszurichten.

„Da ist ein Hai!"

Eilig krabbelte Lena aus dem Bug auf Sokrates zu.

„Ti? Was?" Sokrates zog angestrengt an einer Leine.

„Ein Hai! Da!" Panisch deutet Lena auf die dreieckige Flosse, die sich rasch ihrem Boot näherte.

Lautes Gelächter ließ Lena herumfahren.

„Ein Hai", gluckste Sokrates.

„Was ist daran so komisch?", fauchte Lena und dreht

sich wieder der Haiflosse zu.

„Lenaki“, setzte Sokrates belehrend an, „das ist doch kein …“

In diesem Moment riss ihm eine Windböe die Leine aus der Hand.

„Prosochí! Lena! Vorsicht!“, rief Sokrates entsetzt und Lena konnte sich im letzten Moment unter dem herumschlagenden Baum hindurchbücken.

„Lena“, rief Sokrates erneut, doch da war es zu spät: der Baum, der wieder in die andere Richtung herumgeschwungen war, traf Lena von hinten und versetzte ihr einen solchen Stoß, dass es sie über Bord fegte.

Plötzlich war es dämmrig und etwas presste sie tiefer und tiefer hinab. Weiße Bläschen trudelten ziellos um sie herum. In ihren Ohren knackte es. Ihr Herz pumpte viel zu schnell. Sie musste wieder nach oben. Aber wo war das? Eine unendliche blau-grüne Weite umgab sie. Mit aller Kraft strampelte sie mit den Beinen und ruderte mit den Armen, aber sie schien sich dadurch nur im Kreis zu drehen. Sie war doch eine gute Schwimmerin, oder? Angst durchrieselte Lena.

Etwas stieß ihr in die Seite. Klein und rund und hart und lebendig? Der Hai? Aber der hätte sicherlich schon zugeschnappt, seine fiesen Zähne in ihr Fleisch gegraben.

Wieder knuffte es sie in die Seite und dann umkreiste sie ein schlanker Leib und gab wie zur Beruhigung Klicklaute von sich. Auffordernd wackelte der Delfin mit dem Kopf. „Komm, folge mir“, schien er zu sagen. Lena nahm all ihre Kraft zusammen und folgte ihm.

In dem Moment, in dem sie keuchend die Wasseroberfläche durchbrach, sprang Sokrates mit einem lauten Klatschen neben ihr ins Meer. Keckernd grinste der Delfin sie an, machte eine geschmeidige Drehung und verschwand in den Fluten. Prustend tauchte Sokrates neben ihr auf.

„Lena, Lena!" Sokrates zog sie an sich. „Óla endáxi? Alles in Ordnung?"

„Óla endáxi!", erwiderte Lena, doch dann flossen die Tränen.

„Alles gut, Lena! Komm, schwimmen wir zur Leiter!"

Kurze Zeit später ankerten sie in einer weiten, menschenleeren Bucht unweit des felsigen Ufers. Sokrates setzte sich neben Lena aufs Deck und zog sie fest an sich. Vorher hatte er fürsorglich einen Sonnenschutz über sie gespannt. Schweigend sahen sie aufs Meer hinaus. Sanft, fast beruhigend schaukelte das Boot.

„Ich hatte solche Angst um dich, als du nicht mehr auftauchtest", sagte Sokrates und drückte Lena noch ein bisschen fester an sich.

„Mit dem Schreck davongekommen", meinte Lena trocken.

„Gerade noch einmal gut gegangen, würde ich sagen!", erwiderte Sokrates aufgewühlt.

„Mit dem Hai, meinst du?" Lena schielte Sokrates mit einem schiefen Grinsen an.

Sokrates stutzte, dann sagte er: „Akrivós, genau." Zärtlich umfing er ihr Gesicht mit seinen Händen, dann küsste er sie innig.

„Was ist das eigentlich für eine seltsame Holzkonstruktion? Ein Balkon? Aber hier ist doch weit und breit keine Menschenseele!“ Lena deutete auf eine Stelle im Felsen. Das Meer hatte sich hier schartig in den Stein geschnitten, darin war auf halber Höhe eine Art Balkon montiert, zu dem sich von weiter oben ein Weg zu schlängeln schien.

„Meine Reisejournalistin weiß nicht, wo wir sind und was sie vor ihrer Nase hat?“, neckte Sokrates, „Hat dir der Baum doch eins über den Kopf gezogen?“

Lena stieß ihn in die Seite. „Maláka“, lächelte sie zärtlich, „nun sag schon!“

„Das ist die Agía Sophía!“

„Panagía mou!“, stöhnte Lena, „Ausgerechnet hier musst du Anker werfen?“

Sokrates starrte sie verständnislos an. Dann dämmerte es ihm und ein schelmisches Grinsen umspielte seinen Mund: „Ach, Sophia!“

„Sostó, genau!“, gab Lena unwirsch zurück, „Sophia. Du erinnerst dich. Diejenige, die du laut deiner Mutter besser hättest heiraten sollen! Die heilige Sophia …“

„Die ich aber nicht geheiratet habe!“, unterbrach er Lena und blickte ihr tief in die Augen. „Sondern dich. S‘agapó.“

„Weißt du etwas über diese Kirche, deren Namen ich nicht noch einmal aussprechen werde?“, nahm Sokrates ihr zuzwinkernd den Faden wieder auf.

„Die Agía Sophía“, Lena dehnte betont theatralisch den Namen, fuhr dann aber in ihrem Reiseleiterinnen-Ton fort, „ist eine der ältesten Kirchen auf Kýthera, wenn nicht sogar die älteste. Sie ist in eine natürliche

Höhle hineingebaut worden. In ihr wurden die ältesten Zeugnisse von Kýtheras Besiedlung gefunden, die sich auf ca. 6000 vor Christus datieren lassen! Vermutlich wurde an dieser Stelle schon damals eine Gottheit verehrt. Aphrodite?“

Sokrates kicherte.

„Ti? Was?“, fragte Lena pikiert, „Gefallen dir meine Ausführungen nicht? Dabei gebe ich mir solche Mühe.“

„Damit ist alles in Ordnung“, sagte Sokrates lachend, „denn wie aufs Stichworte kommen dort die Begleiter der Aphrodite. Oder sollte ich besser sagen: Hilfe, da kommen Haie?“ Er deutete mit der Hand aufs offene Meer.

Tatsächlich kam von dort eine bekannte dreieckige Flosse schnell auf sie zu. Neben der einen Flosse tauchte eine weitere und dann noch eine auf. Spielerisch umschwammen sich die drei Tiere, tauchten ab, schossen an die Oberfläche und durch die Luft zurück in die Tiefen. Glitzernd und spritzend folgte das Meer ihren geschmeidigen Bewegungen. Neckend hallten ihre Klicklaute in der Bucht.

Lena hatte beim Anblick der anmutigen Tiere ganz vergessen, Sokrates tadelnd zurechtzuweisen oder ihn wenigstens in die Rippen zu knuffen. Doch jetzt besann sie sich und hauchte: „Du könntest sie auch meine Lebensretter nennen.“

„Ti? Wie bitte?“

„Als ich da unten war, hat mir ein Delfin geholfen, den Weg an die Oberfläche zu finden.“

„Du willst mich veräppeln, oder?“

Lena schüttelte nur den Kopf. „Ohne den Delfin hätte ich nicht wieder nach oben gefunden.“

„Aber dann hätte ich dich gerettet!“

„Ja. Vielleicht. Bestimmt!“

„Ganz sicher!“, sagte Sokrates fest.

Sie schwiegen, während das Boot sie hin- und her-
wiegte.

„Segeln willst du nach diesem Erlebnis sicher nicht
mehr, oder?“

„Hm“, druckste Lena.

„Lenaki“, sagte Sokrates liebevoll, „ein bisschen
kenne ich dich und Augen habe ich schließlich auch im
Kopf. Dass du das Segeln nicht magst, habe sogar ich,
dein dusseliger Ehemann, mitbekommen.“

„Wenn du das wusstest, warum hast du nie etwas gesagt? Hast du mich extra leiden lassen?“, brauste Lena
auf.

Sokrates grinste sie an. „Vielleicht.“

„Maláka!“

„Lena, Agápi mou! Bist du verrückt. Ich habe mich
gefreut, dass du das mir zuliebe auf dich nimmst! Sehr
süß! Außerdem: du hättest auch laut und deutlich sagen
können, dass …“

„Wenn das immer so einfach wäre“, fiel sie ihm ins
Wort.

„Meine kleine Landratte!“, witzelte Sokrates.

„Segelfuzzi!“, erwiderte Lena.

Sie kicherten einvernehmlich und rutschten noch ein
wenig enger zueinander.

„Was für ein wunderschönes Schauspiel“, seufzte er
und zeigte auf die Tümmler.

„Kein Wunder, dass sich Aphrodite diese Tiere als

ihre Begleiter ausgewählt hat. Diese Eleganz", meinte Lena schwärmerisch.

„Vielleicht hatte sie auch noch andere Gründe. Ich habe mich bereits auf Thássos, als es um die marmorne, auf dem Delfin reitende Aphrodite ging, gefragt, wie Liebesgöttin und Delfine zusammenpassen."

„Eleganz."

„Das sagtest du schon."

„Zudem stehen sie für Frieden, Harmonie, Freiheit, Liebe, Kooperation, Klugheit. Vergiss außerdem nicht, dass Aphrodite die Schaumgeborene ist! Einen eleganteren, geschmeidigeren, intelligenteren Meeresbewohner als Begleiter könnte sie sich schwerlich aussuchen!"

Eng aneinander geschmiegt hätten Sokrates und Lena dem graziösen Treiben der Delfine noch lange zusehen können, doch zu ihrem Bedauern zischten die Delfine plötzlich hinfort.

„Sokrati", beschwerte sich Lena. Vorwurfsvoll sah sie ihren Mann an.

„Ich bin unschuldig", wehrte er ab, „die da musst du anklagen!" Er deutete zum offenen Meer, von wo ein auffällig unauffälliges nachtblaues Boot hereingetuckert kam und unweit von ihnen stoppte. Auf Deck standen aufgereiht der Kugelrunde, die Vogelnase und die Rothaarige.

„Das glaube ich jetzt nicht!", entfuhr es Lena und Sokrates sagte im gleichen Moment erfreut, „Kalispéra! Was für ein Zufall!"

„Tatsächlich: so ein Zufall!", erwiderte die Rote. Der leichte Unwille, der in ihren Augen glomm, wurde schnell durch ein strahlendes Lächeln überdeckt. „Kalispéra", grüßte sie und winkte zu ihnen herüber, was Sokrates munter erwiderte.

„Kalispéra, Kalispéra! Was machen Sie denn hier?", plapperte der Kugelrunde, worauf die Rothaarige ihn strafend in die Seite stieß, „Ich meine, schön Sie zu treffen." Ein erneuter Knuff. Verlegen rieb er sich die Seite und verbesserte sich: „So ein Zufall."

„So ein Zufall", sekundierte Vogelnase, „so ein Zufall!"

„Ich dachte, sie hatten kein Glück?", erkundigte sich die Rothaarige. Eine Spur Misstrauen flackerte in ihren Augen.

„Sie waren ganz verzweifelt, in ihren Flitterwochen kein Boot mehr bekommen zu können!", schnatterte der Kugelrunde, woraufhin ihn wieder ein Knuff in die Seite traf.

„Wie es der Zufall will, hatte mein Vater schon vor Wochen ohne unser Wissen ein kleines Segelboot für uns gemietet! So ein Glück!" Sokrates lachte fröhlich.

„So ein Glück!", echote die Vogelnase, „Wunderschön hier! Was für eine Landschaft! Vom Wasser aus kann man die Schönheiten einer Insel doch erst so richtig …"

Ein tadelnder Blick der Roten traf Vogelnase und er verstummt.

„Dann noch einen schönen Tag", beendete die Rote das Gespräch und es klang wie ein Befehl, sich auf und davon zu machen und ihnen endlich das Feld zu überlassen. Zu Vogelnase und dem Kugelrunden gewandt sagte sie: „Kommt, gehen wir erst einmal unter Deck."

Lena und Sokrates saßen aneinander geschmiegt auf Deck und warteten. Doch die Delfine tauchten nicht mehr auf. Ihnen war es sicherlich wegen der zwei vor sich hinschaukelnden Boote zu geschäftig in ihrer Bucht.

„Was hältst du von einem kleinen Plats Plouts? Vielleicht finden wir die Delfine wieder. Oder ist dir nach deinem Sturz ins Wasser nicht danach?“

„Schwimmen geht immer! Aber erst einmal habe ich Hunger!“

Zum Glück hatten sie Proviant dabei: allerlei Gebäck sowie kleine Pizzen, mit denen sie sich vor ein paar Tagen wie immer viel zu reichlich bei Rena eingedeckt hatten.

„Wieso sind wir eigentlich nicht zum Aphrodite-Strand gesegelt? Die Forschungsgruppe taucht doch auch heute dort“, müffelte Lena zwischen zwei Bissen.

„Zu viel Getümmel“, schnaubte Sokrates, „ich dachte, wir segeln dahin, wo wir ganz allein sind.“

„Hieß es nicht, dass die Forschungsgruppe auch hier tauchen will? Unterhalb dieser Kirche, Schrägstrich, Kultstätte der Aphrodite?“

„Möglich“, zuckte Sokrates desinteressiert die Achseln.

Die Sonnenstrahlen tanzten glitzernd und funkelnd auf dem Wasser. Eine sanfte Brise fächelte vom offenen Meer. Sanft säuselten die Wellen an den Felsen. Abgesehen von dem nachtblauen Boot, auf dem sich nichts regte, war keine Menschenseele zu sehen.

„Bist du sicher? Oder sollen wir lieber drei Stunden

mit dem Baden warten, wie griechische Mütter empfehlen?", neckte Lena.

„Meropi kann uns nicht sehen!", parierte Sokrates keck.

„Dann los!"

Hand in Hand sprangen sie ins Meer.

„Warum hast du mir nicht erzählt, dass du Bekanntschaft mit diesen komischen Vögeln gemacht hast?", fragte Lena Sokrates, als sie sich auf Deck trocken rubbelten. Aufmerksam musterte sie das andere Boot. Nichts rührte sich, seitdem die drei unter Deck verschwunden waren. Warteten sie ab? Worauf?

„Hab ich total vergessen. Syggnómi! Dir kleinen Neugierdsnase hätte ich es natürlich sofort erzählen müssen", scherzte Sokrates.

„Hättest du."

„Unbedingt!", gab Sokrates gespielt beflissen zurück und setzte ernsthaft fort, „Sie waren auf ihrem Boot am Anleger in Kapsáli und in meiner Verzweiflung, da kein Schiff mehr zu bekommen war, habe ich sie gefragt, ob ihres zu mieten sei."

„Mhm", meinte Lena nachdenklich, „Findest du es nicht seltsam …"

„Lenaki", seufzte Sokrates, „bitte fang nicht wieder mit deinen Verdächtigungen an! Das sind drei nette Menschen! Sie lieben das Segeln! Das sagt doch schon alles!"

Lena verdrehte die Augen. „Als ob Segler nicht … Ja, was?", dachte Lena, „Kriminelle sein könnten?"

„Lenaki, ich sage dir, deine Intuition geht mit dir

durch! Nun komm und hilf mir! Wir sollten langsam zurücksegeln!"

Viel musste Lena allerdings nicht helfen. Nachdem sie den Anker gelichtet hatte, hatte Sokrates alles wieder selbst in die Hand genommen und sie in den Bug geschickt. So saß sie wieder dort, was ihr nur recht war.

„Sokrates muss blind sein! Im wahrsten Sinne des Wortes!", regte sie sich innerlich auf.

Hatte er denn nichts bemerkt? Sobald sie nämlich damit begonnen hatten, ihr Boot startklar zu machen, hatte sich plötzlich auch auf dem nachtblauen Schiff etwas geregt, gerade so, als hätten die drei nur darauf gewartet, dass sie endlich das Feld räumten. Als die drei glaubten, sie seien außer Sichtweite, hatten sie begonnen, Dinge aufs Deck zu schleppen. Für Lena hatte das ganz nach Tauchausrüstung ausgesehen. Waren sie nur wegen der wunderschönen Bucht gekommen? Suchten sie etwas? Zufällig am Fuße der Agía Sophía, Schrägstrich, der Aphrodite-Höhle, wo die Forschungsgruppe demnächst tauchen würde? Seltsame Koinzidenz.

„Da kann Sokrates sagen, was er will", grübelte Lena, „ich misstraue ihnen."

Obwohl der Wind aufgefrischt hatte, erreichten sie ohne weitere Zwischenfälle am späten Nachmittag den Hafen von Kapsáli. Lena war ein wenig verwundert, denn ihr war gar nicht übel. Ob sie langsam segelfest wurde? Oder lag es eher daran, dass sie so in ihre Gedanken vertieft gewesen war? Jedenfalls sprang sie schwungvoll auf den Quai und half Sokrates, das Schiff festzumachen.

„So voller Elan? Ist aus der Landratte etwa eine Segel-
maus geworden?", bemerkte Sokrates schmunzelnd.

Lena zuckte die Achseln. „Vielleicht. Hast du noch
Lust auf einen kleinen Spaziergang? Die Landratte muss
sich versichern, wieder festen Boden unter den Füßen
zu haben."

„Geh du nur. Ich mache das Boot fertig und gebe es
an den Vermieter zurück."

Entspannt schlenderte Lena am Quai entlang auf den
Strand zu. Was für ein aufregender Tag lag hinter ihr.
Sie war zum ersten Mal gesegelt, ohne dass ihr schlecht
geworden war! Am liebsten hätte sie ihre Freundin Niki
angerufen, doch ihr Handy aus der Tasche zu kramen,
war ihr in diesem Moment einfach zu umständlich.

Am Strand herrschte noch reger Betrieb. Aufblasbare
Tiere schaukelten fröhlich in Ufernähe, weiter draußen
zogen einige emsige Schwimmer ruhig ihre Bahnen, im
brusttiefen Wasser paddelten, zu eifrig schnatternden
Grüppchen versammelt, die Steh-Schwimmer eifrig mit
den Armen. Kinder planschten ausgelassen im seichten
Wasser. Sonnenhungrige aalten sich in den goldenen
Strahlen.

Sie erreichte die immer laute, hektische Taverne, die
genau im Scheitelpunkt zwischen Strand und Hafen lag,
die sie an ihrem ersten Abend in Kapsáli missbilligend
zur Kenntnis genommen hatte, da dieses Lokal sehr intensiv für sich warb. Auf großen Werbetafeln war zu lesen: „Hier essen Fisch-Kenner!" – „Von nah und fern
kommt man sehr gern, denn unser Fisch ist frisch!" –

„Wahre Fisch-Esser essen UNSEREN Fisch!"

„Wenn man es nötig hat, damit zu prahlen, dass die Fisch-Kenner einem die Gaststätte einrennen, dann stimmt etwas nicht", hatte sie schon an ihrem ersten Abend in Kapsáli gedacht und dachte sie auch jetzt wieder. Der penetrante Geruch zu Tode frittierten Fischs schien ihr nur allzu recht zu geben. Eilig hastete sie durch die Gasse, die sich an dem Lokal vorbeischlängelte und zum Píso Gialós, der zweiten, hinteren Bucht Kapsális führte.

Die schon weit über den Horizont gerutschte Sonne tauchte alles in pulsierendes Licht, sodass das sich vor ihr öffnende Halbrund in Gold zu schwimmen schien. Auf dem Wasser schaukelten einige kleine Boote, zumeist Fischerboote, mit bunten Netzen beladen. Das Ufer säumten weiß getünchte Häuser, von denen nicht wenige Ferienwohnungen anboten. „Einige sogar recht hübsch", bemerkte Lena.

Ein Anwesen am anderen Ender der Bucht zog jedoch ihre Aufmerksamkeit auf sich. Inmitten des karstigen, staubig roten Geländes hob es sich wie eine Oase ab. Ein üppig grüner Innenhof mit hohen Palmen, Kiefern, Zedern und anderen buschigen Pflanzen wurde auf drei Seiten u-förmig von lehmfarbenen Häusern mit halbrunden Dächern, aus denen vorwitzig spitze Kamine lugten, und auf der Straßenseite von einer starken, sandfarbenen Mauer umschlossen. Mittig war ein mächtiges Portal eingelassen.

Lena stutzte: „Das sieht fast orientalisch aus."

Sie folgte der geteerten Straße, bis diese in eine Piste überging und sie vor den Eingang des Grundstücks führte. Auf einem Hinweisschild, das an den Eisenstäben befestigt war, war auf Griechisch, Englisch und Französisch zu lesen: Lepra-Kolonie.

„Davon habe ich doch etwas gelesen?", kramte Lena in ihrem Gedächtnis, „Überall, in ganz Griechenland gab es früher diese Absonderungen für die Kranken. Eine Lepra-Kolonien war auf Spinalónga, einer kleinen Insel vor Kreta, die wegen des Romans von Hislop und dessen Verfilmung besonders bekannt ist. Aber dass diese hier noch so gut erhalten ist …", Lena rüttelte an den Eisenstäben des Portals. „Sieht sehr privat aus. Vielleicht französisch – wegen der Inschrift?"

Lena schaute noch eine Weile durch die Stäbe in den gepflegten grünen Innenhof, dann drehte sie sich schließlich um und ging weg. Entspannt schlenderte sie den Weg, den sie gekommen war, zurück. Sie passierte den kleinen Hafen des Píso Gialós, der anscheinend von Kapsális Fischern genutzt wurde. Ihre kleinen Boote tanzten keck auf den Wellen und auf der Mole lagen zu Haufen getürmt die Fischernetze. Sie flanierte vorbei an den Ferienwohnungen, die sie mit Kennerblick musterte.

Als sie die Bucht umrundet hatte, schlug sie den Weg zur kleinen Kapelle ein. Der Aufstieg war kurz, aber anstrengend. Lena hielt den Blick auf den schmalen Weg gerichtet, der zu beiden Seiten von stacheligen Büschen begrenzt wurde, und erst, als sie oben war, hob sie den Blick.

Weite umfloss sie. Tief unter ihr gischteten die Wellen gegen die Felsen. Weit draußen erhob sich dunkel und geheimnisvoll Chýtra. Eine leichte Brise umwehte Lena und sie breitete die Arme aus und atmete tief durch.

Sie drehte sich um und hatte nun die vordere Bucht von Kapsáli vor sich. Der Strand war indessen fast verlassen, nur noch wenige Touristen tummelten sich im Abendsonnenschein. Die Tavernen harrten der bald einströmenden hungrigen Esser. Am Quai lagen die Boote aufgereiht. Ihres lag still da, verlassen. Das nachtblaue Boot war nirgends zu sehen.

„Páme", sagte Lena zu sich, schob die Gedanken an etwaige Ganoven beiseite und machte sich an den Abstieg, während zu ihrer Linken der kleine Leuchtturm mit dem besten Bett Kýtheras sein nächtliches Lichtspiel begann.

Die uralte Ikone

Das Programm für den Tag war bei einem ausgiebigen Frühstück bei Rena mit Blick auf die Brücke von Katoúni schnell gefunden: ein Besuch des Klosters Myrtidíon. Das hatten sie gestern bereits von ihrem Segelboot aus erspäht.

„Das Kloster“, nuschelte Lena, den Mund voll süßer Seligkeit, „hat für Kýthera eine besondere Bedeutung!“

„Bevor du deinen Vortrag über das Kloster fortsetzen willst, bedenke: Mit vollem Mund spricht man nicht“, rüffelte Sokrates sie.

„Ganz die Mama“, stöhnte Lena innerlich, „sogar derselbe Tonfall!“ Sie musste kichern und erntete von Sokrates prompt einen weiteren tadelnden Blick.

Dennoch lächelte sie ihn an und schluckte den letzten Bissen herunter. „Loipón, nun gut. Das Kloster“, setzte Lena an, doch da wurde sie von Rena unterbrochen.

„Am Abend müsst ihr unbedingt hierher nach Livádi kommen!“, empfahl Rena, „Heute Abend ist nämlich Markt: gemütlich, liebevoll und alles lokale Produkte! Es wird euch bestimmt gefallen! Danach solltet ihr unbedingt bei Artemis, der Göttin der Jagd essen!“

„Tha doúme“, meinte Sokrates abweisend, doch Lena nickte begeistert, „Prima Idee!“

Die Hauptstraße hatten sie in Livádi verlassen und befanden sich nun auf dem Weg zum Kloster. Sie fuhren über eine schmale, aber gut ausgebaute Straße auf der Hochebene entlang, die linkerhand noch einmal anstieg und – so vermutete Lena – dahinter zum Meer abfiel.

Um sie erstreckte sich karstiges Land: stachelige Büsche, ab und an einige windzersauste Kiefern, die sich schutzsuchend aneinanderdrängten, Fels. Hoher blauer Himmel und Stille. Einsamkeit.

„Ich fühle mich wie ein Pilger“, bemerkte Lena, „kein Mensch weit und breit, nur Natur rund um uns. Und wir: auf dem Weg zum Kloster.“

Sokrates nickte zustimmend. „Tatsächlich sind wir das! Schließlich pilgern wir zu dem wichtigsten Kloster Kýtheras. Dort befindet sich nämlich die Ikone der Theotókos von Myrtidiótissa. Und die Myrtidiótissa ist die Schutzpatronin der Insel.“ Sokrates strahlte sie triumphierend an.

„Bravo, Agápi mou“, schmunzelte Lena.

Sie erreichten das Dörfchen Kalokairinés, das sich als ein veritables Nadelöhr entpuppte. Während es bis hierher mehrere aus unterschiedlichen Richtungen kommende Straßen und Sträßchen zum Kloster gab, verbanden sich diese nun zu einem einzigen Weg, der zudem so schmal war, dass keine zwei Vehikel aneinander vorbeipassten. Lena hoffte inständig, dass niemand ihnen entgegenkommen würde, doch da war es schon geschehen. Ein dicker Bus des örtlichen Reiseveranstalters bog mit Schwung um die Ecke, sodass sie nur knapp Schnauze an Schnauze zum Stehen kamen.

„Typisch griechische Verkehrsführung“, knirschte Sokrates, legte krachend den Rückwärtsgang ein und schob sich durch die engen Gassen zurück bis kurz vor das Dorf, wo der Bus sie endlich passieren konnte. Kaum war der vorbei, sagte Sokrates lakonisch: „Auf ein Neues!" Er gab Gas.

Dieses Mal durchquerten sie das Dorf ohne einen Zwischenfall und befanden sich sodann auf einer gut ausgebauten Zufahrtsstraße zum Kloster. Der Weg führte leicht abwärts durch struppiges Grün und für die Straße zersprengte Felsen und schien einer Schlucht zu folgen, die ein Fluss, der vielleicht noch unten rauschte, in jahrhundertlanger Arbeit in den Felsen gewaschen hatte. Die Straße gabelte sich in zwei parallel zueinander verlaufende Fahrwege: rechts führte eine breite, neu asphaltierte Strecke geradlinig weiter, links zweigte ganz offensichtlich der alte Weg ab.

„Links oder rechts?", fragte Sokrates, wartetet aber gar nicht erst Lenas Antwort ab und setzte den Blinker links. „Was frage ich eigentlich?", scherzte er und stupste Lena in die Seite, „Du stehst doch auf Abenteuer!"

„Maláka", grinste Lena zärtlich.

Die Straße schlängelte sich nun direkt am Rande der Schlucht entlang: links grüner Abgrund, dahinter wieder aufsteigendes Gestein und rechts schroffer Fels. Im Hin und Her der Kurven verdeckt, dann offenbar, kam eine in den Felsen gehauene Durchfahrt zum Vorschein.

„Du hast nicht zu viel versprochen!", sagte Lena und kramte aufgeregt ihren Fotoapparat hervor. „Fahr langsamer!", befahl sie und lehnte sich gefährlich weit aus dem Fenster. *Klick Klick Klick.* „Ist das irre!", jubelte sie atemlos. *Klick Klick Klick.*

Dann waren sie schon durch und einige Kurven weiter blinkte plötzlich weit unter ihnen das blaue Meer. Der Bergrücken fiel hier nun Richtung Meer gemächlich, aber beständig ab. Er war fast kahl, leblos grau und gelb. Einige schwarz verkohlte Baumskelette reckten ihre Äste in den Himmel. Bäume, Buschwerk, Pflanzen und Gras mussten vor einiger Zeit ein Fraß der Flammen geworden sein und kämpften sich nunmehr mühsam zurück ins Leben. Wie eine Oase inmitten der Wüste lag ungefähr auf der Mitte der Flanke das Kloster: die Gebäude leuchteten weiß inmitten üppigen Grüns.

Die Straße wand sich scheinbar endlos nach unten und Sokrates atmete erleichtert auf, als ein Aussichtspunkt auftauchte, denn Lena hatte sich so waghalsig aus dem Fenster gelehnt, um Fotos zu machen, dass Sokrates um ihr Wohl fürchtete. Das Auto stand noch nicht ganz still, da war Lena schon hinaus und knipste wie verrückt.

Der Parkplatz des Klosters war leer. Laut zirpten die Zikaden. Über der Klosterpforte wehte die griechische Fahne und auf gelbem Grund der Adler der Kirche Griechenlands. Gemeinsam durchschritten sie andächtig das Portal. Auf der anderen Seite standen sie unvermittelt in einem blühenden Meer aus Farben und Duft. Zypressen, Oleander, Yuccas, Mimosen und inmitten dieser grünen und bunten Pracht erhob sich schlank der mit seinem weißen Sockel und den drei übereinander gestapelten, aus sandfarbenen Steinen gemauerten Säulenreihen venezianisch anmutende Glockenturm. Abgesehen vom Gesang der Zikaden lag friedliche Stille über diesem paradiesischen Klosterhof. Ringsum, das klösterliche Areal begrenzend, liefen die weißgetünchten

Klostergebäude mit den Zellen für die Mönche und Gäste.

Lena und Sokrates durchstreiften langsam das Gelände und nahmen die friedliche Atmosphäre in sich auf. Sie gelangten schließlich in einen schattigen Arkadengang, der die Kirche einfasste. Die schwere hölzerne Tür zum Kircheninneren stand einladend offen und schwerer Weihrauchduft schien sie ins Innere zu locken. Sonnenstrahlen, die durch die Fenster fielen, zauberten magische Lichteffekte auf die Wandmalereien. Goldverzierungen glänzten und glitzerten. Doch bei aller Pracht, mit der der Kirchenraum ausgestattet war, zog eine dunkle Holztafel alle Aufmerksamkeit auf sich. Hinter dickem Glas gut beschützt hing die Ikone, die diesem Kloster die Berühmtheit und der Insel seine Schutzpatronin gegeben hatte: die Ikone der Theotókos von Myrtidiótissa.

Die Luft schien zu vibrieren, als sich Lena und Sokrates ihr näherten. Da standen die Liebenden, Hand in Hand, vor dieser uralten Ikone und spürten, dass etwas mit ihnen geschah. Wärme durchflutete sie, wie der Lebenshauch der Schöpfung, das Band, das sie beide umfasste, schnürte sich enger, ohne sie zu erdrücken, begann zu pulsieren, und ganz in ihrem Inneren spürten sie, wie zueinandergehörig sie waren und welches Glück sie zueinander hatte finden lassen.

Aufgeregtes Tuscheln riss Lena aus dem warmen Gefühl des Segens der Gottesmutter. Im Zwielicht des Kirchenraums erblickte Lena zwei Mönche, die aufgewühlt miteinander flüsterten und auf die Ikone zeigten.

Mit einem Nicken machte Lena Sokrates auf die beiden aufmerksam. Fragend zog sie die Augenbrauen zusammen. Sokrates zuckte die Schultern. Auch er konnte nichts von der Unterhaltung der Mönche verstehen. Einvernehmlich schoben sie sich unauffällig, so als betrachteten sie die reich verzierten Wände, näher.

„Bist du sicher?", zischte der älter Mönch.

„Ja, doch!", erwiderte der jüngere.

„Ich kann es gar nicht glauben!", quietschte es und eine ältere schwarzgekleidete Frau schoss aus Richtung des Eingangs heran, „Ich sage es ja immer!"

„Pst!", zischten die beiden Mönche, „Leise!"

Die Alte war nun heran und das Dreiergrüppchen duckte sich in den Schatten.

„Ich meine nur", setzte das Mütterchen etwas leiser fort, „diese Touristen! Immer muss man sie ermahnen und dennoch benehmen sie sich so …"

„Pssst!"

„Unverschämt!", stieß sie hervor.

„Das waren keine Touristen", meinte der Jüngere.

„Wieso?", fragten der Ältere und das Mütterchen unisono.

„Das waren Profis! Es fehlen nur die wirklich wertvollen Stücke!"

„Panagía mou", klagte das Mütterchen laut und rang die Hände, „hätte ich doch nur …"

„Kyría!", unterbrach sie der Jüngere und sah sich eilig um, „bitte, Sie können doch nichts dafür!"

„Aber ich hätte doch besser aufpassen müssen! Mein Gelübde, seit dreißig Jahren diene ich der Myrtidiótissa! Und jetzt das! Wofür werde ich bestraft? Hätte ich doch bloß …“

„Óchi, Kyría! Óchi. Sie trifft keine Schuld!“, beeilte sich nun auch der Ältere zu sagen.

Dann entfernten sich die drei konspirativ flüsternd und ließen Lena und Sokrates ratlos zurück.

Sokrates schnarcht schon selig, aber ich kann einfach noch nicht schlafen!

Unglaublich, was wir heute erlebt haben! Oder besser: erfahren! Aber der Reihe nach:

Heute haben wird das religiöse Zentrum der Insel besucht: die Myrtidiótissa. Es handelt sich (wie kann es anders sein) um eine wundertätige Ikone, die (wie in diesen Geschichten üblich) ein Hirte auf der Suche nach seinen Tieren entdeckt haben will und zwar inmitten von Büschen aus Myrte, Griechisch: Myrtiá. Am Ort der Fundstelle wurde eine Kirche erbaut, die heute das Kloster ist. Als Datum gilt der 24. September 1446, ein Festtag für alle Bewohner Kýtheras oder die in die Welt zerstreuten Kytherioten. Berühmt ist auch die alljährliche Prozession der Ikone durch alle Dörfer Kýtheras, der sogenannten Gýra, um den Segen der Myrtidiótissa überall hinzubringen. Hier drückt sich die große Verbundenheit und Dankbarkeit der Einwohner aus, denn die Ikone soll Kýthera immer wieder beschützt haben, so z.B. gegen die Piraten, die die Schätze der Insel rauben wollten. Natürlich wird auch der 15. August, der Tag der Himmelfahrt der Gottesmutter, wie überall in Griechenland gefeiert: Gläubige kommen einige Tage vorher ins Kloster, um zu fasten und sich vorzubereiten und am Tag selbst ausgiebig zu feiern.

Weder Sokrates noch ich sind wahnsinnig religiös und solchen Wundergeschichten gegenüber sind wir eher skeptisch, aber dieses Kloster – oder besser gesagt seine Ikone ist wirklich besonders.

Eine Aura, die den Betrachter unmittelbar in Bann zieht. Minutenlang standen wir vor der Ikone der Theotókos, eine einfache Holztafel, ganz verdunkelt von diversen Bränden, denen sie ausgesetzt war, ihre Umrisse kaum noch erkennbar, nur erahnbar durch die Gold- und Silberverzierungen. Ein warmer Sog ließ uns verharren, pulsierende Energie, die die Geheimnisse der Welt zu umfassen schien. Ein Gefühl inniger Verbundenheit – mit der Welt, ihren Bewohnern und für mich vor allem: zwischen mir und Sokrates. Ein festes Band, das nicht so einfach zerschnitten werden kann. Zusammengehörigkeit. Tiefe Verbundenheit. Ein sich Erkennen. Vielleicht einfach: Liebe! Seltsam wundersam.

Kein Wunder, dass es heißt – und ich glaube das sofort –, die Ikone wirke Wunder. Davon zeugen die vielen Votivtafeln, die um die Ikone im Kirchenraum und der Krypta drapiert sind. Auf kleinen Silbertafeln sind z.B. verschiedene Gliedmaßen, wie Augen oder Füße, zu sehen. Und in der Krypta stehen riesige Kerzen. Manche davon in Kindergestalt. Die Gottesmutter soll auch für Kindersegen sorgen.

Aber nun kommt es: Während wir ganz versunken in den Anblick dieser Wunder-Ikone sind, belauschen wir zwei Mönche und ein altes, schwarzgewandtes Mütterchen, wie man sie in fast jeder orthodoxen Kirche antrifft, welches am Eingang der Kirche die Kerzen verkauft und für Ruhe und Ordnung bei den Besuchern sorgt. Sie murmeln, dass irgendetwas Wertvolles geklaut worden sei. Sokrates und ich sind ahnungslos. Aber vorhin, in Livádi, wo wir auf dem Markt waren, erfahren wir, was die ganze Insel – und das meine ich wörtlich – aufregt: wertvolle Votivtafeln der Myrtidiótissa sind gestohlen worden! Dass Diebe es wagen, ihre Theotókos zu beklauen! Ein Affront! Dieses unerhörte Ereignis lässt ein weiteres Detail verblassen, nämlich dass nicht nur die Gottesmutter bestohlen wurde, sondern dass auch aus dem Archäologischen Museum wertvolle Artefakte verschwunden sind. (Offiziell verheimlicht man allerdings, um was es sich genau handelt. Gemunkelt wird, dass es sich um güldene Grabbeigaben handeln soll.)

Unglaublich! Anscheinend treibt eine professionelle Diebesbande ihr Unwesen auf dieser schönen Insel! Ich könnte wetten, dass die Rothaarige, Vogelnase und der Kugelrunde ihre Finger im Spiel haben. Aber Sokrates will davon nach wie vor nichts wissen. Na ja, wir werden sehen.

Jedenfalls hatte auch uns die hitzige Stimmung so sehr erfasst, dass wir fast das wunderbare Essen bei Artemis, der Göttin der Jagd, nicht gebührend genießen konnten: ausgezeichnete, deftige Landküche und eine hauseigene Nudelspezialität, Zymariká, aus Ziegenmilch! Herrlich, wie sich der leicht scharfe Geschmack mit den sonnengereiften, süßen Tomaten der Soße vermählt! Ganz abgesehen von dem wunderbaren kleinen Markt: nur wenige kleine Stände, aber mit frischen Produkten unter einem wunderbaren Himmel, der sich mit der untergehenden Sonne langsam orangerot verfärbt.

Strandtag mit Überraschung

Lena ließ sich wohlig von den sanften Wellen schaukeln. Sie betrachtete den klaren azurblauen Himmel, der sich über ihr wölbte.

„Hier bin ich Mensch, hier darf ich's sein!", zitierte Lena Goethes „Faust" und räkelte sich lustvoll in den Fluten, „Einfach herrlich hier!"

Durch Zufall hatten sie diesen Strand entdeckt. Eigentlich hatten sie ganz in den Norden gewollt, doch aus Neugierde hatte Lena darauf bestanden, auf halber Strecke in Agía Pelagía, dem alten Fährhafen und ehemaligen touristischen Zentrum Kýtheras, zu halten. Das Örtchen selbst hatte wenig Reizendes zu bieten – die üblichen Pensionen, Appartements und Lokale sowie den fast bedeutungslos gewordenen Anleger. Aber dieser Strand, etwas abseits war ein Knaller. Ungewöhnlich roter, grobkörniger Sand, an den die Wellen weiß schäumten, kristallklares Wasser, malerische Felsen, die die weitgezogene Bucht einfassten, schattenspendende Tamarisken und massige Aloe-Vera-Pflanzen am Übergang von Strand zu festem Land.

Ein passendes Quartier hatte Lena auch schon erspäht: ein stattliches Häuschen direkt oberhalb dieses phantastischen Strandes, welches sich in den terrassenförmig angelegten Hang schmiegte. Der helle Gelbton des Anstrichs und die in Weiß abgesetzten Fenster- und Türrahmen harmonierten wunderbar mit den kräftigen rot-braunen Erdtönen der umgebenden Landschaft. Das sanfte Olivgrün, in dem die Fensterläden gestrichen waren, spiegelte herrlich die Aloe-Vera-Pflanzen und die mächtigen Kakteen, die um das Haus wuchsen, wider. Eingefasst war das Anwesen auf der unteren Ebene mit einer hohen Bruchsteinmauer. Lena vermutete, dass sich dahinter auch ein Pool befand.

„Ziemlich luxuriös", befand sie, „wenngleich ein bisschen verlottert." Als Expertin hatte sie natürlich die zwar wenigen, aber vorhandenen Stellen bemerkt, an denen der Putz abblätterte. „Statt verlottert könnte man es auch geheimnisumwittert nennen! Besser noch: geheimnisumweht. Vermarktung: Geheimnisumwehtes Anwesen wartet auf dich! Vermietung an zahlungskräftige Klienten! Oder – noch besser – als Kulisse eines Films. Liebe, Leidenschaften und mafiöse Machenschaften!" Lena kicherte. Sokrates hätte jetzt bestimmt wieder die Augen gerollt und sie ihrer übertriebenen Phantasie geziehen!

„Dennoch: hier zu wohnen, wäre toll", träumte sie, „Schwimmen, so oft man Lust hat. Frühstück auf der schattigen Terrasse. Meer. Lesen. Ungestörte Zweisamkeit. Abends ein wunderbares Essen, untermalt von der Meeresbrandung, und ein Gläschen Krasí oder einen Ouzo! Oder diesen süffigen Fatouráda-Likör."

Zurzeit schien das Haus allerdings unbewohnt zu sein. Zumindest waren die olivgrünen Fensterläden abweisend verschlossen.

„Roter Wüstensand mit blauem Meer!", dachte Lena, „Bizarr." Sie drehte sich auf den Bauch und paddelte langsam auf den Strand zu, denn Sokrates war schon eine ganze Weile aus dem Wasser. „Zeit, zurück zu meinem Liebsten zu schwimmen. Wie Aphrodite steige ich jetzt aus den Fluten und falle in die Arme meines feurigen Geliebten. Bisher hatten wir die schönsten Flitterwochen!"

Sokrates erwartete sie im Schatten unter einem Bäumchen sitzend mit einem schiefen Grinsen im Gesicht. Lena war sofort alarmiert, bedeutete dies doch nie etwas Gutes.

„Ist etwas passiert?", fragte Lena beunruhigt.

„Wie man's nimmt", erwiderte Sokrates und spielte verlegen mit seinem Handy.

„Verstehe ich nicht", sagte Lena ungeduldig. Sie konnte es nicht ertragen, auf die Folter gespannt zu werden.

„Lena", sagte er mit matter Stimme, „meine Polizeidienststelle hat gerade angerufen. Ich muss noch heute nach Athen zu der Auswahlprüfung."

„Ti? Was? Das glaube ich jetzt nicht."

„Pah, Aphrodite und Arme des feurigen Geliebten und schönste Flitterwochen", grummelte Lena leise vor sich hin, als sie sich wenig später ins Auto plumpsen ließen, um erst nach Kapsáli zu rasen, dort rasch einige Dinge einzupacken und dann weiter zum Flughafen zu pesen. „So ein Pech!", fluchte sie laut, „Da warten wir seit Monaten, dass sich etwas tut und ausgerechnet in unseren Flitterwochen …"

„Lenaki", unterbrach Sokrates sie behutsam, „Sonntag bin ich bereits wieder zurück. Dann können wir feiern, dass ich ab nächstem Jahr in Deutschland bei dir sein werde, weil ich an dem europäischen Austauschprogramm für Polizeikräfte teilnehme." Zärtlich griff er nach ihrer Hand.

„Hm“, machte Lena.

„Das war doch unser Wunsch, oder?“

„Ja. Stimmt“, brummte Lena resigniert. Sie drückte seine Hand.

Sobald Sokrates im Flughafengebäude verschwunden war, nahm Lena ihr Handy und wählte die Nummer ihrer Freundin Niki.

„Lena mou!“, kam es erfreut aus dem Hörer, „Schön, dass du dich meldest! Du hast lange nichts mehr von dir hören lassen! Aber klar – Flitterwochen!“ Nikis Stimme kiekste anzüglich.

„Niki“, brachte Lena heraus, dann versagte ihr die Stimme. Tränen schossen aus ihren Augen und machten das Sprechen unmöglich.

„Lena“, rief Niki besorgt, „was ist denn los?“

Lena schniefte vernehmlich. „Stell dir vor …“ Ein heftiger Schluchzer entwich ihrer Kehle.

„Lena mou, so beruhige dich doch!“

„Beruhigen?“, fauchte Lena, „Ich soll mich beruhigen? Eine schöne Freundin bist du!“

„Lena“, mahnte Niki, „erzähl doch erst einmal, wo der Schuh drückt.“

„Ich habe Sokrates gerade zum Flieger gebracht. Diese blöden Malákes! Seit Monaten warten wir darauf, dass diese doofe Aufnahmeprüfung für dieses törichte europäische Austauschprogramm stattfindet …“, wimmerte sie, „Ausgerechnet in unseren Flitterwochen!“

„Óchi re! Das ist nicht wahr! So ein Pech!“

„Du sagst es“, schniefte Lena, „jetzt ist er weg und ich

ganz allein!“

„Lenaki, das tut mir leid! Wann kommt Sokrates denn wieder?“

„Am Sonntag. Bis dahin bin ich allein hier auf dieser Insel!“

„Lena, also ehrlich“, musste Niki nun lachen, „du bist doch eine gestandene Frau und wirst dich schon zu beschäftigen wissen. Außerdem ist das doch euer Wunsch, oder?“

„Genau dasselbe hat Sokrates auch gesagt.“ Lena seufzte tief.

„Lenaki mou, jetzt putz dir die Nase und überleg dir, was du alles auf Kýthera entdecken kannst. Dein Reise-Gen wird sich sicher ganz leicht wecken lassen!“

Fisch am Südseestrand

Lena hatte Nikis Rat befolgt. Vom Flughafen aus war sie direkt nach Diakófti gefahren, denn sie meinte sich zu erinnern, dass ihr Vermieter dort von einem guten Fischrestaurant, einer Psarotavérna, gesprochen hatte. Ein gutes Essen hatte sie sich nach dieser Aufregung unzweifelhaft verdient.

Der Ort lag im warmen Sonnenschein, als sie sich durch die Serpentinen hinunterschlängelte. Jede Kurve bot einen anderen, noch hinreißenderen Blick auf die Bucht. „Ein vollkommenes Panorama", dachte Lena und öffnete die Fenster weit. Tief sog sie die von Sonne und Salz geschwängerte Luft ein. Unter ihr leuchteten in allen Südseefarben Strand und Meer. Die kastigen, wie hingeworfen wirkenden Häuser Diakóftis muteten allerdings orientalisch an. „Wüstenstadt am Südseestrand."

Die kleine vorgelagerte Insel, auf der die Hafenmole war, lag verwaist da; erst weit, weit hinten am Horizont dampfte die Porphyrousa heran. Auf dem aufgeschütteten Damm, der Hafen und Festland verband und den Strand in zwei Abschnitte teilte, rollte ein einsames Fahrzeug. Die liebliche Strandhälfte, links des Damms, bevölkerten große und kleine Strandgänger; die wildere Seite war ohne Publikum. Dort, nur wenige hundert Meter vor dem Ufer, war ein Schiff gestrandet, an dessen Skelett die Wellen nagten. „Nicht jeder kann nach Kýthera segeln", dachte Lena, ein geflügeltes Wort zitierend, das sie immer wieder im Zusammenhang mit der Insel gelesen und gehört hatte. Linkerhand zog sich

die Küstenlinie wild zerklüftet und mit roten Abbruch-
kanten. Diesig erhoben sich weit im Hintergrund die
bergigen Umrisse des Festlands des südöstlichsten Fin-
gers der Peloponnes.

Im Ort herrschte reger Betrieb. Halb bekleidete Touristen liefen vom Strand zur Snackbar oder vom Hotel
zum Strand, überall am Straßenrand parkten Autos, die
ihre Insassen ausgespukt hatten und nun verlassen in
der Hitze vor sich hinbrüteten, und Kneller zwängten
sich mit Tablets voller Getränke hindurch. Souverän
manövrierte Lena den Wagen durch den mittäglichen
Trubel zum Parkplatz des Fischrestaurants.

Wenig später saß sie an einem Tisch direkt am Ufer.
Über ihr spannten sich schattenspendend die Zweige
der Tamarisken, zu ihren Füßen schwappten träge Wellen kristallklaren Wassers an Land. Die Zikaden gaben
ein rauschendes Konzert.

„Wie wunderschön, nur mein Sokrates fehlt", seufzte
sie melancholisch.

Der Kellner erschien und bat sie, den Fisch im Lokal
auszusuchen.

„Zum Glück", dachte Lena, als sie ihm ins Innere
folgte, „ist Meropi nicht dabei! Sie würde sich nach der
Qualität des Fischs erkundigen. Ob der auch wirklich
frisch sei. Betrügereien hätten bei ihr keine Chance, sie
kenne sich schließlich damit aus." Lena konnte förmlich
Meropis schnippische Stimme hören. Nur zu gut erinnerte sie sich, welches Theater Meropi vor gute einem
Jahr auf Thássos in der dortigen vorzüglichen Fischtaverne veranstaltet hatte. Den netten Besitzer hatte sie
damit fast in den Wahnsinn getrieben. „Was habe ich

mich für sie geschämt. Peinlich!"

Der Kellner war mittlerweile schon in der Psarotavérna verschwunden, sodass Lena schnell hinterhereilte. Als sie die Schwelle übertrat, kniff sie die Augen zusammen, denn im Inneren herrschte im Gegensatz zur Sonne draußen nur schummriges Licht. Nach und nach enthüllte sich ihr ein großer, bis auf vereinzelte, an den Rand geschobene Tische leerer Gastraum, der gemütlich-rustikal gestaltet war. Vor Kopf befand sich die imposante, hölzerne Theke und an der linken Wand war ein großer Kamin zu sehen, der im Winter, wenn der Raum mit Gästen, Lachen und Wohlgerüchen gefüllt war, sicherlich zusätzlich für Heimeligkeit sorgte.

Während Lena noch die Atmosphäre in sich aufnahm, winkte ihr vom Zugang zum Allerheiligsten, der Küche, der Kellner ungeduldig zu. Diese erschien Lena annährend so groß wie die Gaststube selbst. Moderne Geräte funkelten und geschäftig wuselten mehrere Köche hin und her. Das Prunkstück war aber eine riesige Kühltheke, in der der Fisch ausgestellt war. Lenas Augen begannen ob der üppigen Auswahl zu leuchten.

Hinter dem Ungetüm von Fischtheke thronte majestätisch der Besitzer, der sich nun vernehmlich räusperte. „Welcher Fisch darf es denn sein, meine Dame?", fragte er mit nicht wenig Stolz in der Stimme.

Lena strahlte ihn an und sagte begeistert: „Bei so viel Auswahl ist das sehr schwierig! Was empfehlen Sie?"

Zufrieden betrachtet Lena die leeren Schüsseln und Schalen, die sich in einem bunten Durcheinander auf ihrem Tisch drängten. Man hatte extra für sie von allem kleine Portionen zubereitet, sodass sie vieles hatte probieren können: saftigen Chtapódi-Salat mit frischen Kräutern, kross gegrillte, kleine Doraden und Kalmare, einen Tartar vom Tintenfisch sowie Choriátiki, Patátes tiganités, Pommes, und eine kleine Karaffe Ouzo.

„Ein wahrer Festschmaus, nur mein Sokrates fehlt", seufzte Lena abermals.

An der Hafenmole gegenüber machte die Porphyrousa fest. Lena sah sehnsüchtig hinüber. Sie könnte einfach losfahren, nach Athen, zu Sokrates.

„Vlakeíes, Lena!" Sie schüttelte energisch den Kopf. „Erst wenige Wochen verheiratet und schon glaubst du, du könntest nicht mehr ohne ihn. So ein Blödsinn!" Sie winkte dem Kellner und zahlte. Dann stapfte sie entschlossen zu ihrem Mini, um ihre Schwimmsachen zu holen. „Das wäre doch gelacht!" Die Südsee sah einfach zu verführerisch aus.

Angenehm erfrischt saß Lena nach ihrem Bad auf einer Bank im Schatten einer Tamariske. Auf ihrem Schoß balancierte sie ihr Reisetagebuch.

Heute wurden wir unangenehm überrascht. Sokrates musste sofort nach Athen aufbrechen, um die Auswahlprüfungen abzulegen. Ausgerechnet jetzt, in unseren Flitterwochen! Dabei warten wir seit Monaten ungeduldig darauf, dass sich endlich etwas tut. Andererseits, so bedauerlich das natürlich in diesem Moment ist: endlich ist es soweit! Endlich wird es wahr: Sokrates wird nach Deutschland kommen! Ich drücke natürlich fest die Daumen, aber was soll schon schief gehen? So akribisch, wie sich mein Gambroúli darauf vorbereitet hat!

Lena hielt inne. Es stimmte: ihr Ärger über den ungüns-
tigen Zeitpunkt war einer unbändigen Vorfreude gewichen. Wie oft hatten sie sich ihr Zusammenleben ausge-
malt! Sich immerzu sehen zu können, keine nervenzeh-
renden Wiedersehen und schon gar keine lästigen Ab-
schiede mehr. Selbst der schnöde Alltag war ihnen absolut verlockend erschienen.

„Toi, toi, toi, Sokrati mou“, flüsterte Lena und hoffte,
dass der leise Wind ihre Wünsche zu Sokrates nach
Athen tragen würde.

*Sokrates wird erst am Sonntag zurückkehren, sodass ich hem-
mungslos Pläne schmieden kann. Vielleicht statte ich dem hoch-
gelobten Markt in Potamós oder dem Weindorf Mitáta einen Besuch ab? Tha doúme; schauen wir mal!*

*Derweil sitze ich unter einer Tamariske am Südseestrand von
Diakófti. Die Farben des Meeres sind unglaublich bezaubernd,
der feine Sand weiß und das Wasser glasklar. Der sanft abfal-
lende Strand ist übrigens hervorragend für Familien mit Kindern
geeignet.*

*Vorhin beim Baden gab es ein großes Geschrei, als einige Kin-
der einen großen Oktopus entdeckten und ihm nachjagten. Der
war natürlich viel zu schlau und ist in einer seiner Höhlen verschwunden.*

*Zu Diakófti: Bevor dieser Ort in den 1990er Jahren zum offi-
ziellen Fährhafen Kýtheras wurde, waren die wenigen Häuser nur
über einen Feldweg zu erreichen. Nun verbindet ihn eine breite
Zufahrtsstraße mit dem Rest der Insel. Ob der Tourismus für
dieses Fleckchen im Süd-Osten Kýtheras bereichernd ist?*

*Diakófti hat jedenfalls etwas schwer Fassbares an sich, etwas
Anziehendes und Eigenartiges. Einerseits wirkt der Ort sehr*

Lena ließ den Stift sinken und ihr Blick schweifte über die Bucht. Das Meer glitzerte türkisblau und fröhlich planschten die Menschen im glasklaren, seichten Wasser. Die Aufbauten des gesunkenen Schiffs lugten hinter dem Damm hervor. Lena klappte ihr Reisetagebuch zu, verstaute es mitsamt dem Stift in ihrer Tasche und nestelte ihr Handy hervor.

„Komisch", murmelte sie vor sich hin und zog die Nase kraus, „noch keine Nachricht von Sokrates. Dabei müsste er doch längst in Athen angekommen sein."

Flugs wählte sie seine Nummer und drückte sich den Hörer ans Ohr, aber außer dem vergeblichen Tuten hörte sie nichts.

Leise weht der Wind durch das geöffnete Fenster. Lena schmiegt sich an Sokrates' warmen, muskulösen Körper. Sie riecht seinen wunderbaren, herben Duft. Ein warmes Glücksgefühl durchströmt sie. Das Mondlicht gießt seine silbernen Strahlen auf die zerwühlten Laken und lässt ihre nackte Haut gespenstisch bleich aufleuchten.

„Sokrati“, lockt eine Stimme.

Die Glückshülle, die sie gerade noch vereinend umfing, platzt. Die innige Zweisamkeit von gerade fühlt sich plötzlich wie gestohlenes Diebesgut an.

„Sokrati“, lockt erneut die Stimme und Sokrates regt sich in ihren Armen, schält sich aus ihrer Umarmung, streift unwillig ihre Hände ab.

„Sokrati“, will sie rufen, aber da lockt die andere Stimme so verführerisch, „Sokrati!“

Sokrates gleitet aus dem Bett auf ein helles Rechteck zu. Auffordernd streckt er die Hand aus. Da eilt Meropi herbei, an ihrer Hand die Braut. Meropi lächelt. Ihr Triumph spiegelt sich in Sophias Gesicht. Meropi legt Sophias Hand in die ihres Sohnes.

Schreiend stürzt Lena ins Dunkel …

… und erwachte. Ein kühler Windhauch ließ sie frösteln, in ihren Armen fest umklammert das Laken. „Meropi“, stöhnte Lena.

Auge der griechischen Meere

Lena wurde früh wach. Ihr fehlte das leise Schnarchen an ihrer Seite. Was Sokrates gerade machte? Gestern hatte sie vergeblich darauf gewartet, dass sich ihr Kinitó mit Paparizous „Number One", der Klingelton, den sie Sokrates zugeordnet hatte, meldete. Sie griff zu ihrem Handy und tippt: „Toi Toi Toi, Sokrati mou!" Dann schlüpfte sie aus dem Bett. Schnell zog sie sich an und suchte ihre Sachen zusammen.

Draußen vor ihrer Tür blieb Lena stehen und atmete tief ein. Kiefernduft und die Verheißung eines wunderschönen Sonnentages lagen in der Morgenluft.

„Páme! Auf geht's!", juchzte sie leise. Sie fühlte sich frisch und ausgeruht. Bereit für neue Abenteuer.

Ihr Mini erwartete sie geduldig an dem Platz, an dem sie ihn gestern abgestellt hatte. Wie liebte sie dieses Auto! Und erst das heimelige Gefühl, als sie sich in den Fahrersitz plumpsen ließ.

Lena musste lächeln. Wie albern sie war. Sie wusste es. Schnell schloss sie die Tür, steckte den Schlüssel ins Zündschloss und ließ ihren Liebling an, worauf dieser sofort verheißungsvoll schnurrte.

In rasantem Tempo schoss Lena durch Kapsáli und viel zu schnell legte sie sich in die Kurven, die nach Chóra hinaufführten. Auf dem großen, zu dieser frühen Stunde gähnend leeren Parkplatz vor den Toren der Inselhauptstadt vollführte sie eine Vollbremsung. Sie wartete, bis sich die Staubwolke legte, dann stieg sie aus. Sie griff nach ihrer Tasche und dem Fotoapparat, dann machte sie sich auf den Weg durch die Straßen der Stadt.

Auf dem zentralen Platz angekommen kaufte sie sich in einem kleinen Café einen Fréddo und etwas Gebäck und ließ sich auf einer Bank unter einer Palme nieder. Dieser Platz war weder lauschig, auch wenn sich die Palmen und Oleanderbüsche, die ringsum gepflanzt worden waren, besonders bemühten, noch bestach er durch besondere Sehenswürdigkeiten. Jedoch flankierten ihn zentrale Institutionen, wie Post, Bank und Rathaus. Lena mochte solche Orte, verrieten sie ihr doch eine Menge über die Mentalität ihrer Bewohner. Hier meinte sie ablesen zu können, dass die Kytherioten sich zwar um ihre Gäste bemühten, diese aber nicht alles und vor allem nicht das Wesentliche bestimmten. Das Pittoreske, hier die wunderschöne, schmale Hauptgasse, die vom Platz abging, offerierte man generös den Touristen, man selbst als Inselbewohner war sich der unendlichen Schönheit der eigenen Insel bewusst und konnte mit einem weitaus nichtssagenderen Bereich Vorlieb nehmen – eben diesem Platz.

Wie zur Bestätigung tauchten aus der schmalen Hauptgasse vier ältere Damen auf. Hoheitsvoll, aber etwas unsicher auf den Beinen schritten sie ins Gespräch vertieft nebeneinander her. Am Rand blieben sie kurz stehen und wählten dann die Bank unmittelbar neben Lena aus, die sie nun zielstrebig ansteuerten. Mit einem grüßenden Kopfnicken zu Lena ließen sie sich nieder.

Unauffällig musterte Lena die vier Freundinnen. Obwohl der Tag heiß zu werden versprach, trugen alle gegen die morgendliche Frische derbe wollene Kniestrümpfe; eine hatte sogar einen dicken Schal um den

Hals geschlungen.

Ihre akkurat frisierten grauen Haare wippten im Rhythmus ihres Gesprächs.

„Schon wieder ein so unverschämter Raub!"

„Dass man die Kirchtür aufbricht! Gotteslästerlich!"

„Dass die Myrtidiótissa uns doch endlich helfen möge!"

„Das hat sie bisher immer. Aber hast du schon das Neuste gehört …"

Neugierig spitzte Lena die Ohren, jedoch hatten die vier bereits das Thema gewechselt.

Von den Touristen war noch nichts zu sehen, dennoch lag eine fiebrige Unruhe über Chóra. Verkäufer und Ladenbesitzer standen vor ihren Läden entlang der Hauptgasse und tuschelten aufgeregt miteinander. Immer wieder war das entsetzt oder empört hervorgestoßene Wort „Diebstahl" zu hören. Angesteckt von der Aufgeregtheit lief Lena immer schneller die Gasse entlang und stand bald vor einer Kirche, wo sie Blaulicht und Flatterband empfingen.

Ein Polizist, der lässig an seinen Streifenwagen gelehnt an seinem Frappé nippte, gab ihr auf die Frage, was passiert sei, gelangweilt Auskunft: Nein, sie könne nicht hinein, hier sei ein Raub geschehen. Ja, heute Nacht. Was entwendet worden sei, könne und dürfe er ihr nicht sagen. Aber es sei sehr wertvoll gewesen. Das Wertvollste, was in der Kirche zu finden gewesen sei. Aber nun solle sie doch bitte umkehren oder weitergehen, wenn sie ins Kástro wolle. Oder habe sie etwas zur Aufklärung beizutragen?

Rasch ging Lena weiter und verschwand im Schatten eines Durchhauses, eines Durchlasses mitten im Gebäude, durch den die Gasse Richtung Kástro verlief.

„Was ist hier bloß los?", grübelte sie angestrengt und bemerkte fast zu spät die ihr eilig Entgegenkommenden. „Syggnómi", murmelte sie und sprang zur Seite.

Ein ganzer Strom Polizisten quoll aus der unmittelbar linkerhand nach dem Durchhaus liegenden Polizeistation. Mit ernsten, wichtigen Mienen rauschten sie an ihr vorbei.

„Panagía mou", kicherte Lena in sich hinein, „die griechische Polizei! Erst geschieht sozusagen direkt unter ihrer Nase ein Diebstahl, aber erst danach bricht sie in Betriebsamkeit aus. Typisch! Syggnómi, Sokrati!"

Kopfschüttelnd sah sie dem letzten Polizisten nach, der durch den Durchlass verschwand.

„Über die Diebstahlserie", überlegte sie, „kann ich mir getrost später Gedanken machen. Ich habe auch schon eine Idee, wer mir helfen könnte. Aber jetzt will ich erst einmal das tun, weshalb ich hergekommen bin: das Kástro erkunden!"

Zum Kástro ging es noch einmal bergauf. In großen Bögen schwang sich der mal mit großen Steinen gepflasterte, mal als Betonpiste daherkommende Weg hinauf. Am Fuße der massiven, hoch über ihr aufragenden Festungsmauern entdeckte Lena Pflanzen mit saftig dicken Blättern an langen Stängeln und mit zart lilafarbenen, buschigen Blüten. Was das wohl war? Lena zückte ihr Handy und startete die App, die sie vor Kurzem installiert hatte und mit der man unkompliziert Pflanzen bestimmen konnte. „Kapernstrauch“, spuckte die App aus. „Kapern?“, staunte sie, doch da sah sie plötzlich auch die fleischig-ovalen Früchte. „Deshalb gibt es die auf Kýthera überall im Choriátiki!“, wurde ihr unversehens klar, „Weil Kapern hier so gut wachsen!“ Lena zückte den Fotoapparat. *Klick Klick Klick.*

Je höher sie stieg, desto näher, meinte sie, dem Himmel zu kommen. In einem weiten Blau durchsetzt von wenigen, tuffigen Wolken spannte er sich über ihr aus. Mauerreste mit Firmament. *Klick Klick Klick.*

An der kleinen, baufälligen Kirche Ágios Ioánnis Pródromos ging ihr Blick zurück auf Chóra. Eine weiße Flut von Häusern drängte bis an die unteren Festungsmauern heran und lief lang über den gesamten, welligen Bergrücken hinauf aus. „Lauter Würfel und Kuben und Rechtecke. Alle weiß und mit den inseltypischen bunten Fensterläden und Türen. Nur vereinzelt rote Dachschindel. Da und dort ein Kirchturm.“ *Klick Klick Klick.*

Rostige Kanonenrohre, die charakteristische venezianische Festungsarchitektur und diverse, mehr oder weniger verfallene Bauten, wie Zisternen, das ehemalige Gefängnis oder das sorgfältig instand gesetzte Pulvermagazin, das heute das Archiv mit wichtigen historischen Schriften der Insel beherbergte, zeugten davon, dass dieser Ort einmal strategisch bedeutsam gewesen war.

„Wer hier das Sagen hatte, kontrollierte den Schnittpunkt dreier Meere: dem Kretischen, dem Ionischen und der Ägäis. Ein strategischer Vorteil, denn hier verliefen wichtige Handelsrouten, etwa vom Schwarzen ins westliche Mittelmeer oder von und nach Kreta“, dachte

Lena, während sie zwischen den Gebäuden umherwanderte.

Schließlich gelangte sie an die Außenmauer. Zur Seeseite hin fiel der Fels, auf dem das Kástro thronte, zunächst steil ab, lief dann aber noch ein Stück als Berghang mit verschiedenen Zipfeln und schließlich zusammen mit dem Nachbarbergrücken ins Meer hin aus. Das tiefblaue Meer breitete sich wie schwerer Samt bis zum Horizont aus. In einiger Ferne schwamm Chýtra auf dem Wasser. Mythisch, geheimnisumflirrt. *Klick Klick Klick.*

„Bis heute kann man leibhaftig erleben, dass man von Chóra aus alle Schiffsbewegungen überwachen kann, wenn man bei sehr guter Sicht Antikýthera oder sogar Kreta am Horizont erblickt. Kaum verwunderlich, dass Kýthera einstmals ‚Auge Kretas und der griechischen Meere‘ genannt wurde." Tatsächlich meinte Lena, im Dunst versteckt Antikýthera auszumachen. *Klick Klick Klick.*

Ein großer Tanker glitt weit draußen über das Meer. Lena drehte sich um und lehnte sich an die Mauer, sodass ihr Blick nun über die Gebäude gleiten konnte. „An dieser Festung", sinnierte sie, „kann man eigentlich gut die wechselvolle Geschichte Kýtheras ablesen. Schade, dass Sokrates nicht hier ist. Den könnte ich jetzt mit meiner historischen Expertise begeistern." Sie grinste, wusste sie doch, dass Sokrates sie gerne mit ihrem Reiseleitergen, wie er es nannte, aufzog. Aber was konnte sie dazu? Sie fand es schlicht spannend, in die Geschichte der Orte, die sie besuchte, einzutauchen. „Man verpasst zu viel, wenn man sich nicht dafür interessiert", konstatierte sie, „Man wüsste zum Beispiel nicht, wieso Kýthera unter den Einheimischen manchmal Cerigo genannt wird. Die Venezianer gaben der Insel diesen Namen. Ab dem 13. Jahrhundert herrschte hier nämlich die Seemacht Venedig. Um die im eigenen Interesse liegenden Seerouten zu sichern, wurde zu Beginn des 16. Jahrhunderts diese imposante Fortezza auf den byzantinischen Vorläufern ausgebaut. Nach der weitgehenden Zerstörung der Inselhauptstadt Ágios Dimítrios beziehungsweise Palióchora durch die Piraten entschieden die Machthaber zudem, die Hauptstadt hierher zu verlegen. Für Kýthera selbst und seine Einwohner taten sie allerdings wenig: Zwar wurden hohe Steuern erhoben, die flossen allerdings größtenteils in die Taschen der Machthaber.“

Lena wandte sich wieder dem Meer zu. Der Tanker war ein gutes Stück weiter geglitten. Weit unten blinkte Kapsáli im Sonnenlicht. Die beiden Buchten, ein großes Omega, einladend zum Meer hin geöffnet. *Klick Klick Klick.*

Der weiße, wie geduckt hockende Leuchtturm mit seinem vorwitzig blauen Dach, das beste Bett Kýtheras beherbergend. *Klick Klick Klick.*

Am anderen Ende der Bucht das steinerne Gemäuer, von dem Lena nun wusste, dass es einstmals der Wasserversorgung gedient hatte. Die davor schwebenden, roten und gelben Schwimmbahnen. *Klick Klick Klick.*

Lena ließ den Apparat sinken. „Britische Innovationen!“, bemerkte sie, „Die Briten agierten ganz anders als die Venezianer, als sie zwischen 1809 und 1864 die Regentschaft über die Insel hatten. Sie hinterließen bis heute prägende Spuren auf der Insel. Sie kümmerten sich z.B. um die Infrastruktur und entwarfen und bauten das bis heute aktuelle Straßennetz. Sie sorgten für eine funktionierende Wasserversorgung, errichteten die beiden Leuchttürme, hier im Süden in Kapsáli und im Norden in Karavás, und förderten die Bildung. So hatte im ionischen Raum zur damaligen Zeit Kýthera das höchste Bildungsniveau – zumal bei den Mädchen. Auch die Wirtschaft mit Holz und Oliven sowie der Handel und die Schifffahrt wurden unterstützt.“

Sie ließ ihre Augen noch einmal über den Leuchtturm und das steinerne Gemäuer der ehemaligen Wasserversorgung wandern, dann glitt ihr Blick hinaus aufs Meer. Der Tanker war mittlerweile hinter dem Horizont verschwunden.

„Unter der britischen, wie zuvor schon unter französischer und russischer Ägide“, spann Lena ihren historischen Faden weiter, „gehörte Kýthera zur Republik der Ionischen Inseln, auch Republik der Sieben Inseln genannt. Im Unabhängigkeitskampf gegen die Osmanische Herrschaft fungierte Kýthera als Zufluchtsort, da die Insel nie richtig zum Osmanischen Reich gehörte. Viele Freiheitskämpfer versteckten sich zeitweise hier und Flüchtlinge fanden eine neue Heimat. Allerdings lösten die Neuankommenden eine Auswanderungswelle unter den Einheimischen nach Amerika, Ägypten und Australien aus. Im Ersten Weltkrieg war Kýthera sogar ein eigener Staat, der dem Deutschen Kaiserreich den Krieg erklärte. Im Zweiten Weltkrieg befreiten die Alliierten die Insel als erste Region. In der Folge der Kriege kam es allerdings wegen der kargen Böden

Kýtheras zu weiterer Massenemigration nach Amerika und Australien. Diese aus Not Ausgewanderten behielten die Liebe zu ihrer Insel immer im Herzen, was die *Kytherian Association of Australia* beispielhaft belegt."

Lena schüttelte den Kopf: „So viel Geschichtsträchtiges an einem Ort!"

Ein Kapernstrauch wuchs aus den spröden Mauern, dahinter tiefblaues Meer und Chýtra am Horizont. *Klick Klick Klick.*

Am äußersten Ende, zwischen Himmel und Meer befand sich eine ganz und gar weiß getünchte Kirche. Diese Kirche hatte Lena immer wieder von unten, von Kapsáli oder bei ihrem Bootstrip vom Meer aus gesehen: sie überthronte den mächtigen Felsen mit der Festung. Neugierig näherte sich Lena. Wem die wohl geweiht war?

„Ennoeítai! Klar! Geweiht der Schutzpatronin Kýtheras: der Panagía Myrtidiótissa!"

Angenehmer Weihrauchduft umfing Lena, als sie die Kirche betrat. Das Innere war ungewöhnlich prunklos: bis auf die Ikonostase mit ihren vergoldeten Ikonen war der Raum schlicht weiß, was das hereinflutende Sonnenlicht noch verstärkte. In der Mitte auf einem einfachen Tisch stand eine Nachbildung der Ikone der Panagía Myrtidiótissa. *Klick Klick Klick.*

„Ist das denn erlaubt?"

Erschrocken fuhr Lena zusammen. „So ein Mist", schoss es ihr durch den Kopf, „daran habe ich vor lauter Begeisterung gar nicht gedacht." Langsam wandte sie sich um.

An der Kirchentür lehnte lässig ein sehr gutaussehender, großer, sportlicher Mann mit dunklem, lockigem Haar. Ein schiefes Grinsen umspielte seine Lippen und ließ seine Augen in strahlendem Hellblau neckisch aufblitzen.

„Der Beau. Ausgerechnet!", schoss es Lena durch den Kopf.

„Syggnómi. Sorry! You understand me?" Seine linke Augenbraue wanderte fragend nach oben.

Lena nickte.

„Téleia! Das macht das Ganze einfacher!" Zufrieden zwinkerte er ihr zu.

„Einfacher?", echote Lena verdutzt.

„Auf Griechisch sind Komplimente einfach am schönsten, oder nicht?"

Verwirrt nickte und schüttelte Lena den Kopf.

„Sostó. Wunderschön und kulturell interessiert! Ich beobachte dich schon eine ganze Weile, wie du durch die Fortezza streifst und dir alles genau ansiehst." Er legte seinen Kopf ein wenig schief und betrachtete sie ungeniert.

Lena spürte, wie sie rot anlief. Ärgerlich schüttelte sie den Kopf. Was bildete er sich ein?

„Doch, doch! Aufregend attraktiv und empfänglich für die Geschichte dieses Ortes. Verführerische Kombination."

„Kátze kalá!", unterbrach Lena ihn unwirsch und machte beherzt einige Schritte auf die Tür zu.

„Syggnómi", sagte er übergangslos, schlug die Augen nieder und trat einen Schritt zur Seite, um sie vorbeizulassen. „Das passiert mir immer", murmelte er bekümmert.

Zögernd hielt Lena, die bereits den Türgriff in der Hand hatte, inne. Neugierig wandte sie sich ihm zu. Er hatte den Blick gehoben und sah ihr direkt in die Augen. Das strahlende Hellblau wirkte seltsam hypnotisch auf sie, gleichwohl sie darin von etwas Geheimnisvollem, fast Gefährlichem las.

„Wenn ich es mir recht überlege", erwog Lena blitzschnell, „könnte ich die Gelegenheit nutzen." Forsch sagte sie daraufhin: „Wir sind uns schon begegnet." Bedeutungsvoll ließ sie den Satz zwischen ihnen schweben und sah ihn unverwandt an.

Erstaunt zog der Beau die linke Augenbraue nach oben. Das Hellblau seiner Augen wurde noch heller, während er angestrengt nachdachte.

„Du gehörst zu der Forschungsgruppe. Mittagessen in Frátsia. Auftaktveranstaltung zur Erforschung der Gewässer rund um Kýthera im Archäologischen Museum. Ich war da. Mit meinem Mann."

„Ach …"

„Dass ich dich kennenlerne, ist für mich ein echter Glücksfall! Seid ihr schon fündig geworden?"

„Also …"

„Es muss so aufregend sein, diesem Schatz nachzujagen! Wie sieht es aus? Hast du noch etwas Zeit? Wollen wir einen Kaffee trinken und du erzählst mir alles oder wenigstens …"

„Eigentlich muss ich zurück zum Schiff."

„Oh."

„Du fährst nicht zufällig nach Kapsáli? Weißt du, ich bin nur so früh hergekommen, damit ich mir in Ruhe diese Fortezza ansehen kann. Wenig Menschen …“

„Wenig Sonne“, ergänzte Lena.

„Wenig Sonne. Sostó. Aber so langsam …“

„Musst du zurück. Wie bist du denn hergekommen? Taxi? Na, egal. Klar kann ich dich mitnehmen und auf dem Weg erzählst du mir etwas?“

„Sicher“, grinste der Beau frech und schulterte einen unförmigen, verwaschen grünen Militärrucksack, der neben ihm an der Tür gelehnt hatte.

Ein Schiff

Lena hatte es sich nach ihrem Sprung ins kühle Nass an einem Tisch der direkt am Strand von Kapsáli gelegenen Bäckerei gemütlich gemacht. Sie saß bequem im Schatten, vor sich ein Pontíki, ein sehr süßer Kuchen in Form einer Maus, den eigentlich nur Kinder aßen, dem sie aber nur schwer widerstehen konnte, außerdem ein Toastáki und einen wunderbaren Fréddo, unter ihr am Strand das übliche, frühnachmittägliche Strandwirrwarr. Eine Familie halb im Wasser, halb auf dem Strand sitzend, gut behütet unter einem großen roten Sonnenschirm und mit einem Frappé in der Hand. Die Gruppe der angejahrten, mit großen Sonnenhüten ausstaffierten Steh-Schwimmer, die im seichten Wasser stehend und lediglich Armbewegungen vortäuschend eifrig miteinander parlierten. Ein Mädchen mit lustigen Zöpfen, die ihr vom Kopf abstanden, das meerbegeistert und friedlich im seichten Wasser planschte, aber von seinem sich fürsorglich aufplusternden Vater, der ausgerechnet am Nebentisch saß, immer wieder lauthals ermahnt wurde: „Eleni, komm ein bisschen näher ans Ufer. Eleni, was habe ich gesagt? Jetzt reicht es aber, Eleni!"

„Griechisches Sommerglück!", schmunzelte Lena.

Ihr Blick glitt über das Hafenrund und blieb an den abgezirkelten Bahnen unterhalb des steinernen Gebäudes der ehemaligen Wasserversorgung hängen. Dort tollten heute Mädchen und Jungen ausgelassen miteinander. Dabei versuchten sie, sich gegenseitig mit waghalsigen Sprüngen von den steinernen Mauern zu beeindrucken. Lena lächelte versonnen. Niki und sie hatten sich das früher nie getraut, aber gerne die Jungs bewundert.

Dann ließ sie ihre Augen weit hinaus aufs Meer schweifen, wo irgendwo das Forschungsschiff sein musste. „Was für ein glücklicher Zufall, dass ich Dionysis getroffen habe! Erst war er ja etwas … speziell, der Beau, aber dann. Wirklich interessant seine Arbeit auf dem Forschungsschiff. Und erzählen kann er – Panagía mou! Aber, ob sie schon etwas aufgespürt haben, hat er mir leider nicht verraten!"

Lena zog einen Flunsch. Obwohl Dionysis ganz offensichtlich von ihr angetan gewesen war, hatte er ihr nichts über etwaige Funde verraten. Auch ihre Begabung, den Menschen Dinge zu entlocken, über die sich Sokrates schon oft amüsiert hatte, die ihr aber schon manchen Geheimtipp erschlossen hatte, hatte ihr bei ihm nichts genützt. Er hatte auf ihre neugierigen Fragen immer nur sein schiefes Grinsen aufgesetzt und sie mit seinen hellblauen Augen geheimnisvoll angesehen.

Offensiv war er hingegen dabei gewesen, ihr immer wieder Komplimente zu machen. Nicht dass sie Dionysis in dieser Hinsicht ermutigt hätte – ganz im Gegenteil: immer wieder hatte sie ihren Ehemann erwähnt. Dennoch, wenn Lena ehrlich zu sich selbst war, hatten ihr seine charmanten Worte sehr geschmeichelt.

„Gut, ein klitzekleines bisschen habe ich auch geflirtet", gab Lena zu, spürte, wie sie rot wurde, und setzte rechtfertigend hinzu, „Aber so einen schönen Adonis, der auch noch gut nach Meer und Sonne riecht, habe ich nicht alle Tage als Beifahrer, zumal mein Sokrates gar nichts von sich hören lässt!" Ärgerlich murmelte sie:

„Mich einfach hier sitzen lassen – ohne Nachricht! Tolle Flitterwochen.“

Lena seufzte tief. Dann schüttelte sie den Kopf, als wolle sie den schönen Dionysis aus ihren Gedanken verscheuchen, und ließ ihren Blick hinüber zum Felsen von Chóra wandern. Über Stadt und Kástro hing gleißend der Sonnenball. Scharf zeichneten sich in seinem harten Licht Festung, Kirche und Fels. Lena beschattete ihre Augen und blinzelte ins Gegenlicht.

„Mit seiner Festung liegt Chóra auf einer veritablen Felszunge. Eine Zunge, die den Gefahren, die einst vom Meer kamen – Eroberern, Osmanen, Piraten –, herausgestreckt wurde! Wie gut, dass die Kytherioten diesen Widerstand bis heute nicht aufgegeben haben! Zum Beispiel gegenüber einem überbordenden Tourismus.“ Bisher gelang es den Einwohnern, den Tourismus so in ihr Inselleben zu integrieren, dass weder das Ökosystem noch die Traditionen allzu sehr darunter litten. Kýthera bildete da eine Ausnahme in Griechenland. „Wenn ich an Thássos denke und daran, was Marios über den Raubbau an seiner Insel berichtet!“ Lena schluckte schwer. „Apropos Marios!“, fiel ihr da wieder ein. Hurtig kramte sie ihr Kinitó aus der Tasche und wählte kurzerhand seine Nummer.

Es klingelte nur zwei Mal, dann drang Marios' angenehm sonore Stimme an ihr Ohr: „Lena! Was für eine Überraschung! Aus deinen Flitterwochen! Was verschafft mir die Ehre? Etwa ein neuer Kriminalfall? Es ist doch nichts passiert, oder?“

Marios war der sprichwörtliche rasende Reporter: immer schnell, immer alle Eventualitäten auslotend, großartige Spürnase. So wie gerade: Seine gute Laune hatte sich zu einem scherzhaften Ton gesteigert, um dann unmittelbar in Besorgnis umzuschlagen. Aber so musste man als erfolgreicher Journalist vielleicht sein: immer auf dem Sprung. Immerhin war es ihm solchermaßen im vergangenen Jahr gelungen, den großen Klüngel auf Thássos aufzuklären. Gut, sie hatte einen kleinen Beitrag dazu geliefert, aber es war vor allem Marios' Erfolg. Sein Enthüllungsartikel in der *Thássos Post* fand überall in Griechenland großes Echo. Trotz diverser, durchaus lukrativer Angebote größerer Zeitungen und Medienanstalten war Marios jedoch auf seiner Heimatinsel geblieben. War es tatsächlich erst ein Jahr her, dass sie Marios und seine Schwester Marina kennengelernt hatte? Es schien ihr, als kennte sie die beiden schon ewig. Vielleicht lag das aber auch an ihrem Abenteuer, was sie gemeinsam auf der Marmorinsel erlebt und überlebt hatten! Seitdem zählten Marios und Marina jedenfalls zu ihren allerbesten Freunden – fast schon Familie.

„Óla endáxi, Marios!", beruhigte Lena ihren Freund, „Bei euch auch?"

„Ennoeítai, selbstverständlich! Marina bastelt in ihrem Kafekopteío an einer neuen Kaffeesorte. Für Verliebte, sagt sie. Da ist ihr eure Hochzeit zu sehr in den Kopf gestiegen!"

Sie kicherten einvernehmlich.

„Allerdings", feixte Marios, „wenn du aus deinen Flitterwochen anrufst, hast du bestimmt etwas auf dem Herzen! Schieß los!"

„Flitterwochen ist gut! Sokrates ist gerade in Athen.

Für die Prüfungen.“

„Das ist ja … bescheiden! Ausgerechnet in euren Flitterwochen! Andererseits: wenigstens tut sich jetzt etwas.“

„Stimmt“, seufzte Lena. Ein banger Gedanke schoss ihr durchs Herz. War etwas in Athen passiert, dass sich Sokrates gar nicht meldete?

„Was kann ich für dich tun?“, fragte Marios.

„Loipón“, begann Lena und verdrängte die aufkeimenden Sorgen um ihren Ehemann. Sie erzählte Marios von der Diebstahlserie auf Kýthera. Auch mit ihrem Verdacht, dass die Rothaarige, Vogelnase und der Kugelrunde etwas damit zu tun haben könnten, hielt sie nicht hinter dem Berg. Marios hatte sie noch nie ausgelacht.

„Endáxi, verstehe“, sagte er, als Lena geendet hatte, „Bist du online? Gut, dann lass uns gemeinsam suchen. Kalí epitychía! Viel Erfolg!“

Zunächst stießen sie nur auf kurze Meldungen über die verschiedenen Raube auf Kýthera. Weder in den Print- noch in den verschiedenen sozialen Medien oder auf den Kýthera spezifischen Websites fanden sie etwas Aussagekräftiges. Schließlich, einer Eingebung folgend, tippte Lena in die Suchmaschine die englischen Begriffe ein: robbery, valuable, Kythera.

„Treffer!“, jubelte sie, „Marios, ich habe hier etwas! Englischsprachig. Von der *Kytherian Association of Australia*! Das musst du dir ansehen!“

Zufrieden lächelte Lena vor sich hin. Sie hatte also doch

recht gehabt! Gut, ob die Rothaarige und ihre beiden Kumpane da mit drinhingen, war völlig unklar. Aber damit, dass etwas nicht stimmte, hatte sie recht gehabt. Marios hatte versprochen, seine Kontakte spielen zu lassen, um mehr über die Diebstähle herauszufinden. Was die Rothaarige und ihre beiden Spießgesellen anbetraf, hatte er ihr allerdings wenig Hoffnungen gemacht. Wie sollte er etwas über dieses Trio herausbekommen, da sie ihm lediglich eine vage Personenbeschreibung und den Hinweis auf ihre Motorräder hatte geben können?

Eine zunehmende Unruhe um sie herum ließ Lena aus ihren Gedanken auftauchen.

„Popó! Ach du meine Güte!", staunte sie.

An der Hafenmole gegenüber rangierte ein schneeweißes Schiff mit atemberaubenden Ausmaßen. Lena schätzte es auf mindestens 40 Meter Länge und 10 Meter Breite. Trotz seines massigen Schiffskörpers wirkte es filigran. Sauber poliertes Chrom blitzte in der Sonne. Eine Yacht der Luxusklasse, das sah man, ohne Kenner zu sein.

„Ich wusste gar nicht, dass hier so große Schiffe anlegen können!", wunderte Lena sich.

Auf Deck herrschte rege Betriebsamkeit. Die Mannschaft, adrett in Uniform gekleidet, hatte alle Hände voll mit dem Anlegemanöver zu tun. Von den exklusiven Gästen war jedoch nichts zu sehen und die verspiegelten Scheiben verrieten nichts.

„Hoffentlich liegt sie bald, sonst sind wir an dem widerlichen Benzingestank gestorben, den die beim Anlegen ausstoßen!", dachte Lena ärgerlich und rümpfte ihre

Nase.

Wie zur Bestätigung dröhnte der starke Motor noch einmal laut auf, weiß schäumte das Wasser, folgte den Bewegungen dieses schwimmenden Kolosses. Dann sprang ein Besatzungsmitglied auf den Kai, ein anderes warf ihm ein starkes Tau zu und in wenigen Sekunden hatte die Yacht festgemacht.

„Das muss ich mir aus der Nähe ansehen!", beschloss Lena, „Vielleicht sieht man die Besitzer, eventuell Prominente! Ach, wenn doch Sokrates da wäre!"

„Was ist das denn für ein Theater?", knirschte die Rothaarige und betrachtete wütend den Auflauf, den die Yacht verursacht hatte.

Eine kleine Menschentraube hatte sich unweit ihres Bootes auf dem Anleger versammelt und begaffte ausgiebig das schneeweiße Schiff. Das Spektakel wurde durch das Aufkreuzen einer weißen Limousine gekrönt. Erstaunte „Ahs" und bewundernde „Ohs" flogen durch die Menge.

Ungeduldig trommelte die Rothaarige mit den Fingern auf das Ruder. „Können wir endlich?", rief sie. Die Zeit lief ihnen davon. Zwar sorgte diese monströse Aufschneideryacht für genügend Ablenkung, als dass irgendjemand von ihnen Notiz nehmen würde, aber sie hatten bislang nichts erreicht. „Ihr beiden, was ist jetzt?", rief sie angespannt.

Der Kugelrunde steckte seinen Kopf aus der Kajüte und flötete: „Wenn wir den Schlüssel finden …"

„Malákes", fluchte sie und marschierte zur Luke. Dort schob sie den Kugelrunden beiseite und zwängte sich an

Vogelnase vorbei. „Alles muss man selbst machen“, grummelte sie vor sich hin, während sie unter Deck verschwand. Wenig später kam sie triumphierend aus den Tiefen des Bootes zurück und hielt ihren beiden Kompagnons den Schlüssel unter die Nase. „War das so schwer?“, knurrte sie. „Fahren kriegt ihr aber ohne mich hin?“, fragte sie unheilvoll.

Vogelnase und der Kugelrunde sahen sich beschämt an, dann griff Vogelnase nach dem Schlüssel. Kurz darauf sprang hustend der Motor an.

Versteckt im dichten Gedränge, das wegen der Yacht auf dem Quai herrschte, stand Lena und sah dem davonfahrenden Boot nach. Wohin wollten die drei?

„Chýtra!“, durchfuhr es sie, „Dort befindet sich laut Dionysis seit heute das Forschungsschiff! Ach, Sokrati, wenn ich dich einmal zusammen mit einem Boot bräuchte!“ Frustriert ließ Lena sich im allgemeinen Gedränge Richtung Yacht schieben.

Plötzlich blieb sie wie angewurzelt stehen, sodass einige Passanten unwillig maulten, was sie sich dabei denke, einfach so stehenzubleiben, und einige sie sogar absichtsvoll anrempelten. Lena war das herzlich egal. Sie hatte sich bereits umgewandt und drängte sich nun ihrerseits wenig rücksichtsvoll durch die Menge, bis sie ihr Ziel erreichte.

„Das Glasbodenboot!“

Chýtra

Auf den sanften Wellen im nachmittäglichen Sonnenlicht schaukelte verführerisch das Glasbodenboot. Bisher hatte Lena es immer mit gemischten Gefühlen betrachtet. „Spaß macht das bestimmt! Über die Wellen reiten, die Unterwasserwelt durch den Boden sehen und dann erst Chýtra mit seiner Grotte! Aber: definitiv umweltschädigend, wenn man die negativen Auswirkungen am Felsen von Chýtra bedenkt!"

Jetzt aber kam es ihr gerade recht.

Auf dem Boot tummelte sich bereits eine bunte, aufgeregt schnatternde Menge. Ungewöhnlicherweise bestand diese nicht nur aus jungen, durchtrainierten, leicht bekleideten Leuten, die für ihr neustes Video auf den neuen Medien am imposanten Felsen und in der blauen Grotte von Chýtra posieren wollten, sondern auch aus Schatzjägern, die an ihrer Ausrüstung mit Fotoapparat und Schnorchelmaske und ihrer robusten Kleidung zu erkennen waren.

Lena bezahlte und kletterte an Bord. Auch sie hatte der Jagdinstinkt ergriffen, gleichwohl nach kriminellen Machenschaften des Ganoventrios. Resolut quetschte sie sich auf der unteren Ebene im Heck zwischen einige muskulöse, junge Männer. Besser, sie hielt sich ein bisschen bedeckt. Die drei sollten sie nicht sofort erkennen. Lena kramte ihre große Sonnenbrille hervor, ein Geschenk von Meropi. Anscheinend war ihr die deutsche Ausführung zu mickrig erschienen. Jetzt war Lena dankbar, konnte sie sich doch hinter den riesigen Gläsern gut verstecken.

Knurrend erwachte das Boot zum Leben. Kurz hüpfte Lenas Magen, beruhigte sich aber sofort wieder. Gemächlich glitten sie bis in die Mitte der Bucht. Ein Beben durchlief das Vehikel und mit aufheulenden Motoren schossen sie in einer spitzen Kurve hinaus aufs offene Meer. Die jungen Menschen jubelten ausgelassen, die Schatzjäger hielten sich mit verkniffenen Mienen fest und Lenas Magen schlug Purzelbäume. Erst als das Boot zwar schnell, aber ruhig über die Wellen zischte, entspannte sie sich wieder.

Es war fast wie fliegen. Wind und Gischt peitschten ihr ins Gesicht und die Weite umfloss sie. Das erregte Stimmengewirr um sie herum vereinte sich mit den Schreien der Möwen, die sie begleiteten. Weite und Chýtra.

Unbeirrt hielt das Glasbodenboot auf den Felsen zu, der unwirklich aus dem Meer ragte und, je näher sie kamen, immer mächtiger wurde.

Natürlich waren sie nicht allein auf der Seeseite Chýtras, denn das Forschungsschiff ankerte hier. Wie immer, wenn es irgendwo auftauchte, war es dicht umschwärmt von einer Vielzahl an Booten.

„Volksfeststimmung vor grandioser Kulisse“, dachte Lena, „Hauptattraktion: das Forschungsschiff!“

Wie alle anderen schenkte auch Lena dieser Kulisse – dem steil aufragenden, beeindruckenden Felsen mit seiner ausgefallenen Dreiecksform, karg, steinern, aber doch bewachsen – wenig Beachtung, und nur flüchtig dachte sie: „Wächst hier nicht die Semprevíva? Wer die pflückt, wird zwar mit einem umwerfenden Weitblick belohnt, muss aber auch kraxeln können wie eine Ziege."

Im Gegensatz zu allen anderen richtete sich ihr Interesse jedoch weder auf die blaue Grotte, die vom jüngeren Publikum des Glasbodenbootes sehnsüchtig angeschmachtet wurde, noch auf die archäologischen Arbeiten, die von den Booten ringsum neugierig beobachtet und kommentiert wurden: „Die sind heute aber lange unten." „Vielleicht haben sie etwas entdeckt?" „Bestimmt wieder falscher Alarm. Wie gestern!"

Lena reckte stattdessen den Kopf. Wo war das nachtblaue Boot?

Behutsam tastete sich das Glasbodenboot durch das Gewimmel und ankerte schließlich unmittelbar vor dem Höhleneingang. Kreischend stürzten sich die jungen Menschen ins Wasser und verschwanden paddelnd in der Grotte. Die Schatzjäger begaben sich nach und nach mit ihrer Schnorchelausrüstung ins Meer. Nur Lena war als Einzige noch an Bord. Wo war das nachtblaue Boot? Waren sie gar nicht nach Chýtra gefahren? Sollte sie sich geirrt haben?

„Natürlich, nicht im Getümmel, sondern etwas abseits", knurrte Lena, als sie sie schließlich erspähte. Ungeduldig fingerte sie an ihrer Kleidung, bis sie sich endlich aus ihr herausgeschält hatte. Zum Glück hatte sie immer noch ihre Badesachen unter. Dann kletterte sie auf die hintere Plattform und sprang ins Meer.

Mit wenigen Zügen hätte sie das nachtblaue Boot erreichen können, doch dann wäre sie vielleicht entdeckt worden. Wie kam sie näher heran?

„Mitten durchs Gewühl!", entschied Lena.

Im Schutz einer kleinen Segeljolle, die die anderen Boote etwas zur Seite hin abgedrängt zu haben schienen, bezog Lena schließlich Posten. Vorsichtig lugte sie hinter der Jolle hervor.

„Ausgezeichnet", flüsterte sie. Von hier hatte sie nicht nur einen wunderbaren Blick auf das Forschungsschiff, sondern auch auf das nachtblaue Boot, ohne jedoch von dort aus gesehen zu werden.

An Deck erspähte Lena die Rothaarige, von Vogelnase und dem Kugelrunden war hingegen nichts zu sehen. Die Rote wirkte angespannt und schien auf etwas zu warten. Von Zeit zu Zeit hob sie das Fernglas und suchte das Gewimmel ab. Ob sie Vogelnase und den Kugelrunden suchte? Oder beobachtete sie, was beim Forschungsschiff vor sich ging?

„Wie am Aphrodite-Strand! Da! Jetzt schaut sie schon wieder zum Forschungsschiff!"

Lena kniff die Augen zusammen. Tatsächlich: ein Taucher war gerade an der Wasseroberfläche erschienen und gestikulierte wild. Minuten später glitten drei weitere Taucher ins Wasser. Unruhe breitete sich auf dem Wasser und in den Booten aus, dann erwartungsvolle Stille, so als hielten alle die Luft an. Die Minuten verrannen, aber nichts passierte. Schließlich setzte wieder eine allgemeine Betriebsamkeit ein.

„Wen haben wir denn da!", dachte Lena, die das nachtblaue Boot nicht aus den Augen gelassen hatte. Gerade war Vogelnase aufgetaucht und nun schoss neben ihm der Kugelrunde an die Oberfläche und schaukelte wie eine Schwimmboje etwas hilflos auf den Wellen. Der Kugelrunde deutete aufgeregt in die Tiefe und Vogelnase nickte zustimmend.

„Gamóto", fluchte Lena leise, „so ein Mist, dass ich nicht hören kann, was sie zu erzählen haben!"

Vogelnase sprach eifrig auf die Rothaarige ein und der Kugelrunde krähte zustimmend.

„Skasmós!", brüllte die Rote jetzt laut, sodass Lena keine Mühe hatte, sie zu verstehen. Zornig schüttelte die Rothaarige den Kopf und schimpfte nun wieder so leise, dass Lena nichts mehr verstehen konnte. Energisch bedeutete die Rote schließlich den beiden, zurück an Bord zu kommen. Während sich die beiden folgsam an Bord hievten, sah sich die Rote argwöhnisch um.

„Hey Sie!", pflaumte eine spröde Stimme, „Sagen Sie mal, was machen Sie da eigentlich?"

Lena fuhr erschrocken zusammen.

Über ihr beugte sich ein Glatzkopf über den Jollenrand und blitzte sie aus zornigen Schweinsäuglein an.

„Ich … Ich", stotterte Lena verwirrt, doch dann wurde sie wütend. Was musste dieser blöde Kerl sie gerade jetzt stören? „Ich schwimme hier", schnauzte sie, stieß sich kurzerhand kräftig von der Jolle ab, was diese tatsächlich ins Schwanken brachte, und tauchte unter. Nach wenigen kräftigen Zügen kam sie wieder empor und sah gerade noch, wie das nachtblaue Boot davonbrauste.

Lepra-Kolonie

Bis das Glasbodenboot endlich wieder im Hafen von Kapsáli einlief, tanzten bereits die letzten goldenen Sonnenstrahlen auf den Wellen.

„Gamóto! Verdammt!", ächzte Lena, „Wo sind sie?"

Ärgerlich starrte sie über den Quai.

„Dass die drei längst über alle Berge sind, war klar. Aber wo ist – verdammt nochmal – ihr Boot? „Gamóto! Gamóto! Gamóto! Jetzt habe ich gar keine Spur mehr von ihnen!"

Vernehmlich knurrte Lenas Magen.

„Endáxi", lenkte sie ein, „vielleicht kommt mir beim Essen eine zündende Idee. Leerer Magen denkt nicht gern, oder wie ging die Redewendung? Einen Ouzo gibt es auch. Der hilft bekanntlich immer!"

Lena marschierte los. Ihr Ziel stand ihr klar vor Augen: die Crêperie mit den bunten Tischen. Angeblich sollte der Besitzer sogar ein waschechter Franzose sein. Was den wohl nach Kýthera verschlagen hatte?

„Wahrscheinlich – wie so oft – die Liebe!", schmunzelte Lena, doch sogleich verzog sich ihr Mund zu einem schmalen, unzufriedenen Strich. Warum meldete Sokrates sich eigentlich nicht? Sie blieb stehen und fingerte ihr Kinitó hervor. Nichts, keine Nachricht, kein verpasster Anruf. „Was ist da nur los?", fragte sie sich ungehalten, stopfte das Handy zurück in die Tasche und setzte sich wieder in Bewegung.

Lena lehnte sich in einem bunt gemusterten Stuhl zurück. Vor ihr stand der obligate Ouzo – Fatouráda war leider nicht im Angebot – und daneben lag ihr Kinitó.

Von Sokrates hatte sie nichts erhalten: weder einen Anruf noch eine Nachricht.

„Típota! Seltsam", rätselte Lena, „ob Niki etwas weiß? Manchmal ist die Frau des Cousins besser informiert als die Ehefrau!"

Lena tippte eine kurze Nachricht, dann legte sie das Handy wieder weg.

„Wenn etwas passiert wäre, hätte ich bestimmt Bescheid bekommen", beruhigte sie sich.

Auch Marios hatte anscheinend noch nichts herausgefunden. Jedenfalls hatte auch er sich noch nicht wieder bei ihr gemeldet.

„Endáxi. Bleibt mir wohl nichts Anderes übrig, als mich mit meinen drei Verdächtigen zu befassen. Wie könnte ich sie aufspüren?"

Lena nippte an ihrem Ouzo. Sollte sie kreuz und quer durch Kapsáli laufen und darauf hoffen, irgendwo fündig zu werden? Hatten die drei ihr Quartier überhaupt hier in Kapsáli? Genauso gut könnten sie in Chóra wohnen.

„Aber ihr Boot liegt eigentlich hier im Hafen! Es wäre doch sehr umständlich, jedes Mal von Chóra mit ihren Feuerstühlen …"

Eine blasse Erinnerung schob sich in ihre Gedanken und nahm nach und nach feste Form an.

„Heureka, ich hab's! Ich weiß, wo sie wohnen!", jubelte sie lauthals, sodass sich einige andere Gäste irritiert zu ihr umdrehten. Gut gelaunt prostete sie ihnen zu: „Stin ygeiá mas! Zum Wohlsein!"

Warum hatte sie es nicht schon damals, als sie vor dem eisernen Portal stand, erkannt? War sie mit Blindheit geschlagen gewesen? Nun, sie hatte es schlicht für ein Utensil auf dem Innenhof gehalten und deshalb keine Beachtung geschenkt. Dabei war der große, mit vielen bunten Aufklebern verzierte Motorradanhänger so auffällig!

„Er war ein bisschen versteckt hinter all dem Grünzeug", nahm sie sich vor sich selbst in Schutz.

Trotzdem: wieso war sie nicht früher darauf gekommen?

Wie von selbst hatte sie, nachdem sie den Ouzo ausgetrunken und bezahlt hatte, den Weg in den Píso Gialós eingeschlagen. Ein mattes Schwarz hing über der Bucht und verschluckte Farben, Geräusche und das diffuse Licht der spärlichen Straßenlaternen. Niemand war zu sehen. Fast hätte man meinen können, die hintere Bucht sei ausgestorben. Am anderen Ende der Bucht hüllte sich die Lepra-Kolonie in dunkle Schatten. Wie sollte sie hineinkommen?

„Erst einmal hingehen!", flüsterte sie sich aufmunternd zu. Also schlich Lena immer im Schatten auf das Areal am Ende der Bucht zu.

Zu ihrem Erstaunen stand das Portal mit den Eisenstäben weit offen. Eilig schlüpfte sie hindurch und drückte sich sogleich in den Schatten der Mauer. An einigen Häusern, die den Innenhof an drei Seiten umstanden, brannten kleine Lampen über den Türen, ansonsten war es dunkel.

„Wenn ich mich richtig erinnere, müsste der Anhänger weiter links stehen."

Schemenhaft schälte sich der klobige, kastenhafte Umriss des Anhängers hinter den Schatten der Büsche und der Palme heraus. Vorsichtig schob sich Lena an der Mauer entlang näher.

„Verflucht noch eins! Warum ist es denn so dunkel.“

„Weil wir möglichst ungesehen tauchen wollen, du Dummbratze!“

„Seid ihr endlich fertig? Vergesst die Taschenlampen nicht!“

Eine Tür schlug. Lichtkegel huschten über den Innenhof. Vorneweg lief die Rothaarige, dahinter kamen Vogelnase und der Kugelrunde. Sie steckten in Taucheranzügen und trugen schwer an den Sauerstoffflaschen. Eilig glitten sie durch das Portal.

Erst eine ganze Weile später traute Lena sich, sich aus dem Busch zu winden, in den sie sich gedrückt hatte.

„Panagía mou“, wisperte sie Was sollte sie jetzt tun? „Zuerst einmal abhauen!“ Hastig tastete sie sich zurück zum Portal. Vorsichtig lugte sie um die Ecke. Niemand zu sehen. Eilig verließ sie das Gelände, fast rannte sie. Schon befand sie sich auf dem geteerten Weg, da prallte sie hart mit jemandem zusammen. Unsanft landete sie auf ihrem Hosenboden.

„Aua!“, stöhnte sie.

„Was soll das denn?“, schnappte eine Stimme böse und ein wutverzerrtes Gesicht schob sich zu ihr hinunter. „Sie?“ Ein konsternierter Blick vorbei an einem großen, schmalen Riechorgan, das wie ein Vogelschnabel gebogen war, traf sie. „Was suchen Sie denn hier?“

„Aua“, ächzte Lena erneut.

„Geschieht Ihnen ganz recht! Was suchen Sie hier?"

„Ich … Ich gehe spazieren", murmelte Lena wenig schlagfertig.

„Das ist Privatgelände! Stecken Sie Ihre Nase nicht in fremder Leute Sachen! Jetzt verschwinden Sie!", blaffte Vogelnase. Er grapschte nach ihrem Arm und zog sie grob in die Höhe. „Verschwinden Sie! Sie haben hier nichts verloren!"

Lena klopfte sich ab.

„Gehen Sie! Gehen Sie!", schnauzte er unwirsch und wedelte dabei wild mit den Armen, als suche er, sie endgültig zu verscheuchen.

Hastig humpelte Lena davon.

„Musste das sein?", keifte der Kugelrunde, „Dich mit dieser Touri-Maus anzulegen! Unnötig! So unnötig! Du benimmst dich wie ein Elefant im Porzellanladen!"

„Das sagt der Richtige", schnappte Vogelnase.

„Wieso?"

„So lautstark, wie du immer herumtrötest! Wir könnten uns auch gleich ein Schild umhängen!"

„Du bist gemein", rief der Kugelrunde schmollend.

„Panagía mou!", wetterte eine herrische Stimme, „Was seid ihr beiden doch für Dummköpfe!"

„Aber …", jaulte der Kugelrunde weinerlich.

„Skasmós! Still jetzt! Wir müssen los und uns Gewissheit verschaffen!"

Mit einem leisen Röhren sprang der Motor an und das nachtblaue Boot glitt in die Nacht.

Leise pfiff Lena durch die Zähne. „Das ist hochinteressant! Und ich habe doch recht: mit denen stimmt etwas nicht!"

Natürlich war sie Vogelnases Aufforderung nicht nachgekommen. Zwar hatte sie zunächst so getan, als ginge sie davon, doch sobald er sich umgedreht hatte, war sie ebenfalls umgekehrt und ihm nachgeschlichen. Vogelnase hatte es sehr eilig gehabt, sodass er von ihrer List nichts bemerkt hatte.

„Also im Hafen des Píso Gialós haben sie ihr Boot heute festgemacht. Kein Wunder, dass ich es vorhin nicht finden konnte! Ich könnte wetten, dass sie zum Tauchen nach Chýtra fahren! Was sollte die Rote sonst damit meinen, dass sie sich Gewissheit verschaffen müssten? Schließlich sah es vorhin so aus, als ob die Forschungsgruppe etwas gefunden hätte!"

Inmitten der Nacht

Mit einem zufriedenen Blick mustert Lena die Szenerie: romantisch, aber nicht kitschig. Weiße Tischdecken, rustikal einfache Stühle, bunte Lampions, die wie lustige Glühwürmchen in den Olivenbäumen tanzen. Prachtvolle weiße und rosa Rosen sind üppig auf den Tischen arrangiert. Kerzenlicht glitzert in den Gläsern.

Lena lächelt strahlend. Die Gäste treffen ein. Festlich aufgeputzt. Dem freudigen Anlass entsprechend. Sie gruppieren sich um die Tische. Lachen und scherzen. Kellner eilen herzu und bieten einen Aperitif an: Kumquat-Likör aus Lakis' eigener Produktion. Man stößt an. Lässt das Brautpaar hochleben. Ausgelassene Freude tanzt von Tisch zu Tisch. Auf der Tanzfläche dreht sich der Kreis, angeheizt von den rhythmischen Klängen der griechischen Musik.

„Da komme ich! Nein, wir! Da kommen wir!", frohlockt Lena und sieht den Brautwagen heranfahren.

Die Gäste erheben sich, tuscheln fröhlich: „Da kommen sie! Das Brautpaar!"

Vor den Toren ihres Anwesens stehen Lakis und Meropi, bereit, sie zu empfangen. Der Wagen hält. Die Türen öffnen sich. Anna klettert heraus. Niki und Vassilis. Sokrates. Groß, stattlich in seinem Anzug. Sein Haar, dunkel, wellig. Lena kann seinen wunderbaren, herben Duft wahrnehmen. Lakis und sogar Meropi lächeln glücklich. Lena erwidert das Lächeln. Ein warmes Gefühl durchströmt sie. Lakis, ihr Schwiegervater. Auch Meropi.

Ein Fuß streckt sich aus dem Autoinneren, ein zweiter. Ein rüschenbesetzter Rock bauscht sich und wird hinausgezwungen. Eine tief verschleierte Braut kommt zum Vorschein. Meropi eilt herbei und umarmt die Braut inniglich. Sie lüftet den Schleier.

„Óchi“, will Lena schreien, „Prosochí, Sokrati! Vorsicht! Das ist die Falsche!“

Meropi fügt die Hände von Sokrates und Sophia ineinander. Ihr Triumph spiegelt sich in Sophias Gesicht.

„Óchi!“ Mit einem spitzen Schrei fuhr Lena aus dem Schlaf. Ihr Nachthemd klebte verschwitzt an ihrem Körper. Wo war sie? Wo war Sokrates?

„Meropi“, keuchte Lena.

Selbstverständlich aus Mitáta

Am nächsten Morgen erwachte Lena wie gerädert. Zwar war sie nach ihrem Traum wieder eingeschlafen, doch war ein bohrendes Angstgefühl in ihr zurückgeblieben.

Rasch schaute sie auf ihr Handy. Noch immer keine Nachricht von Sokrates. Sie setzte sich auf und tippte: „Sokrati, alles in Ordnung? Langsam mache ich mir Sorgen!" Nachdenklich schwebten ihre Finger über dem Senden-Knopf. „Óchi", dachte sie dann. Sollte er sich melden. Sie lief ihm nicht hinterher. Entschlossen löschte sie ihr Geschriebenes und knallte das Handy auf den Nachttisch.

Durch das geöffnete Fenster floss sanftes Morgenlicht herein. Bestimmt würde heute wieder ein wunderschöner Tag werden.

„Was mache ich hier eigentlich!" Wie elektrisiert sprang Lena mit einem Satz aus dem Bett. „Wollen wir doch mal sehen, was meine Verdächtigen heute so treiben!"

Schnell zog sie sich an, kochte einen Ellinikón Kafé, den sie im Stehen hastig hinunterstürzte, kramte ihre Sachen zusammen und verließ ihr Appartement.

Enttäuscht stocherte Lena in dem vorzüglichen Choriátiki.

„Was habe ich mir bloß gedacht?", schimpfte sie mit sich, „Dass die Rote und ihre Spießgesellen auf mich warten? Ihr Boot liegt im Hafen, aber sie selbst sind wie vom Erdboden verschluckt!"

Wütend spießte Lena eine Kaper auf ihre Gabel.

„Im Prinzip können sie überall sein! In ihrer Unterkunft in der Lepra-Kolonie oder irgendwo auf Kýthera. Vielleicht machen sie sich gerade mit ihren Feuerstühlen aus dem Staub!“

„Oríste“, unterbrach die nette Kellnerin Lenas düstere Gedanken, „bitte sehr! Schwein in Zitronen-Honig-Soße mit Kritharákia. Kalí órexi! Wie ist der Wein?“

„Syggnómi! Ich war so in Gedanken – ich habe noch gar nicht probiert!“

Auffordernd nickte die junge Frau Lena zu und blickte sie abwartend an, sodass Lena eilig zum Glas griff und einen guten Schluck trank.

Der Wein perlte fruchtig leicht auf ihrer Zunge. Lena schmeckte die Sonne und den Wind, das Salz, das vom Meer aufstieg, und den Stein, auf dem die Reben gewachsen waren.

Zufrieden nickte die junge Frau, die Lenas Mienenspiel aufmerksam beobachtet hatte, und entfernte sich.

„Darf ich noch etwas Süßes bringen?“

„Sehr gern“, seufzte Lena. Das Essen hatte ihr wohlgetan. Ihre Unzufriedenheit und ihre Unruhe waren gewichen. Wie hätte man auch düsterer Stimmung bleiben können angesichts eines solch fantastisch bodenständigen Essens, eines solchen Weines und eines solchen Blicks?

Lena seufzte wieder. Ihr Blick schweifte über die Landschaft, die sich zu ihren Füßen ausbreitete.

Das Dorf Mitáta befand sich ziemlich genau in der Mitte Kýtheras. Wie fast alle Ortschaften lag es oben auf dem Felsplateau der Insel. Kam man von Süden, so wie

Lena, musste man sich auf engen Sträßchen durch die hügelige Landschaft schlängeln. Als Endspurt galt es den Felsen, auf dem Mitáta zusätzlich thronte, zu bezwingen. In scharfen Kurven schwang man sich durch Kiefern und Buschwerk hinauf, vorbei an Quellen, die hier entsprangen. Von der anderen Seite, von der Hauptverkehrsstraße her war Mitáta wesentlich leichter zugänglich. Man fuhr durch allerlei plantagenartige Gärten und Felder bis man auf die ersten Häuser stieß.

Der zentrale Platz wurde auf drei Seiten von einstöckigen Häusern sowie der großen, schwer wirkenden Kirche eingefasst. Über deren Fassade liefen riesige Risse, die, so vermutete Lena, bei einem Erdbeben entstanden sein könnten. Auf der vierten Seite begrenzte der Fels, der unvermittelt und steil abfiel, die Szenerie.

Genau hier, sozusagen an der Abbruchkante des Dorfes, saß Lena, gut beschattet von einer enormen Kiefer, in der die Zapfen knackten und die Zikaden unaufhörlich und ohrenbetäubend zirpten. Der Blick war phantastisch: die hügelige Landschaft war wie ein großer Teppich vor Lena ausgebreitet. Karges, steiniges Gelände glänzte grau, Kiefern, Zypressen und Buschwerk leuchteten sattgrün, vereinzelt blinkten weiß getünchte Häuschen und dazwischen schlängelte sich das kleine Sträßchen, auf dem Lena hergekommen war. Als wäre das noch nicht genug Schönheit, funkelte weiter hinten blau das Meer.

Lena hätte ewig hier sitzen mögen, ohne sich jemals satt sehen zu können. Einzig ihre Neugierde ließ sie ihr Handy hervorkramen, um im Internet nach interessanten Fakten über Mitáta zu suchen.

„Berühmt ist Mitáta vor allem für seinen Wein, der im Sommer mit einem großen Fest gefeiert wird", las Lena. Sie klickte sich durch die Bilder der fröhlich tanzenden Menschen. „Großartig!"

„Selbstverständlich", drang eine ihr wohlbekannte, sonore Stimme aus ihrem Handy.

„Panagía mou, hast du mich erschreckt!", rief Lena und riss das Handy an ihr Ohr, „Ich Dussel habe dich wohl aus Versehen angerufen!"

„Nein, nein. Ich habe dich angerufen, aber es hat noch nicht einmal geklingelt, da warst du schon dran. Aber was soll ich sagen: natürlich bin ich großartig! Ich habe spannende Neuigkeiten für dich!"

„Das ist unglaublich!", staunte Lena eine ganze Weile später. Wie hatte Marios das alles in so kurzer Zeit herausfinden können?

„Tja", hatte Marios lediglich lakonisch gemeint, „Gelernt ist gelernt! Außerdem habe ich meine Quellen."

„Dóxa to Theó!", schmunzelte Lena.

Sokrates würde Augen machen, wenn sie ihm das morgen erzählte! Was für Neuigkeiten!

Voller Energie packte sie ihre Sachen zusammen und schob den Stuhl zurück. Morgen würde sie mit Sokrates alles genau durchdenken, also blieb ihr heute Zeit für eine spezielle Besichtigung! Sie eilte ins Geschäft, um zu bezahlen.

Der Innenraum des Lokals war wie in den Sommermonaten üblich leergeräumt. An der Seite prangte jedoch ein großes, mit aufwendigen Schnitzereien verziertes Buffet, auf und in dem allerlei lokale Produkte ansprechend ausgebreitet waren.

„Thaumásia! Wie wundervoll!“, staunte Lena, verlangsamte ihren Schritt und blieb schließlich mit großen, neugierigen Augen vor den Kostbarkeiten stehen.

„Alles lokale Produkte“, sagte die Kellnerin stolz.

„Téleia!“

Intensiv inspizierte Lena eingelegte Kapern in Gläsern, Zymariká, die Ziegenmilchnudeln von Artemis, Krasí und Méli aus Mitáta, Wein und Honig, das berühmte kytheriotische Aláti, grobes Meersalz, Oliven, das mit Olivenöl verfeinerte und in ganz Griechenland beliebte Ladopaksímada, Zwieback. Lena war restlos begeistert, was von der Kellnerin mit einem wohlwollenden Lächeln zur Kenntnis genommen wurde.

„Der Honig“, fragte Lena nach einer Weile, „ist der wirklich aus Mitáta?“

Der Blick der Kellnerin verdunkelte sich jäh und entrüstet stieß sie hervor: „Ennoeítai! Selbstverständlich! Aus Mitáta!“

Lena verließ Mitáta mit einer großen Tüte, in der es verheißungsvoll klapperte und klirrte. Sie hatte nicht nur den Honig aus Mitáta – Lena grinste bei dem Gedanken an den beleidigten Blick der Kellnerin – erstanden, sondern auch Salz und Wein. Lena war sehr zufrieden.

Ruinen

Die asphaltierte Straße ging bald in eine Schotterpiste über. Obwohl sie ihren Mini sehr langsam und behutsam lenkte, wurde Lena ziemlich durchgerüttelt, was zwar gut zu Paparizous Hits passte, die dröhnend aus den Lautsprechern schepperten und bei denen sie gut gelaunt mitsang, aber trotzdem ziemlich nervenaufreibend war. Entsprechend froh war sie, als der Weg endlich auf einem kleinen Platz endete. Von hier ging es nur noch zu Fuß auf einem schmalen Trampelpfad weiter zu den Ruinen von Palióchora.

Weit und breit war niemand zu sehen. Es war fast unheimlich still, nur der Wind säuselte geheimnisvoll in den dornigen Sträuchern, die den Platz umstanden. Gebieterisch wölbte sich der Himmel über ihr und, obwohl die Sonne hoch am Himmel stand, wirkte ihr Licht milchig.

Lena schloss die Augen und atmete tief ein. Ein leichter Salzhauch lag in der Luft und der schwache Duft längst vertrockneter Kräuter. Verdorrtes Gras, staubiger Stein.

Etwas raschelte im Gebüsch und Lena öffnete die Augen. Eine Schlange glitt zurück in ihr Versteck.

„Wie gut, dass ich meine Wanderschuhe dabeihabe", dachte sie und öffnete die Kofferraumklappe.

„Fotoapparat, Objektive, Sonnenbrille", murmelte Lena, „Wasser. Gut, dann kann es jetzt losgehen."

Bedächtig schloss sie die Kofferraumklappe, verriegelte den Mini und marschierte los.

Linkerhand sah sie wenig später die Kirche Agía Varvára. Jegliche Farbe und Tünche waren von ihren Mauern gewaschen, sodass der nackte Stein zu sehen war. Davon abgesehen schien dieses Kirchlein aber unversehrt: das Dach, zwar an einigen Stellen mit Sträuchern bewachsen, dicht, die Mauern intakt. Gut erkennbar der typisch byzantinische Stil: der Grundriss über dem griechischen Kreuz, im Schnittpunkt überkrönt von einer kleinen Kuppel.

Lena ließ diese Kirche jedoch links liegen und folgte dem nun etwas abschüssig verlaufenden Trampelpfad. Sie wollte zunächst weit nach vorn, möglichst bis zur Spitze der Felszunge, auf der Palióchora lag. Diese Felszunge schien sich in die umgebenden Berge hineingeschoben zu haben und an ihren Rändern hatten sich tiefe Risse gebildet, zwei Schluchten, die sich an der Zungenspitze zur Kakiá-Lagáda-Schlucht vereinten und bis zum Meer hin ausliefen.

Sie stapfte leicht bergab, dann wieder leicht bergauf. Immer wieder stieß sie auf Ruinen – teils sah man nur noch die Grundmauern, teils ragten ganze Wände in die Höhe – und Kirchen. In die Kirche Panagía tou Phórou warf sie einen schnellen Blick. Im Dämmerlicht erkannte sie eine gemauerte Ikonostase, die sicherlich einst mit prächtigen, farbigen Ikonen bestückt gewesen war, nun aber ohne diese nackt und blicklos wirkte. Ein leichter Schauer rieselte Lena über den Rücken. Hastig trat sie zurück in die warme Sonne.

Es war immer noch unheimlich still. Nur der Wind hatte aufgefrischt. Er rauschte in den Büschen und den vertrockneten Pflanzen und trieb dicke weiße Wolken von Süden heran. Das Licht flirrte, sodass die Konturen ringsum verwischten.

Lenas Herz klopfte aufgeregt.

„Weiter!", ermutigte sie sich und laut, um die Stille um sich wenigstens etwas zu füllen, plapperte sie vor sich hin, „Mal überlegen, was ich über Palióchora weiß. Im Mittelalter war Palióchora die Inselhauptstadt. Damals war sie auch unter dem Namen Ágios Dimítrios bekannt. Gegründet wurde sie im zwölften beziehungsweise wahrscheinlicher im 13. Jahrhundert. Flüchtlinge aus Monemvásia und aus Byzanz, die wegen hoher Steuern oder der pro-päpstlichen Politik des Herrschers Michael Palaiologos nach Kýthera flohen, ließen sich hier nieder. Die Architektur der Stadt verdankt sich ganz dem byzantinischen Stil; Palióchora muss ganz ähnlich wie Mystrás oder Monemvásia ausgesehen haben. Eine reiche, stolze Stadt mit vielen Kirchen, begehrt von den damaligen herrschenden Mächten."

Mittlerweile hatte Lena das Kástro erreicht. Sie schaute sich um. Zwar stand sie hier auf dem höchsten Punkt von Palióchora, doch lag dieser deutlich niedriger als die umliegenden Bergrücken.

„Ein entscheidender Vorteil", räsonierte Lena, „Palióchora ist nämlich vom Meer aus nicht zu sehen. Das war wahrscheinlich auch das entscheidende Moment, weshalb man diese Stadt genau an dieser Stelle errichtet hat! Eingezwängt zwischen diesen beiden Schluchten, damit gut zu verteidigen, vor allem aber nicht sichtbar vom Meer aus – so kauert und lauert sie. Nur genützt hat es nichts."

Vorsichtig trat sie an die Mauerreste heran, hinter

denen es steil hinunter in die Schlucht ging. Sie sah hinab und schauderte. Wie viele Menschen sich genau von dieser Stelle in den Tod gestürzt hatten?

„Ob es ein Mensch war oder der Rauch aus den Schornsteinen, der sie verriet, weiß man nicht. Eines Tages überfiel der osmanische Freibeuter Hayreddin Barbarossa die reiche Stadt. Er kannte keine Gnade. Er plünderte und raubte. Er mordete und metzelte, dass das Blut die Gassen hinabfloss. Nur wenige Menschen konnten fliehen, einige stürzten sich lieber in die Schlucht, um ihrem grausamen Schicksal zu entgehen. Die, die am Leben blieben, wurden gefangen und zu Sklaven gemacht.“

Lena lehnte sich an die Steinmauer. Über ihr jagten die Wolken dahin und tauchten das Gelände in flackerndes Hell und Dunkel. In ihrem Kopf drehte sich plötzlich alles. Ihr Herz raste. Es schien ihr, als hörte sie das Schreien und Weinen der Menschen von Palióchora, das harte Lachen der Piraten, das Klirren von Waffen. Lena schloss die Augen.

Als sie sie wieder öffnete, saß sie auf dem Boden mit dem Rücken an die Mauer gelehnt. Wie war sie dahin gelangt?

„Mir geht es gar nicht gut“, murmelte sie. Wo war nur ihre Wasserflasche? Vorsichtig zog sie ihre Tasche, die neben ihr im trockenen Gras lag, zu sich heran. Da war sie. Umständlich schraubte sie den Deckel ab, dann rang sie ihren Widerwillen nieder und zwang sich, in kleinen Schlucken zu trinken.

Sie lehnte den Kopf an die Steine. Ausruhen.

„Óchi“, flüsterte sie, „hier kann ich nicht bleiben. Ich

muss versuchen … solange …“

Mit äußerster Mühe hievte sie sich hoch. Ihre Beine zitterten.

„Gamóto, meine Tasche.“

Als sie sich danach bückte, wurde ihr schwarz vor Augen. Sie taumelte und fiel.

„Gamóto“, stöhnte Lena. Sie nahm all ihre Energie zusammen und stemmte sich erneut hoch, ihre Tasche in der Hand. Sie wartete und atmete tief ein und aus. Dann setzte sie vorsichtig einen Fuß vor den anderen.

Die immer schneller ziehenden Wolken verdichteten sich und spinnwebfeine nasse Schleier lösten sich aus ihnen und sanken hernieder. Bald war ringsum alles in grau-weißen Nebel getaucht, durch den vereinzelte Sonnenstrahlen wie mit geisterhaft bleichen Fingern griffen. Auch Lena hüllte der Nebel ein, umschloss sie mit seinen feuchten, kalten Armen. Kühle durchlief ihren aufgeheizten Körper und über ihre Haut kroch eine Gänsehaut. Der Nebel wurde dichter und dichter. Immer schwerer schien er auf Lena zu lasten. Alles, Ruinen, Sträucher, Sonne, Himmel, Pfad, Geräusche, Wärme, sogar jegliche Gerüche waren von ihm verschlungen worden.

Mit äußerster Mühe kämpfte Lena sich voran.

Sie wusste später nicht mehr, wie sie es im dichten Nebel über den schmalen, steinigen Trampelpfad zu ihrem Mini zurückgeschafft hatte. Sie wusste nur, dass sie unendlich erleichtert gewesen war, als sie die Tür geöffnet und sich auf den Sitz hatte sinken lassen.

„Anamníseis“, „Erinnerungen“, war es ohrenbetäubend aus den Lautsprechern gedröhnt, als sie ihren Mini angelassen hatte. Flüchtig hatte sie gedacht, dass der Text von Paparizous Lied gerade seltsam passend war, doch die Musik hatte ihr fast den Kopf zerrissen. Ihre Bewegungen waren allerdings so verlangsamt gewesen, dass es scheinbar Ewigkeiten gedauert hatte, bis sie den Ausschaltknopf gefunden und betätigt hatte. Kraftlos war sie in den Sitz gesunken.

Irgendwann, der Nebel hatte sich inzwischen verzogen und die Sonne strahlte noch etwas pikiert durch die abziehenden Wolken, war sie schließlich losgefahren. Was hätte sie auch sonst tun sollen? Die Schotterpiste hatte keine Gnade gekannt und sie wie auf der Hinfahrt gehörig durchgerüttelt. Der Schwindel war so stark gewesen, dass sie den Weg nur vage hatte ausmachen können. Sie war auf gut Glück gefahren. Gott befohlen. Auf der asphaltierten Straße war es etwas besser gegangen. Im Schneckentempo, was ihr immer noch viel zu rasant vorgekommen war, hatte sie sich vorangetastet und Kilometer um Kilometer zurückgelegt. Die wütenden Autofahrer, die sie hupend und schimpfend überholt hatten, hatte sie kaum wahrgenommen. Irgendwann war sie endlich in Kapsáli angekommen. Wie sie ihren Mini geparkt und in ihr Appartement gekommen war, blieb ihr für immer ein Rätsel.

„Nai", krächzte Lena in den Hörer.

„Panagía mou!", sagte Niki erschrocken, „Was ist denn mit dir?"

„Niki", ächzte Lena, „Sonnenstich!"

„Panagía mou, wie konnte dir das denn passieren?"

„Keine Ahnung. Hab nicht aufgepasst!“

„Panagía mou“, sagte Niki nun zum dritten Mal, „kommst du zurecht? Soll ich Hilfe organisieren?“

„Ich komm klar. Der Vermieter hat mir schon Depon gebracht, das griechische Wundermittel gegen Fieber, Schmerzen, Halsweh und Sonnenstich. Und zwei Flaschen Wasser und Elektrolyte. Óla endáxi. Es dreht sich nur alles.“

„Panagía mou! Ruh dich aus, Lenaki! Ich will dich auch nicht länger stören …“ Eine winzige Pause schlich sich ein, so als zögere Niki, und als sie fortfuhr, tat sie das in einem rasenden Tempo, „Ich wollte nur mal wissen, ob du etwas von Sokrates gehört hast. Aber der kommt ja morgen zurück. Dann wird sich sicher alles klären. Philákia, liebste Lenaki, Küsschen. Óchi, Anna, du kannst jetzt nicht mit deiner Nouná sprechen. Óchi! Ihr geht es nicht …“

„Niki“, stöhnte Lena, aber da hatte ihre Freundin schon aufgelegt. Kraftlos ließ Lena das Handy neben sich auf das Bett fallen. Wenn Niki wie ein Wasserfall plapperte, war irgendetwas nicht in Ordnung. Aber was hatte sie genau gesagt? Irgendetwas mit Sokrates.

„Panagía mou, ist mir schlecht.“

Lena fällt in seinen Blick. Das warme Braun umhüllt sie. Sie fühlt sich ganz geborgen und sicher. Sie muss nur noch einen Schritt tun, dann ist sie bei ihm. Er wartete auf sie. Er steht am Kirchportal und wartet. Das Kirchportal ist aus Eisenstäben geschmiedet.

Ihr Herz hüpft freudig. Sie macht den Schritt. Meropi lächelt ihr hämisch zu. Sie hält den Boden in Händen und zieht, zieht ihn, bis Lena fällt. Sie fällt ins Unendliche. Ihre Hände greifen ins Leere, haschen nur Wind, der ihr ins Gesicht pustet. Staub und Dunkelheit. Sie fällt noch immer.

Eine Stimme ruft. Ruft nach ihr, aber sie kann sie nicht hören. Sie ist unter Wasser. Sein Kopf schwebt über dem Wasser und sein Mund formt ihren Namen. Ein Rettungsring, nach dem sie sich ausstreckt.

Er steht vor dem Kirchportal mit den Eisenstäben. Er wartet auf sie. Nur ein Schritt trennt sie. Seine Augen schauen blicklos an ihr vorbei. Sie geht auf ihn zu. Nur noch ein Schritt, dann ist sie bei ihm. Sie tut den Schritt und fällt. Fällt vom Rand ihrer Welt. An ihrer Stelle steht Sophia. Meropi zieht sie zu sich, drängt sie in Sokrates' Arme.

Sein Mund formt Worte. Ihren Namen? Sie kann ihn nicht hören. Sie schreit. Aber er hört sie nicht, denn ihr Mund ist wie mit Watte ausgekleidet. Alles erstickt. Dann plötzlich hört sie ihn.

„Sophia", flüstert er verlangend. Seine Arme umschließen sie in inniger Vereinigung. Meropi lächelt hämisch. „Du bekommst ihn nicht", hallt es in ihren Ohren, „Du bekommst meinen Sohn nicht!"

Wimmernd erwachte Lena. Ihr Gesicht war von Tränen nass, ihr Mund staubtrocken. „Meropi", stöhnte Lena leidend und krabbelte aus dem Bett, um sich ein Glas Wasser zu holen.

Markttag in Potamós

Erstaunlicherweise ging es Lena am nächsten Morgen ausgezeichnet: kein Schwindel, kein Kopfweh, keine Übelkeit und lediglich eine vage Erinnerung an ihren Traum, die sie mit einem Kopfschütteln schnell verscheuchte.

„Fein", freute sie sich, „dann kann ich dem Markt von Potamós einen Besuch abstatten! Zumal ich Sokrates erst am Nachmittag am Flughafen abholen muss."

Ein Blick auf ihr Handy verriet ihr, dass er ihr immer noch keine Nachricht geschickt hatte.

„Dann eben nicht", grollte sie enttäuscht.

Auf dem Weg zum Markt kam sie an dem Abzweig vorbei, der nach Palióchora führte. Ein leises Frösteln durchlief sie. „Schnell weiter", dachte Lena und gab Gas.

„Markttag in Potamós – ein Erlebnis, das sich niemand entgehen lassen sollte." So stand es in dem Reiseführer von Lenas Kollegen Dürrschnabel, der der Insel Kýthera in seinem Reiseführer über die Peloponnes einen kleinen Abschnitt gewidmet hatte.

„Da hat er recht", seufzte Lena, „dieses Erlebnis lässt sich anscheinend niemand entgehen!"

Langsam schob sie sich in ihrem Mini durch die engen Gassen dieser kleinen Stadt. Es war brechend voll. Zwischen der Autokolonne wuselten Menschen, sowohl Touristen als auch Einheimische, außerdem eilige Kellner mit vollen Tablets in der Hand. Je näher sie dem zentralen Platz kam, desto mehr Pickups, auf denen noch Nachschub an Zucchini oder Melonen lagerte, säumten die Straßen.

Ein Polizist wies sie mit trillernder Pfeife an, in eine Stichstraße, die in einen Parkplatz mündete, einzubiegen. Auch dieser war schon gut gefüllt, doch erhaschte sie noch einen Platz unter einer schattigen Kiefer.

„Puh", stöhnte Lena, schälte sich aus dem Auto und warf die Tür zu, „ich hoffe nur, dass es auf dem Markt gemütlicher zugeht!"

Der zentrale Platz von Potamós war nicht besonders groß und hatte die Form eines sehr spitzen Dreiecks. An dessen Basis thronte die in weißen Marmor gehüllte Bank von Hellas und rundherum, also an den Schenkeln des Dreiecks verlief die zentrale Straße der Stadt, die wiederum von den Häusern gesäumt wurde, in denen die wichtigen Geschäfte untergebracht waren. Hier gab es Lebensmittel, eine Apotheke, einen Metzger, eine lokale Käserei und natürlich einige Souvenirshops und touristische Imbissbuden, die lautstark mit „greek food" beziehungsweise „greek products" warben.

Auf dem Platz selbst waren etwa ein Dutzend Markstände aufgebaut. Lena war ein bisschen enttäuscht: sie hatte sich das größer und vielfältiger vorgestellt. Feilgeboten wurden Käse, Wein, Oliven, Öl, verschiedene Gemüse, wie Tomaten, Zwiebeln, Zucchini und Auberginen, Honig, gehäkelte Deckchen – alles angepriesen als Produkte aus lokaler Herstellung, was Lena ein wenig bezweifelte.

„Der Markt von Livádi ist irgendwie schöner. Heimeliger“, dachte Lena versonnen, während sie sich langsam zwischen den Ständen über den Markt schob.

Heute vergaß sie nicht zu fotografieren. „Klick klick“, machte ihre Fotoapparat ohne Unterlass, vielleicht um das gestrige Fotofiasko auszugleichen.

„Das ist ja mal ein Motiv“, dachte Lena und näherte sich einem winzigen Verkaufsstand, den ein großer, mit bunten Blumen bedruckter Sonnenschirm überwölbte. Auf einem wackeligen Tischchen waren eine Reihe Flaschen aufgestellt, deren Inhalt verführerisch golden und rötlich schimmerte.

„Fatouráda“, nuschelte das zahnlose Mütterchen, das hinter dem Tischchen saß. Mit ihren klaren grauen Augen, die seltsam jung in ihrem faltigen Gesicht wirkten, musterte sie Lena aufmerksam. Mit einem zufriedenen Lächeln zauberte sie dann blitzschnell ein kleines Glas hervor, öffnete eine Flasche und goss den Likör hinein. Mit einem Kopfnicken reichte sie es Lena.

Lena schnupperte: ein scharfes Aroma des gebrannten Tresters vermischte sich mit dem betörenden Duft des Zimts und der Nelken. Lena schloss die Augen und nippte vorsichtig. Kratzig brannte der Schnaps auf ihrer Zunge und Zimt und Nelken explodierten wie ein Feuerwerk in ihrem Mund. Lena riss die Augen auf. „Oréa Prágmata! Sehr gut!“, staunte sie.

Die Alte nickte nur mit einem wissenden Lächeln in ihren blauen Augen und reichte ihr eine Flasche des Likörs über den Tisch.

Vergnügt schlenderte Lena weiter und schoss hier und da ein Foto, bis sie an der spitzen Ecke des Platzes in der Ladenzeile einen Buchladen erspähte. Neugierig steuerte sie das Geschäft an.

Eine kleine Glocke bimmelte, als sie eintrat. Die grelle Sonne draußen ließ das wenige Licht im Inneren noch schummriger wirken. Die Ladenbesitzerin grüßte knapp zu ihr herüber, war dann aber wieder ganz in ihr Gespräch mit einem Kunden vertieft. Lena kam das sehr gelegen, konnte sie solchermaßen doch erst einmal in Ruhe stöbern.

Lena liebte Buchläden: den Duft von Papier, die ganz besondere Atmosphäre aus Wissen und Neugierde, das Weltläufige und das Heimelige und Intime. Sie strich an den Regalen entlang und wurde bald fündig. Sie stieß einen anerkennenden Pfiff durch die Zähne. Dieser Buchladen hatte eine vielversprechende Anzahl an Werken mit Inselbezug. Sie fuhr mit dem Finger über die Buchrücken: wunderschöne Bildbände mit Fotos der Insel von gestern und heute, mehrere Reiseführer in verschiedenen Sprachen, wie der schmale Reiseführer in Englisch „In search of Kythera and Antikythera. Venturing to the Island of Aphrodite“ von einer gewissen Tzeli Hadjidimitriou, einige ansprechende und reich bebilderte Kinderbücher, darunter „Pelagía. Die Meerjungfrau von Kythera“ von Frini Drizou. Sogar einen liebevoll gestalteten Kinderreiseführer über die Insel entdeckte sie.

„Interessant“, murmelte Lena und begann neugierig zu blättern.

Ein leichtes Räuspern ließ sie zusammenfahren.

„Ich sehe, Sie interessieren sich für unsere schöne Insel“, sagte die Inhaberin, die von Lena unbemerkt zu ihr gettreten war und nun der verschreckt schauenden Lena begütigend die Hand auf den Arm legte. „Ich wollte Sie nicht erschrecken!“, setzte sie hinzu.

„Schon gut!“, beeilte Lena sich zu sagen und erwiderte das freundliche Lächeln der Buchhändlerin, „Ich bin nur erstaunt, dass Sie …“

„Dass wir eine so außergewöhnliche Auswahl haben? Ja, das sagen viele.“

„Wirklich bemerkenswert!“

„Bemerkenswert ist auch, dass Sie seit zwanzig Minuten ganz vertieft sind. So viel Ausdauer haben nicht viele Touristen!“

„Berufskrankheit“, entschuldigte sich Lena.

„Berufskrankheit?“, fragte die Inhaberin.

„Ich bin Reisejournalistin und da bleibt es nicht aus, dass …“

„Dass man sich dafür intensiv interessiert. Schon klar! Dann möchte ich Ihnen diese drei Bücher besonders ans Herz legen und diesen Bildband.“

„Ich bin eigentlich nicht beruflich unterwegs.“

„Ach so?“

„Eigentlich bin ich auf Hochzeitsreise.“

„Meine allerherzlichsten Glückwünsche!“, rief die Buchhändlerin und klatschte in die Hände, „Und da kommen Sie auf unsere herrliche Insel? Téleia! Sie hätten es nicht besser treffen können!“

Sie wirbelte herum und sauste hinter ihren Kassentisch, zog eine große Papiertüte heraus und kehrte zurück, zog den Kinderreiseführer heraus, steckte ihn in die Tüte und überreichte sie Lena.

„Das ist mein Geschenk!“

„Oh", stammelte Lena völlig perplex, „Sie können mir das doch nicht einfach schenken!"

„Papperlapapp!", schnitt die Buchhändlerin Lenas ablehnendes Gestammel ab, „wenn Sie etwas über Kýthera schreiben, erwähnen Sie mich!"

Mit einer großen Tüte, in der sich zu dem Kinderreiseführer ein großer Bildband über Kýthera, der Reiseführer von Hadjidimitriou, das Kinderbuch „Pelagía" sowie einige Notizhefte und Stifte, bei denen Lena nie widerstehen konnte, gesellten, verließ Lena wenig später den Buchladen. Ein ganz so schlechtes Gewissen musste sie also gegenüber der Buchhändlerin nicht haben.

Lena sah sich um. Was nun?

„Ein Ellinikós Kafés wäre jetzt genau das Richtige!"

Hatte sie vorhin nicht ein verheißungsvolles Kafeneíon erblickt?

„Herrlich", strahlte Lena wenig später. Wohlig streckte sie die Beine aus und betrachtete zufrieden das Gewimmel auf dem zentralen Platz.

Das von Lena erinnerte Kafeneíon lag am Rande des Marktes und war pittoresk in einem windschiefen Häuschen untergebracht, das sich in den Schatten der mächtigen Hellas-Bank duckte. Die Kundschaft bestand, wie an dem leichten Dialekt zu erkennen, hauptsächlich aus Kytherioten.

„Ein Indiz dafür, dass hier noch traditionell gearbeitet wird", hoffte Lena.

Hierin täuschte sie sich nicht. Der Ellinikós Kafés, der bald darauf vor ihr stand, war genau, wie sie ihn liebte:

dick sämig, schwarz, duftend und mit einer cremigen Haube. Genießerisch hob Lena die kleine Tasse an, schnupperte und schlürfte einen winzigen Schluck.

„Auf einen solch phantastisch zubereiteten Kaffee trifft der Spruch meiner Giagiá zu: O kafés xalarónei ta névra. Kaffee beruhigt die Nerven. Köstlich! Aber das Beste ist", freute sich Lena und ihre Augen blitzten, „dass es dazu den berühmten Glykó Koutalioú gibt!"

Lena liebte diese Süßigkeit heiß und innig, jedoch war der süße Löffel, den man früher gerne Gästen gereicht hatte, heutzutage leider aus der Mode gekommen. In diesem urigen Kafeneíon aber gab es ihn glücklicherweise noch. Sie biss ein Eckchen ab und seufzte sogleich genüsslich: „Bergamotte." Nach einem weiteren Stückchen und einem weiteren Schlückchen Kaffee kramte sie ihr Reisetagebuch hervor.

Wie schön ist es in Potamós, wenngleich der hiesige Markt nicht so heimelig ist wie der in Livádi! Dafür gibt es am Rande des Marktes ein lauschiges Café mit schattigen Sitzplätzen, von denen aus man, bequem einen hervorragenden Ellinikón Kafé schlürfend, das bunte Treiben bewundern kann. Außerdem eine fabelhafte Buchhandlung, in der man herrlich stöbern kann und sicherlich immer fündig werden wird! Sie verfügt über eine überwältigend vielfältige Auswahl an Literatur mit Kýthera-Bezug: wunderschöne Bildbände, unterschiedliche Reiseführer, sogar für Kinder. Die nette Inhaberin hat mir, als sie hörte, dass ich in den Flitterwochen bin, sogar ein Büchlein geschenkt! Wo gibt es das noch?

Was bin ich froh, dass Sokrates heute zurückkommt! Ich habe ihm so viel zu erzählen! Er wird bestimmt große Augen machen, wenn er hört, was Marios und ich herausgefunden haben!

Verbrechertrio sage ich nur! Ich habe ihn so vermisst. Vor allem die Nächte waren bizarr. Seltsame Träume! Gleichwohl bin ich ein bisschen sauer, dass er sich überhaupt nicht bei mir gemeldet hat. Drei Tage tiefstes Schweigen! (Und das in einer Zeit, in der wir doch alle Kommunikationsmöglichkeiten über unsere geliebten Handys haben!) Was das wohl zu bedeuten hat?

Froh bin ich allerdings auch, dass ich bei meinem gestrigen Abenteuer in Palióchora, der mittelalterlichen Inselhauptstadt, so glimpflich davongekommen bin! Was hatte ich für ein Glück — ach, was! Einen aufmerksamen Schutzengel hatte ich! Oder hat mich gar die Myrtidiótissa beschützt? — Ich darf gar nicht daran denken, was alles hätte passieren können. Richtig schön blöd war ich. So ein peinlicher Anfängerfehler, ohne ausreichenden Schutz durch die pralle Sonne zu stapfen! Ich habe mir einen veritablen Sonnenstich zugezogen. Wie ich es überhaupt allein bis Kapsáli zurückgeschafft habe, weiß ich nicht mehr. Ärgerlich ist nur, dass ich kein einziges Foto von diesem verwunschenen, verlassenen, wilden Ort geknipst habe!

Ob an den Gerüchten etwas dran ist? Die einstmals reiche und stolze Stadt seit den schrecklichen Ereignissen damals ein Unglücksort, heimgesucht von Geistern und Gespenstern, die keine Ruhe finden? Ich glaube das sofort! Selbst vorhin, als ich auf dem Weg nach Potamós an dem Abzweig vorbeifuhr, fröstelte mich. Sogar jetzt und hier, umgeben von Sonne, Menschen, Lachen und Leben bekomme ich beim Gedanken an diesen Ort eine Gänsehaut! Eine unheimliche Stätte!

Palióchora ist jedenfalls nie mehr aufgebaut worden.

Lenas Blick fiel auf ihre Uhr. „Panagía mou", rief sie entsetzt, „wie viel Zeit ich vertrödelt habe! Wenn ich noch etwas essen will, bevor ich Sokrates am Flughafen abhole, muss ich mich sputen!" Rasch packte sie ihre Sachen zusammen.

„Was für ein anregender Vormittag!", schwärmte Lena und gab noch ein bisschen mehr Gas, „Die bunten Marktstände. Der tolle Buchladen mit der netten Verkäuferin. Der phantastische Kaffee. Und zum Abschluss ein Essen der Extraklasse!"

Lena kicherte.

„Extraklasse in mehreren Hinsichten!"

Zunächst einmal war die Lage der Taverne ziemlich ungewöhnlich, nämlich im Untergeschoss der Bank. Jetzt, im Sommer spielte das keine Rolle, denn die Tische standen draußen auf dem Platz.

„Wie mag das aber im Winter sein?", gluckste Lena und prustete dann laut los, „Fühlt man sich dort unten, in den Eingeweiden der Bank nicht wie im Tresorraum? Und die Bankräuber kommen nie hungrig zum Überfall, weil sie sich vorher stärken können!"

Lena liefen die Tränen die Wangen herunter. Sie atmete tief durch, um sich zu beruhigen. Immerhin saß sie am Steuer.

Das Essen selbst war vorzüglich gewesen und wie auf Kýthera üblich bodenständig, ohne viel Schnickschnack, äußerst schmackhaft und in einer speziellen Weise kreativ, eine Reminiszenz der Vergangenheit. Kýthera war eine arme Insel gewesen und die Bewohner hatten immer hart arbeiten müssen, um zu überleben. Nichtsdestotrotz hatten sie die Kunst entwickelt, aus einfachen Zutaten raffinierte Speisen zu zaubern. Der Choriátiki hatte mit Kapern und einem speziellen Inselkäse sowie dem Inselzwieback Ladopaksímada geglänzt, das Rinder-Stifádo war mit Zimt veredelt gewesen. Dazu hatte es Wein aus Mitáta gegeben und frisches Brot.

Nun musste sie wieder laut lachen. Der Kellner war zu drollig gewesen.

„Panagía mou“, hatte Lena staunend bemerkt, als er die verschiedenen Gerichte vor ihr auf dem Tisch abgestellt hatte, „das sind riesige Portionen. Das schaffe ich niemals!“

Darauf hatte der Kellner nur trocken geantwortet: „Das sind vernünftige Portionen.“

„Vernünftige Portionen“, grinste Lena, „so vernünftig, dass es sogar für das Abendessen für Sokrates und mich noch reichen wird.“

Lenas Blick verdüsterte sich. Bald schon würde er wieder bei ihr sein. Warum hatte er sich überhaupt nicht bei ihr gemeldet?

Verpatzt

Der kleine Propeller-Flieger setzte zur Landung an. Zeitgleich erreichte Lena den Parkplatz und manövrierte sich in einen gerade frei werdenden Parkplatz.

„Das war knapp", schnaufte Lena, schnallte sich ab und stieg aus ihrem Mini. Sie hatte viel zu lange in Potamós getrödelt.

„Vielleicht hatte ich einfach keine Lust, meinen Ehemann, der sich nicht bei mir meldet, abzuholen!"

Außerdem hatte auf der Hauptverkehrsstraße, die normalerweise eher wenig befahren war, reger Betrieb geherrscht.

„Logiká, logisch! Sobald ein Schiff oder ein Flugzeug ankommt, ist hier natürlich Stoßzeit! Das hätte ich mir wirklich denken können."

Entsprechend schimpfwortreich war ihre Fahrt zum Flughafen verlaufen.

Jetzt stand Lena neben ihrem Mini und musterte das kleine, überschaubare, aber funktional wirkende Flughafengebäude. Es war ein schlichtes Rechteck, auf dessen Mitte der runde Tower zu hocken schien.

„Hauptbaustoff natürlich Beton!", dachte Lena grimmig, wie jedes Mal, wenn sie sich wieder über diese seltsame griechische Vorliebe ärgerte, „Als ob es keine anderen Materialien gäbe, mit denen man nicht schon gebaut hätte – vor Jahrtausenden!" Unwirsch schüttelte sie den Kopf. „Okay", räumte sie ein, „als der Flughafen gebaut wurde – war das nicht in den 70ern oder 80ern – da war Beton überall in Europa total angesagt. Heute würde man sich bestimmt für etwas Anderes entscheiden. Zumal auf Kýthera! Aber, was hat Onassis mit Kýthera zu tun?" Fragend runzelte sie die Augenbrauen ob des Namens des Flughafens. „Später!", besann sie sich, gab sich einen Ruck und marschierte auf das Bauwerk zu.

„Du siehst furchtbar aus!", sagte Lena entsetzt und schob Sokrates, der sie in seine Arme ziehen wollte, von sich.

„Charmante Begrüßung!", knurrte Sokrates und seine Augen verdunkelten sich um eine weitere Nuance.

„Sokrati, du bist leichenblass und hast Ringe unter den Augen, als hättest du überhaupt nicht geschlafen. Und eine miese Laune hast du! Was ist passiert?"

„Es hat nicht geklappt! Das ist passiert." Sokrates setzte sich, während er sprach, in Bewegung und strebte dem Ausgang zu.

„Wie? Was?", haspelte Lena. Doch da war Sokrates schon durch die aufgleitenden Türen ins Freie verschwunden.

„Sokrati! Jetzt warte!"

Ungeduldig trommelte Sokrates auf das Dach ihres Minis.

„Sokrati, ich verstehe nicht", sagte Lena, als sie ihn erreichte.

„Was gibt es da nicht zu verstehen?", blaffte er, „Können wir uns vielleicht erst ins Auto setzen und losfahren, bevor wir hier in der Sonne verbrutzeln?"

„Endáxi! Endáxi!", beschwichtigte Lena und öffnete ihren Mini.

Sokrates saß wie versteinert auf dem Beifahrersitz und schwieg.

„Sokrati“, sagte Lena endlich, als sie bereits an der zentralen Kreuzung in Aroniádika nach links in den Inselsüden abbogen.

Sokrates starrte stur geradeaus durch die Scheibe.

„Sokrati, was meintest du?“

Sokrates presste seine Lippen fest aufeinander, als müsse er etwas zurückhalten.

„Sokrati! Rede mit mir!“ Lenas Hand sauste auf das Lenkrad nieder. Was dachte er sich eigentlich? Sah er nicht, dass sie sich Sorgen machte?

„Ich habe die Prüfung nicht bestanden“, quetschte Sokrates hervor.

„Was?“

Sein Kopf schnellte zu ihr herum und mit kalt funkelnden Augen sah er sie an.

„Sokrati.“

„Du hast schon richtig verstanden!“, schnauzte er barsch. Mit einem Ruck wandte er sich ab und drehte sein Gesicht zum Fenster. Ein Zittern durchlief seinen Körper.

„Sokrati?“, sagte Lena, „Weinst du etwa?“

„Óchi“, schniefte er.

„Gamóto“, dachte sie, aber sosehr sie auch umherspähte, sie sah keine Möglichkeit, um anzuhalten. Also fuhr sie langsam weiter und strich ihm zärtlich mit der einen Hand über seinen Arm und hielt mit der anderen das Steuer.

„Ich bin ein Versager“, brach es da aus Sokrates hervor und nun weinte er richtig.

„Sokrati mou, erzähl."

Immer wieder von unterdrückten Schluchzern unterbrochen berichtete er schließlich: „Zuerst lief alles gut. Die schriftlichen Tests waren lachhaft einfach. Auch bei den sportlichen Übungen habe ich mich gut geschlagen. Anstrengend, aber alles im grünen Bereich. Doch dann fingen sie an, uns richtig unter Stress zu setzen. Keine freie Minute wurde uns gewährt! Keine Privatheit. Sogar unsere Handys wurden einkassiert! Immerzu standen wir unter Beobachtung. Selbst beim Essen waren die Prüferinnen und Prüfer zugegen. Du kannst dir nicht vorstellen, wie einige Mitbewerber aufgedreht haben. Hochgestochenes Gelabere, Gegockele und Geschleime. Furchtbar! Am schlimmsten waren dann aber die Auswahlgespräche. Zunächst ein Gruppengespräch. Zu dritt wurden wir vorgeführt. Wir sollten sagen, welchen der beiden anderen Bewerber wir für das Programm auswählen würden und welche Schwachstellen die anderen hätten. Keinerlei Solidarität. Vergiftete Komplimente von den beiden anderen. Und ich selbst habe auch nicht anders agiert! Danach ein Einzelgespräch. Egal, was ich gesagt habe, die Prüferin hat nur maliziös gegrinst. Das hat mich dermaßen verunsichert, dass ich mich bestimmt um Kopf und Kragen geredet habe. Am aller-, allerschlimmsten war jedoch der simulierte Einsatz. Eine Vollkatastrophe, dabei hatte ich bei der Vorbereitung ein so gutes Gefühl! Doch schon nach meiner Einführung merkte ich, dass nichts zündete. Meine Mitbewerber konnten sich ein hämisches Grienen nicht verkneifen und der Prüfer schien vor Langeweile einzuschlafen. Ich habe geackert wie ein Ochse auf dem Feld, aber es hat nichts genützt!" Nach einem kurzen Schweigen flüsterte er: „Aus der Traum! Ich habe es verhauen."

„Ach, Sokrati mou."

Sokrates schlief und Lena musste sich dringend bewegen, um einen klaren Kopf zu bekommen. Leise verließ sie das Appartement und ging hinunter an den Strand. Der bunte Rummel stand ganz im Gegensatz zu ihrer Stimmung. Rasch suchte sie sich einen Platz inmitten der fröhlichen Menschen, entledigte sich ihrer Kleidung und lief ins Wasser. Sie schwamm weit hinaus, weg vom Lachen und Planschen.

„Verpatzt, verpatzt, verpatzt! Die Gelegenheit und sie ist vorbei! Für mindestens ein Jahr! Erst dann ist wieder eine Bewerbungsrunde für diesen europäischen Polizei-Austausch. Wer weiß, ob Deutschland oder Griechenland weiterhin mitmachen? Gamóto!"

Lena passierte die rote Boje, mit der das Ende des Schwimmerbereichs markiert war. Weiter sollte man nicht hinaus, doch Lena scherte sich nicht darum. Sollte doch ein Boot sie überrollen. Das war jetzt auch egal. Nach wenigen Zügen drehte sie um. Sich in Gefahr zu bringen, war keine Lösung. Mit kräftigen Bewegungen kehrte sie in den Schwimmerbereich zurück und zog dort ihre Bahnen, immer von einem Ende der Bucht zum anderen. Jeder Schwimmzug beruhigte Lena und ihre Gedanken schossen bald nicht mehr wie wütende Kickerkugeln umher.

„Wir haben so sehr darauf vertraut, dass es klappt. Aber nun ist es, wie es ist. Gamóto. Wie soll es nun weitergehen? Weiter Fernbeziehung? Oder breche ich meine Zelte in Deutschland ab und lebe auf Korfu?"

„Lenaki mou", sagte Sokrates zärtlich, als er auf den Balkon trat.

„Geht es dir besser?", fragte ihn Lena, indem sie sich zu ihm umwandte.

„Nai", seufzte Sokrates und streckte sich. Dann ließ er sich ihr im Sessel gegenüber nieder.

„Nicht mehr so blass und die Ringe sind auch kleiner geworden", stellte Lena befriedigt fest.

Sie schwiegen. Die Sonne verschwand hinter dem Felsrücken, auf dem Chóra thronte, und nahm alles Grelle mit sich. Pudriges Licht flutete die Bucht von Kapsáli.

Sokrates' Magen knurrte vernehmlich.

„Hunger?"

„Nai re!"

„Ich habe noch Reste der vernünftigen Portionen aus Potamós", sagte Lena lächelnd.

„Vernünftige Portionen?"

Munter von ihren Erlebnissen in Potamós plaudernd holte Lena die Köstlichkeiten aus dem Kühlschrank.

„Da habe ich wohl etwas verpasst", schmunzelte Sokrates.

„Hast du. Und nicht nur das! Ich habe auch Neuigkeiten meine Verdächtigen betreffend!"

„Ouzo?"

„Ennoeítai! Selbstverständlich! Aber du könntest auch Fatouráda bekommen; den Likör habe ich auf dem

Markt in Potamós erstanden!“

Das Eis in ihren Gläsern klirrte leise.

„Bevor wir über deine Verdächtigen reden“, begann Sokrates unsicher.

„Wie es weitergeht? Sokrati, ich weiß es nicht.“

Sie schwiegen.

„Erwartest du ernsthaft, dass ich jetzt weiß, wie es weitergehen soll?“

„Lenaki …“

„Ich weiß es nicht! Ich will keine Fernbeziehung mehr!“

„Dann komm doch nach Korfu!“

Lena biss verkniffen die Lippen aufeinander.

„Wir würden endlich zusammenwohnen. Du könntest deine Freundin Niki ganz oft sehen. Und natürlich Anna.“

„Und du kannst weiterhin der nette Kommissar sein. Prima! Und wohnen werden wir bei deinen Eltern, oder wie?“, ergänzte Lena unwirsch.

„Platz ist genug“, sagte Sokrates, der den bedrohlichen Unterton in Lenas Stimme gar nicht wahrzunehmen schien, „Bei dir ist es völlig egal, von wo du arbeitest. Außerdem bist du doch jetzt die Griechenlandspezialistin in deinem Verlag und dein Chef Hans wird dir sicherlich weitere Aufträge zuschanzen …“

„Sag mal, bist du verrückt?“, fuhr Lena dazwischen und funkelte ihn wütend an.

„Wieso? Das wäre doch das Einfachste.“

„Ich glaube es nicht!“, explodierte Lena nun, „Da hast du dir ja einen schönen Plan ausgedacht! Lena kommt nach Korfu. Dann braucht der feine Herr sich gar nicht aus seiner Komfortzone hinauszubewegen. Für ihn bleibt alles beim Alten. Angesehener Kommissar. Mama und Papa an seiner Seite. Überhaupt: Glaubst du ernsthaft …"

Lena verstummte unvermittelt. Wie sollte sie dem Sohn sagen, dass seine Mutter ein Drache ist, zumindest gegenüber ihrer Schwiegertochter, die zufällig nicht Sophia hieß.

„Sokrati, ich werde nicht mit deiner Mutter unter einem Dach leben. Niemals!"

„Lenaki."

„Niemals, Sokrati!"

In diesem Moment klingelte Sokrates' Handy.

„Syggnómi, Lena, meine Mutter!"

„Wenn man vom Teufel spricht!", murrte Lena.

„Nai, Meropi!", nahm Sokrates den Anruf an.

„Folgsames Muttersöhnchen", ätzte Lena innerlich. Sie griff sich ihr Glas und ließ sich tief in den Sessel sinken. „Ouzo hilft immer. Hoffentlich!"

„Geiá sas, Paidiá! Ti kánete?", hörte Lena Meropis Stimme aus dem Hörer schallen, „Und du, Kardoúla mou, mein Augenstern! Wie geht es dir denn? Es tut mir so leid!"

Lena stutzte. Hatte Sokrates etwa seine Mutter informiert?

„Es tut mir so leid, Kardoúla mou, dass du die Prüfungen nicht geschafft hast!"

„Tatsache! Nicht mich, sondern Mamilein ist stante pede von Sohnemann in Kenntnis gesetzt worden!" Um ihre aufsteigende Wut hinunterzuschlucken und nicht laut zu schreien, nahm sie einen tiefen Schluck.

„Es tut mir so leid, dass nun aus euren Plänen nichts wird", flötete Meropi.

„Als ob! Du hörst dich an, also ob du gleich anfängst zu frohlocken!" Lena nahm einen weiteren Schluck.

„Kardoúla mou, kommt Zeit, kommt Rat! Jetzt bleibst du erst einmal auf Korfu. Das wird sich schon alles fügen. Nichts wird so heiß gegessen, wie es gekocht wird. Du wirst sehen …"

Lena sprang auf und stürmte ins Innere des Appartements. Meropis Heuchelei konnte sie nicht länger ertragen und ihre Plattitüden würde sie sich nicht länger anhören. Wütend warf sie sich aufs Bett.

„Ouzo hilft doch nicht immer!", grollte sie.

Irgendetwas ist da faul

„Bist du noch böse", flüsterte Sokrates ihr ins Ohr, „Die Sonne ist gerade aufgegangen. Willst du mir nicht bei einem guten Frühstück in Livádi von deinen Verdächtigen erzählen?"

„Ach, Sokrati", seufzte Lena erleichtert. Wie konnte sie ihm böse sein? Bestimmt würden sie gemeinsam eine Lösung finden! „Du hast ja keine Ahnung!"

„En oída óti oudén oída. Ich weiß, dass ich nichts weiß", raunte Sokrates, sie spitzbübisch anlächelnd.

Da schlang Lena ihre Arme um ihn und zog ihn in einen tiefen Kuss. Das Frühstück konnte warten.

„Jetzt erzähl!", drängte Sokrates.

Gemütlich saßen sie in einer schattigen Ecke auf der Terrasse von Renas Zacharoplasteío. Die Brücke von Katoúni grüßte zu ihnen herüber.

„Loipón", begann Lena, schlürfte aber zunächst einen winzigen Schluck des duftenden Kaffees.

„Loipón …", drängte Sokrates neugierig.

„Loipón. Erinnerst du dich an die Aufregung, die am Markttag in Livádi herrschte?"

„Wegen des Diebstahls im Kloster Myrtidíon?"

„Vergiss nicht die güldenen Artefakte im Archäologischen Museum. Und", Lena machte eine effektvolle Pause, „auch in einer Kirche in Chóra wurde etwas Wertvolles gestohlen, wie ich zufällig mitbekam."

„Zufällig", schmunzelte Sokrates.

„Zufällig!", verteidigte Lena sich, „Ich war auf dem Weg zum Kástro und …"

Sokrates winkte listig grinsend ab. „Lenaki. Weiter!"

„Hm", machte Lena, funkelte ihn strafend an und setzte dann fort, „Nachdem ich diesen Diebstahl zufällig", ein weiteres Funkeln traf Sokrates, sodass er den Kopf gespielt ergeben zwischen die Schultern zog, „zufällig mitbekommen hatte, habe ich mit Marios telefoniert. Wir haben herausgefunden, dass es auf Kýthera eine ganze Diebstahlserie gibt. Immer wertvolle Artefakte, Gold oder Silber. Marios hat dann noch ein bisschen weiter recherchiert und seine Kontakte spielen lassen. Du wirst es nicht glauben, was er herausgefunden hat! Du hast ja keine Ahnung, Sokrati mou!"

Lena nippte bedächtig an ihrem Kaffee.

„Ja, ja", drängte Sokrates ungeduldig. Seine kriminalistische Neugierde war spürbar erwacht.

„Marios meint", beeilte sich Lena, ein amüsiertes Grinsen unterdrückend, sodann auszuführen, „dass diese Diebstähle auf das Konto einer Diebesbande gehen, die hier in Griechenland operiert und zwar sehr professionell. Meist geht es um antike oder zumindest um wertvolle Kunstschätze aus Gold oder Silber, mit denen sich auf dem Schwarzmarkt gutes Geld machen lässt. In den vergangenen Jahren gab es immer wieder Unregelmäßigkeiten im Umfeld von archäologischen Grabungen oder Tauchgängen zu gesunkenen antiken Schiffen, von denen es in den griechischen Meeren ja mehr als genug gibt. Oft verschwanden Objekte einfach oder es fehlten offensichtlich welche, bevor der archäologische Trupp überhaupt richtig tätig geworden war. Diese Vorfälle wurden aber nie an die große Glocke gehängt und ..."

„Syggnómi“, unterbracht Sokrates Lena, „Erstens: Dass immer wieder antike Dinge entwendet oder, sagen wir, nicht gemeldet werden und in irgendwelchen privaten Sammlungen verschwinden, ist ärgerlich, aber nichts Neues. Wie kommt ihr nunmehr darauf, dass eine darauf spezialisierte Diebesbande in letzter Zeit in Griechenland plündernd durch die Lande zieht und – zweitens – dass es sich auf Kýthera um diese bewusste Bande handelt?“

„Erstens: Das Vorgehen dieser Bande ist immer gleich: Sie sucht nicht selbstständig nach antiken Schätzen, sondern sie hängt sich frech an die Recherche anderer an. Auch offizieller Schatzsuchen! Anscheinend ist die Bande so gut informiert, dass sie immer, wenn es irgendwo heißt, hier könnte es interessant sein, nach antiken Bedeutsamkeiten zu graben oder zu tauchen, zur Stelle ist. Und genau das ist hier der Fall! Hochoffiziell wird nach dem Schatz bei den Bädern der Aphrodite gesucht. Zweitens: Im Umfeld kommt es zu weiteren Diebstählen.“

„Hm“, brummte Sokrates und zog nachdenklich die Brauen zusammen, „Wieso wurden sie noch nicht erwischt?“

„Weil sie äußerst planvoll vorgehen. Die Objekte verschwinden spurlos. Weder am Tatort kann man etwas Ungewöhnliches entdecken noch tauchen sie irgendwo wieder auf. Es wirkt fast so, als hätte es diese Objekte gar nicht gegeben! Als seien sie eine Einbildung gewesen!“

„Extrem gewieft“, grummelte Sokrates, dem es nie gefiel, wenn die griechische Polizei zum Narren gehalten wurde.

„Bisher! Neulich aber, so Marios, tauchte ein kunstvoller, antiker Kompass in einem Museum in München auf. Wie er dahin gekommen ist, ist bislang unklar. Sicher ist nur, dass er von einer archäologischen Bergung in griechischen Gewässern stammt. Marios vermutet aber, dass es eine heiße Spur gibt. Genaueres wollte er mir allerdings nicht verraten. Du weißt, wie er ist: Wenn er etwas nicht hundertprozentig sicher weiß, gibt er keine Informationen preis!“

„Sostó, sostó“, murmelte Sokrates und trommelte grüblerisch auf die Tischplatte.

Lena nippte erneut an ihrem Kaffee, der mittlerweile schon arg abgekühlt war.

„Endáxi“, nahm Sokrates schließlich den Faden wieder auf, „nehmen wir mal an, dass ihr Recht habt …“

Lena nickte eifrig und sagte nachdrücklich: „Ganz bestimmt haben wir Recht! Es passt alles viel zu gut! Die Forschung nach dem Schatz, die Diebstähle und …“

„Deine drei Verdächtigen, oder?“ Sokrates musterte Lena spöttisch.

„Sostó!“, parierte Lena, „Ich bin überzeugt, dass die Rothaarige und ihre beiden Kumpane die Diebe sind!“

Sokrates seufzte: „Lenaki, das ist …“

„Das ist sehr wahrscheinlich! Sie waren ständig zugegen: bei der Veranstaltung im Archäologischen Museum, bei den Bädern der Aphrodite und – das habe ich noch nicht erwähnt – am Chýtra-Felsen! Auch dort haben sie sich sehr auffällig unauffällig verhalten! Außerdem habe ich ihnen hinterherspioniert!“

Triumphierend erzählte Lena dem nun doch staunenden Sokrates von ihren Erlebnissen am Chýtra-Felsen und in der Lepra-Kolonie.

„Also gut", meinte Sokrates, als Lena geendet hatte, „ich gebe zu: irgendetwas ist da faul. Dann mal los!" Unvermittelt sprang er auf und hielt Lena auffordernd seine Hand hin. „Éla! Éla! Komm schon! Wir können doch nicht weiter untätig hier herumsitzen!"

Im Hafen

Als sie in Kapsáli eintrafen, herrschte großes Gedränge, sodass sie nur mit Mühe einen Parkplatz finden konnten. Auf dem Weg zu ihrem Appartement kam ihnen ihr Vermieter entgegen.

„Habt ihr schon gesehen?", fragte er sie.

Lena und Sokrates schüttelten stumm die Köpfe.

„Das Forschungsschiff hat fest gemacht!", rief er verzückt, „Man kann es sogar besichtigen! Das solltet ihr nicht verpassen!" Er winkte ihnen zu und verschwand.

„Eine gute Idee", meinte Sokrates, sodass Lena ihn erstaunt ansah.

„Aber … aber …", stotterte sie und sah Sokrates verwundert an.

„Lenaki, überleg doch mal: das werden sich die drei sicher nicht entgehen lassen!"

Sokrates behielt Recht. Sobald sie in die Nähe des Forschungsschiffes kamen, was bei dem Menschengewühl gar nicht so einfach war, erblickten sie die drei. Vorgeblich in irgendwelche Arbeiten an Deck vertieft werkelten sie auf ihrem nachtblauen Boot, das unauffällig im Schatten des großen Forschungsschiffs auf den Wellen schaukelte.

„Ausgebufft", murmelte Sokrates, „Sie haben den besten Blick auf das Geschehen! Éla", raunte er verschwörerisch und zog Lena in ihre Richtung.

„Sollten wir uns nicht einen Beobachtungsposten suchen und …"

Doch Sokrates unterbrach sie: „Óchi! Viel zu umständlich! Attacke!"

Sokrates legte Lena den Arm um die Schultern, zwinkerte ihr zu und schlenderte dann gelassen auf das nachtblaue Boot zu. Was sollte Lena anderes tun, als mit ihm zu gehen.

„Jetzt oder nie!", hörten sie die Rothaarige gereizt sagen, „Das ist die Gelegenheit …"

„Die Segler!", übertönte Vogelnase hektisch die Rote, „Kalispéra, Kalispéra!"

„Gamóto", dachte Lena, „Vogelnase hat uns erspäht!"

Die Rote und der Kugelrunde fuhren erschrocken herum. Während der Kugelrunde sie noch ängstlich anstarrte, setzte die Rote bereits zum Angriff an.

„Die Segler. Sind sie auch neugierig?" Unwirsch deutete sie auf das Forschungsschiff.

„Kalispéra!", rief Sokrates ungezwungen hinüber, drückte Lena aufmunternd an sich und plauderte munter drauflos, „Wie Sie! So eine Gelegenheit darf man nicht verpassen! Ich habe gehört, man kann das Schiff sogar besichtigen! Stimmt das? Waren Sie schon an Bord?"

„Dafür haben wir keine Zeit! Wir haben hier noch einiges zu erledigen, bis …", trompetete der Kugelrunde.

„Wir wollen Sie nicht aufhalten", schnitt die Rothaarige ihrem Kumpan das Wort ab und warf ihm einen bitterbösen Blick zu, sodass dieser puterrot anlief und sich eilig wieder an Deck zu schaffen machte. Mit einem maliziösen Lächeln wandte sie sich Lena und Sokrates zu und bekräftigte: „Wir wollen Sie auf gar keinen Fall aufhalten!"

„Auf gar keinen Fall! Wirklich sehr sehenswert", pflichtete Vogelnase ihr bei.

„Viel Spaß", trötete der Kugelrunde.

„Vielen Dank", flötete Sokrates und legte den Arm noch ein bisschen fester um Lenas Schultern.

„Großartig, Herr Kommissar!", murmelte Lena durch zusammengebissene Zähne, als sie sich schlendernden Schrittes von dem nachtblauen Boot entfernten, „Jetzt sind wir viel schlauer als zuvor!"

„Ein bisschen schon! Aber lass uns erst einmal wirklich auf das Forschungsschiff verschwinden. Sie beobachten uns nämlich immer noch!"

Mit einer der letzten Gruppen gelangten Sokrates und Lena an Bord, wo sie sofort von zwei hochgewachsenen und sportlichen Mitgliedern der Forschungsgruppe in Empfang genommen wurden.

„Panagía mou! Ausgerechnet!", durchfuhr es Lena. Das schlechte Gewissen, das sich leise in ihr regte, färbte ihre Wangen mit einer zarten Röte. „Vlakeíes!", schimpfte sie sich sogleich innerlich, „Muss ich meinem Ehemann etwa alles auf die Nase binden? Zumal rein gar nichts passiert ist!"

„Auch das noch", knurrte unterdessen Sokrates und seine Augen glühten in einem sehr dunklen Braun.

„Alarmstufe rot", erkannte Lena und tastete hektisch nach Sokrates' Hand.

„Kalós ílthate! Herzlich willkommen!", begrüßte sie in diesem Moment die blonde Igelfrisur.

„Willkommen an Bord dieses speziellen Forschungsschiffs!“, ergänzte sein besonders gutaussehender Kollege Dionysis und fügte, Lena direkt angrinsend, hinzu, „Es ist uns ein besonderes Vergnügen, euch herumzuführen.“ Zu allem Überfluss zwinkerte er Lena auch noch zu.

„Auf geht‘s“, rief Igelfrisur und Dionysis und er stapften los.

Während die anderen Besucher den beiden ins Innere des Schiffs folgten, blieb Sokrates wie angewurzelt stehen. Energisch löste er seine Hand aus Lenas Griff und starrte sie entrüstet an.

„Xalárose!“, protestierte Lena eine Spur zu kleinlaut und versuchte Sokrates’ eifersüchtigem Blick auszuweichen. Dann straffte sie sich und blaffte: „Außerdem: Was kann ich dafür?“ Zornig funkelte sie ihn an. Ihre Blicke bohrten sich ineinander.

„Lena, was ist? Kommst du nicht mit?“ Dionysis stand unvermittelt neben ihnen und musterte Lena neugierig. Dann schüttelte er den Kopf, als besänne er sich, und wandte sich Sokrates zu: „Ach, wie unhöflich von mir!“ Scheinbar völlig unbeeindruckt von Sokrates’ wütendem Blick grinste er ihn an und streckte ihm seine Hand entgegen, die Sokrates völlig überrumpelt ergriff. „Ich bin Dionysis, Mitarbeiter auf diesem Forschungsschiff“, fügte Dionysis hinzu und schüttelte Sokrates’ Hand ausgiebig, „Mit deiner Frau hatte ich schon das Vergnügen.“ Er zwinkerte Lena zu. „Sie hat mir schon viel von dir erzählt. Na ja, erzählt ist falsch. Vorgeschwärmt.“ Sein schiefes Grinsen wurde noch eine Spur breiter. „Aber jetzt kommt. Ihr wollt doch das Interessant nicht verpassen, oder?“ Ohne ihre Antwort abzuwarten, hakte Dionysis sich bei ihnen unter und zog sie mit sich.

Die Führung über das Schiff verlief – abgesehen von Sokrates' misstrauischen Blicken, die Lena wie Nadelstiche im Nacken brannten – ohne weitere Zwischenfälle. Dionysis und die Igelfrisur wurden es nicht müde, ihnen die Vorzüge des Forschungsschiffes zu beschreiben. Geduldig erklärten sie, wie die Forschungsgruppe arbeitete und welche Geräte zum Einsatz kamen. Nur die eine Frage, ob sie denn schon etwas gefunden hätten, beantworteten sie lediglich mit einem vielsagenden Schulterzucken.

Es war eine gute halbe Stunde vergangen, als ihre Führung beendet war. Lena und Sokrates schoben sich mit den anderen Neugierigen auf die Planke zu, die auf den Quai führte.

„Wieso hast du mir nichts erzählt", grollte Sokrates leise in Lenas Ohr.

„Es erschien mir nicht so …", setzte Lena an, blieb dann aber unvermittelt stehen, sodass die anderen Besucher unwillig murrten. Forsch zerrte sie Sokrates zur Reling. „Sokrati", sagte sie und deutete aufgeregt hinab, „sieh nur! Das Boot! Es ist weg!"

„Gamóto!", fluchte Sokrates und war übergangslos ganz eifriger Kommissar.

Bestürzt starrten sie hinunter auf den Platz, wo das nachtblaue Boot vorhin noch geankert hatte.

„Gefällt es euch bei uns so gut?"

Lena und Sokrates drehten sich verdattert zu der

Stimme um. Lächelnd stand die Igelfrisur vor ihnen.

„Ich kann das verstehen! Es ist zu aufregend auf diesem Boot! Aber wir wollen unseren Erfolg … ähm ich meine, unsere Arbeit mal richtig feiern! Deshalb müsst ihr jetzt dieses Schiff verlassen! Wir begleiten euch auch!" Glucksend lachte er und seinen Kumpels, die sich am Niedergang versammelten, rief er zu: „Seid ihr endlich fertig? Wir werden nicht jünger!"

Johlend setzte sich der Pulk in Bewegung und Lena und Sokrates wurden förmlich die Gangway hinuntergeschoben. Dionysis winkte ihnen aus der Menge noch einmal zu. Dann steuerte die Gruppe lärmend auf das Fischlokal mit der übergroßen Reklame zu.

Eine ganze Weile standen Lena und Sokrates ratlos auf dem Quai.

Das Haus am Strand

„Lena", drängte Sokrates keuchend, „Lena! Wach auf. Éla!"

„Sokrati, was ist denn los?", murmelte Lena schlaftrunken., „Wieso bist du so außer Atem?"

„Steh auf. Éla! Éla! Wir müssen los! Die Diebe fassen!"

„Was?", fuhr Lena auf. Sie war augenblicklich hellwach.

„Ich erzähle es dir auf der Fahrt. Jetzt komm. Beeil dich!"

„Sokrati!", beschwerte Lena sich und trat auf das Gaspedal, „Das ist nicht nett! Dass du mitten in der Nacht herumspionierst und mich nicht mitnimmst! Mich, deine Angetraute."

Sokrates hielt sich krampfhaft am Türgriff fest, als Lena schwungvoll die nächste Kurve gen Chóra nahm.

„Sicher, du hast recht. Wenn es uns allerdings aus der Kurve trägt und wir den Hang runterkrachen, hilft uns das auch nicht! Und pass auf, dass sie uns nicht bemerken!"

„Sicher doch, Sokrati mou!", erwiderte Lena und beschleunigte.

„Ich konnte nicht schlafen. Aber du hast so süß geschlummert, da wollte ich dich nicht wecken. Es war sowieso nur ein Gefühl. Also bin ich los und bis zur Lepra-Kolonie. Ich traute meinen Augen erst nicht: da waren sie! Fast fertig mit ihren Vorbereitungen. Ich schnell zurück und dich geweckt …"

„Und wir haben sie abgepasst!“, jubelte Lena, „Für den Strandtrubel eher hinderlich, aber manchmal, so wie jetzt, ist es enorm praktisch, dass es in Kapsáli genau eine Straße gibt, durch die sich jeglicher Verkehr quetschen muss. Ungesehen entkommen können da auch keine Ganoven!“

Sie trat noch einmal aufs Gas, sodass sie die letzte Kurve hinauf nach Chóra fast flogen.

Der Vollmond hing angeschwollen am dunklen Himmel und goss sein bleiches Licht über die Insel. Bäume und Sträucher waren ausgewaschene Schemen am Wegesrand und die Häuser der Dörfer, durch die sie fuhren, wirkten wie die Grüfte der Nekropolen. Die Hauptstraße, die sich wie ein ausgeleiertes und entfärbtes Band über das Felsplateau schlängelte, lag fast verlassen da. Nur weit vor ihnen tasteten die Lichtkegel der Motorräder wie fahle Knochenfinger in das bleiche Licht.

Die Zeit schien sich ins Endlose zu dehnen.

Potamós hatten sie links liegengelassen, nun ging es durch einen dichten Kiefernwald kurvenreich hinab nach Agía Pelagía. In zwei weiten Kurven schwang sich die Straße wenig später am Hang entlang nach unten zum Meer und ins Dorf hinein.

„Mach das Licht aus!“, raunte Sokrates, „Behutsam jetzt.“

Lena schaltete die Scheinwerfer aus und verringerte vorsichtig die Geschwindigkeit.

Vor ihnen sausten die Motorräder durch die Kurven. Auch sie hatten ihre Scheinwerfer gelöscht. Nun bogen sie in eine Stichstraße zum Strand ein.

Lena beschleunigte, doch als sie an der Abzweigung ankamen, waren die Motorräder verschwunden.

„Gas!“, brüllte Sokrates und hieb mit seiner Hand auf das Armaturenbrett, „Gas!“

Lena zuckte vor Schreck zusammen, fasste sich aber sogleich und trat aufs Pedal.

„Rechts oder links“, knirschte Lena, während sie auf den Strand zurasten.

„Halt an!“, befahl er stattdessen.

Lena bremste und kam in der Einmündung auf die Uferstraße zum Stehen.

Sokrates ließ das Fenster herunter und streckte den Kopf hinaus. Angestrengt lauschte er in die Nacht. Auch Lena öffnete ihr Fenster und horchte hinaus.

Da, ein leises Tuckern. Sie hatten es beide gehört. Zeitgleich zogen sie ihre Köpfe zurück in den Wagen und Lena fuhr behutsam an.

Sie glitten eine kleine Anhöhe hinauf und passierten rückwärtig ein Hotel. Sie befanden sich nun oberhalb des roten Wüstenstrandes. Sonderbar gedämpft drang das Rollen der Brandung zu ihnen durch die geöffneten Scheiben herein. Nur noch wenige Häuser würden nun folgen, bis der Weg in eine holprige Piste übergehen würde. Der Mond goss gleißend sein Licht über sie.

„Gamóto“, fluchte Lena flüsternd, „Wo sind sie hin? Sie müssten doch wie auf dem Präsentierteller zu sehen sein!“

„Stopp!“

Lena trat so erschrocken auf die Bremse, dass der Motor mit einem lauten Seufzen erstarb. Schon war Sokrates aus dem Mini geklettert und einige Schritte zurückgelaufen. Schnell glitt auch Lena aus dem Auto und huschte zu ihm.

Unterhalb der Straße schimmerte bleich im Mondlicht ein Gebäude auf. Es war genau das Haus, was Lena vom Strand aus vor nur wenigen Tagen so sehr bewundert hatte. In das Gebüsch, das die kleine Parkbucht vor dem Eingang umgrenzte, waren die Motorräder geschoben worden. Sie tickten sogar noch leise.

Lena und Sokrates sahen sich an. Dann nickten sie und schlichen los.

Die hölzerne Pforte, die in die Bruchsteinmauer eingelassen war, stand einen Spalt offen. Sokrates drückte sie behutsam weiter auf und schlüpfte auf das Grundstück. Lena zögerte. Was taten sie hier? Auf einen vagen Verdacht in ein Haus einbrechen?

„Tolle Idee!", schimpfte Lena innerlich mit sich, „Allerdings ist der Verdacht gar nicht so vage, oder? Besser, wir überprüfen das, als dass …"

Entschlossen schob sie diese Gedanken beiseite und folgte Sokrates.

Vor ihr öffnete sich ein kleiner, gepflasterter Innenhof, der auf zwei Seiten von der Mauer und auf den beiden anderen vom Haus begrenzt wurde. Der Hof war leer, aber im Schatten, den das Haus warf, bewegte sich etwas. Schnell glitt Lena darauf zu.

„Sokrati", wisperte sie schimpfend, als sie in den Schatten eintauchte, „wieso wartest du …"

Ein penetrantes Gedudel riss an jeder Faser ihres

schmerzenden Körpers und vertrieb nach und nach die Dunkelheit, in die Lena eingetaucht war. Verschwommene Schemen huschten vor ihren Augen. Sie spürte, dass sie halb auf dem Boden, halb auf etwas Weichem lag, das sich unter ihr bewegte und stöhnte. Panisch versucht Lena, sich aufzurappeln oder zumindest von diesem weichen, stöhnenden Etwas wegzurutschen, doch ihre Arme waren in einer äußerst unbequemen Haltung auf ihrem Rücken verschränkt. Sie wollte schreien, aber etwas steckte in ihrem Mund. Sie bekam kaum Luft.

Wieder dudelte es nervenzerfetzend. Kreiselnde Ringe blubberten vor Lenas Augen. Wenigstens lag sie nun auf dem blanken Boden und nicht mehr auf dem Weichen. Aber es stöhnte immer noch unheimlich und unheimlich nahe. Es lag neben ihr und Lena meinte kurz, einen vertrauten, herben Duft wahrzunehmen, doch jäh stach ihr ein intensiver Geruch von Wasch- und Putzmitteln in die Nase, den ein Luftzug zu ihr wehte. Irgendwo musste eine Öffnung sein.

Die kreiselnden Ringe trudelten langsam aus. Lena blinzelte und drehte vorsichtig den Kopf. In der ihr gegenüberliegenden Wand unterhalb der Decke war tatsächlich ein längliches, auf Kipp stehendes Fenster eingelassen, durch das salzige Nachtluft und bleiches Mondlicht floss. Ihr Blick glitt an der Wand hinab. Auf dem Boden unterhalb des Fensters, mit dem Rücken an die Wand gelehnt, saß eine Gestalt mit Igelfrisur und beobachtete sie. Die weit aufgerissenen Augen schienen sie zu warnen, der Mund war fest mit Paketband verschlossen.

Ein metallisches Klicken direkt über ihr ließ sie zu-
sammenschrecken. Langsam drehte sie den Kopf und
blickte in den Lauf einer Pistole, der sich seltsam unent-
schlossen hin- und herbewegte.

„Ich gehe jetzt nach draußen und werde die Anderen
informieren“, knurrte der Kugelrunde, fuchtelte noch
einmal unbeholfen mit der Pistole in ihre Richtung und
verließ den Raum.

Lena stöhnte. Behutsam, aber beharrlich schob sie
sich in eine kauernde Stellung. Sie war tatsächlich ge-
knebelt und an den Händen gefesselt. Sie würgte, als
eine Welle Schwindel sie erneut erfasste. Tief sog sie
Luft durch die Nase. Da! Eine Woge der Freude über-
spülte sie. Sie konnte ihn riechen, seinen herben Duft!
Sokrates war hier!

„So-ra-i, So-ra-i!“

Dieser verdammte Knebel. Wut durchströmte Lena
und gab ihr Kraft. Sie richtete ihren Oberkörper auf und
sah sich um. Sokrates klemmte zwischen Waschmaschine und Trockner. Er bewegte sich nicht, nur ab und
zu hörte Lena ein ersticktes Stöhnen. Sie musste etwas
unternehmen.

„Igelfrisur!“ Der sah wach aus. Irgendwie müssten sie
beide sich doch von ihren Fesseln befreien können und
dann könnten sie Sokrates helfen und die Verbrecher
zur Strecke bringen.

Lena robbte hinüber zu der Gestalt an der Wand, die
nicht nur an den Händen, sondern auch an den Füßen
verschnürt war. Er nickte ihr bereits zu, ein schelmisches Grinsen in den Augen.

„Der scheint nicht schwer von Kapee zu sein“, dachte

Lena und nickte ihm erfreut zu.

Sie schoben sich Rücken an Rücken und begannen, gegenseitig ihre Fesseln abzutasten.

Minuten verstrichen, bis Lena eine winzige Nachlässigkeit im Knoten der Igelfrisur entdeckte.

„Mhmh", machte Lena.

Igelfrisur verstand sofort und verharrte bewegungslos.

Lena bohrte ihren kleinen Finger in die Lücke und ruckelte hin und her. Millimeterweise lockerte sich das Seil, bis Igelfrisur die Fesseln abschütteln konnte. Sogleich beugte er sich vor und machte sich an seinen Fußfesseln zu schaffen. Gleich würde er sie befreien. Vor allem diesen ekelhaften Knebel wollte sie so schnell wie irgend möglich loswerden. Ein lautes Ratsch war zu hören, dann seufzte Igelfrisur erleichtert.

„Bawo", quetschte Lena heraus. Sie spürte, wie Igelfrisur sich aufrappelte. Erwartungsvoll drehte sie ihm den Kopf zu.

Igelfrisur stand hoch aufgerichtet über ihr und grinste frech.

„Bawo. Jez i!"

Igelfrisur grinste auf sie hinunter. „Danke, Süße!", sagte er hämisch, „Ich bin dann mal weg." Er drehte sich um und ergriff einen unförmigen, verwaschen grünen Militärrucksack, der neben ihm an der Wand gelehnt hatte und den Lena erst jetzt bemerkte. Er zögerte kurz, dann wandte er sich noch einmal Lena zu und beugte sich zu ihr hinunter. „Auf nimmer Wiedersehen!", sagte er, holte aus und schlug zu.

Der Ozean, schwarz und still, wiegte sie. Hin und her, hin und her. Von weit knurrte der Motor eines Bootes. Lena wollte winken, doch ihr Arm fiel schwer ins Meer und riss sie mit sich hinab. Tiefer und tiefer.

„Lena! Lena!", drängte sich eine vertraute Stimme in ihre Dunkelheit. „Lena!"

Mühsam schlug sie die Augen auf. Seltsam verschwommenes Grau waberte um sie herum. Sie versuchte, ihren Kopf der Stimme zuzudrehen.

„Lena! Endlich!", flüsterte die Stimme erleichtert.

Aus dem Grau schälten sich nach und nach feste Konturen. Der Boden. Zwei Rechtecke. Maschinen. Waschmaschine, Trockner. Dazwischen die Stimme.

„So-ra-i", murmelte Lena.

„Lenaki!"

Irgendwo oben im Haus wurde kraftvoll eine Tür geöffnet und augenblicklich wieder zugeknallt. Erregtes, lautes Schnaufen war zu hören und Schritte, die eilig einen Flur entlangtapsten.

„Ganz ruhig, Lenaki", flüsterte Sokrates.

„Hmhm", machte Lena.

Die Schritte klapperten jetzt die Treppe zu ihnen hinunter und eine quengelnde Stimme murrte: „Wieso immer ich? Bin ich der Depp?"

„Sie kommen uns holen", raunte Sokrates.

Unsanft schubste der Kugelrunde sie ins Zimmer. Ein leichter Wind vom Meer blähte die weißen Gardinen vor den offenen Terrassentüren und das fahle Mondlicht tauchte den großen Raum in seltsam unwirkliche

Schatten.

„Oríste! Bitte sehr!“, schnaufte er.

„Bist du wahnsinnig?“, blaffte die Rothaarige, „Wieso hast du ihnen nicht sofort die Fesseln abgenommen?“ Fassungslos schüttelte sie den Kopf, dann stieß sie sich vom Tresen, an dem sie gelehnt hatte, ab und kam mit raschen Schritten auf Lena und Sokrates zu. Mit einer schnellen Bewegung löste sie Lenas Knebel. Dankbar holte Lena tief Luft. Die Rote nickte ihr kurz zu, dann wandte sie sich an den Kugelrunden, der immer noch halb hinter ihnen stand.

„Wird's bald?“

„Immer ich“, maulte er und schnitt erst Lenas, dann Sokrates Fesseln auf, „Immer gibst du mir die blödesten Aufgaben! Ich hätte viel lieber auf dem Boot …“

„Damit du das auch noch versaubeutelst?“ Wütend stapfte die Rote zurück zum Tresen. Sorgenvoll schaute sie auf ihre Uhr. „Mir gefällt das gar nicht.“

„Mir ebenfalls nicht!“, grollte Sokrates.

„Sei still, Kollege“, knurrte der Kugelrunde und stupste Sokrates in die Seite.

„Jetzt reicht es aber!“, rief Sokrates verärgert, „Das Spiel ist aus!“

Die Rote lächelte. „Eins nach dem Anderen. Zunächst …“

Das laute Aufheulen eines Motors schnitt in die Nacht. Die Rote und der Kugelrunde blickten sich an, dann stürzten sie durch die Terrassentüren hinaus, wobei sich der Kugelrunde allerdings in der Gardine verfing. Schimpfend zappelte er im Stoff, bis endlich auch er hinausstolperte.

Kaum waren die beiden verschwunden, zog Sokrates Lena in seine Arme. „Lenaki, ist mit dir alles in Ordnung?“ Er schob sie ein Stück von sich weg. „Mit deinem Kopf? Óla endáxi?“ Besorgt strich er ihr über die Wange.

„Óla endáxi, Sokrati, alles okay. Aber …“

„Du hast recht! Éla! Komm, schnell! Wir müssen hier weg, solange die draußen mit irgendetwas beschäftigt sind! Oder wir rufen wenigstens die Polizei.“ Aufgeregt tastete Sokrates nach seinem Handy.

„Sokrati“, sagte Lena und legte ihm ihre Hand auf den Arm, „ich glaube, das Ganze verhält sich ein bisschen anders.“

„Ti? Wie bitte?“

„Ich glaube, wir … also ich war auf dem Holzweg. Die Verdächtigen sind kein bisschen kriminell.“

Entgeistert starrte Sokrates Lena an. „Dein Kopf! Mit dem ist doch nicht alles in Ordnung! Die haben uns zusammengeschlagen! Wenn das nicht kriminell genug ist! Ganz zu schweigen von …“

„Sokrati! Es ist nicht so, wie es scheint!“

Sokrates starrte sie verständnislos an.

„Sieh mich nicht so an, als ob ich einen an der Waffel hätte. Wenngleich das natürlich bei den Schlägen, die ich heute Nacht schon abbekommen habe, durchaus möglich wäre.“

„Lenaki“, unterbrach Sokrates sie ungeduldig.

„Endáxi, keine Witze. Kurzfassung: Nicht meine Verdächtigen sind die Verdächtigen, sondern die Igelfrisur!“

Sokrates zog grüblerisch die Augenbrauen zusammen.

„Igelfrisur?“

„Der Typ vom Forschungsschiff!“

„Ach, der. Aber wie kommst du plötzlich auf den?“

„Der saß mit uns im Keller. Und ich dumme Nuss habe ihn auch noch befreit. Zum Dank hat er mir einen über den Schädel gezogen und ist mit einem unförmigen Rucksack abgehauen. Ich wette, da drin ist das Diebesgut!“

„Sigá, sigá! Langsam! Igelfrisur könnte doch auch mit deinen Verdächtigen unter einer Decke stecken, oder nicht?“

„Eben nicht!“, Lena rang die Hände, „Als ich aufwachte, war auch der Kugelrunde im Waschkeller und hantierte mit seiner Pistole herum. Dann verschwand er. Darauf habe ich Igelfrisur geholfen, seine Fesseln loszuwerden, und der hatte nichts Eiligeres zu tun, als mich auszuschalten. Igelfrisur und die drei können also nicht zusammengehören!“

Sokrates schwieg und starrte vor sich hin, ohne auf Lenas um Zustimmung heischenden Blick einzugehen. Dann sagte er bedächtig: „Dennoch könnten die drei auch kriminell sein.“

„So ein riesengroßer Mist!“, schimpfte es draußen, „Es ist einfach nicht zu fassen!“

„Drinnen!“, blaffte herrisch eine andere Stimme auf der Terrasse.

Die Gardinen blähten sich und geschmeidig schlüpfte die Rothaarige hindurch ins Zimmer. Der Kugelrunde wollte es ihr nachtun, verfing sich allerdings abermals in den Vorhängen. Zappelnd kämpfte er, bis der Stoff nachgab, abriss und ihn taumelnd ins Zimmer entließ.

Nach ihm wurden Igelfrisur und der Beau, beide die Hände auf dem Rücken gefesselt, hineingeschubst. Ihnen folgte Vogelnase.

„Es ist nicht zu fassen!“, rief Vogelnase aufgebracht, kaum dass er das Zimmer betreten hatte, „Er hat das Beweisstück einfach ins Meer geworfen!“

„Hallo, Süße!“, sagte Dionysis von dem ganzen Getöse völlig unbeeindruckt und grinste sein schiefes Lächeln und sich in Sokrates’ Richtung verbeugend fügte er an, „Der Herr Gemahl.“

Die Igelfrisur nickte Lena spöttisch zu: „So schnell sieht man sich wieder!“

„Skasmós!“, fuhr die Rothaarige die beiden an.

„Um euch kümmern wir uns schon noch“, quakte der Kugelrunde.

„Ins Meer!“, rief Vogelnase unvermindert aufgebracht.

„Ich habe nichts getan!“, sagte Igelfrisur hämisch, „Was belästigst du unbescholtene Bürger, die den wunderschönen Mondenschein ausnutzen wollen, um Bötchen zu fahren?“

„Nicht mit uns, Freundchen!“, keuchte Vogelnase. Sein Kopf war knallrot und an seiner Schläfe pochte unheilvoll eine Ader.

Die Begleiter der Aphrodite

Eng aneinander gelehnt standen Sokrates und Lena am Ende des ehemaligen Fähranlegers. Die Wellen schwappten leise gegen die Kaimauer und die goldenen Strahlen des Mondes tanzten ausgelassen auf dem Wasser. Wenige hundert Meter hinaus auf dem offenen Meer schaukelte das nachtblaue Boot.

Nachdem die örtliche Polizei angerückt war und Igelfrisur und Dionysis in Gewahrsam genommen hatte, hatte die Rote darauf gedrängt, so schnell wie möglich mit der Suche nach dem Rucksack zu beginnen. Deshalb war nur wenig Zeit geblieben, um Lena und Sokrates zu erklären, dass sie in eine streng geheime Ermittlung geschlittert waren.

„Peinlich, oder?", fragte Lena verzagt.

„Weil du die drei für Kriminelle gehalten hast?"

„Dabei sind sie so etwas wie Kollegen von dir, die den Schmugglern antiker Kunstwerke auf einer heißen Spur nachjagten!"

„Sehr, sehr peinlich", frotzelte Sokrates.

Lena puffte ihn in die Seite. „Maláka", gähnte sie. Eigentlich war sie viel zu müde und ihr Kopf brummte wie ein Hornissennest, aber diesen Tauchgang hatte sie nicht verpassen wollen, auch wenn sie nur von Weitem zusehen durften.

„Ihr habt genug dazwischengefunkt!", hatte die Rothaarige sie beschieden, „Aufs Boot kommt ihr nicht mit. Térma! Ende der Diskussion! Wenn ihr bleiben wollt, bitte."

Deshalb standen Lena und Sokrates nun am Ende des

Fähranlegers und beobachteten die drei bei der Arbeit.

„Ich kann mir nicht vorstellen, dass sie fündig werden“, sinnierte Sokrates.

Lena zuckte mit den Schultern. „Vielleicht haben sie Glück.“

„Jedenfalls ist diese Geschichte wirklich abgefahren. Eigentlich so richtig nach Marios' Geschmack!“ Sokrates zog Lena noch ein bisschen fester an sich.

„Sostó“, gähnte Lena und schmiegte sich in seine Umarmung.

Die tiefe Stille, die über Agía Pelagía lag, wurde durch das schrille Klingeln von Lenas Handy durchbrochen. Ungeduldig kramte Lena in ihren Taschen.

„Nai“, nahm sie das Gespräch an, „Marios! Wir sprachen gerade von …“

„Dóxa to Theó! Gott sei Dank!“, redete Marios aufgelöst dazwischen, „Ich habe mir solche Sorgen gemacht! Immer und immer wieder habe ich die ganze Nacht versucht, dich zu erreichen. Die Finger habe ich mir wund gewählt! Geht es euch gut? Ich habe nämlich etwas entdeckt! Stellt euch vor: es gibt zwei Personen, die immer wieder auftauchen! Als ich mir die Fotos von den verschiedenen archäologischen Grabungen, bei denen auf mysteriöse Weise Objekte verschwunden sind, nacheinander angeschaut habe, sind mir diese beiden Personen immer wieder ins Auge gesprungen: einer wegen seiner seltsamen Igelfrisur und der andere – na ja, ich sag's, wie es ist – der andere, weil er ein so unglaublich hübsches männliches Exemplar ist! Ein Adonis. Jedenfalls. Was für ein Segen, dass die Forschungsgruppen sich immer stolz bei ihren Grabungen fotografieren lassen und dass diese Fotos heutzutage online verfügbar sind! Die beiden müssen etwas damit zu tun haben! Wahrscheinlich sind sie sogar gefährlich! Seid bloß …“

„Marios! Marios! Beruhige dich! Die Übeltäter sind gerade festgesetzt worden und uns geht es gut!“

Sprachloses Schweigen drang aus dem Hörer, was Lena und Sokrates schmunzeln ließ. Marios war ganz bestimmt nicht schnell aus dem Konzept zu bringen. Auch jetzt dauert es nicht besonders lange, bis Marios sich gefasst hatte: „Also ihr seid mir zwei! Typisch! Immer mittendrin im Abenteuer. Wozu habe ich hier Himmel und Hölle in Bewegung gesetzt, um euch …“

„Marios, am besten kämest du her. Das ist eine Riesenstory“, schaltete sich Sokrates ein.

„Das stimmt“, pflichtete Lena bei, „Für die hiesige Zeitung eine Nummer zu groß.“

„Alítheia? Wirklich?“, fragte Marios skeptisch, „Darüber muss ich nachdenken … Also gut! Euch geht es hervorragend. Das ist hervorragend. Bis bald.“ Schon hatte Marios geschäftig aufgelegt.

Die ersten Sonnenstrahlen des neuen Tages blitzten über den Horizont und malten die gegenüberliegende Küste der Peloponnes wie einen Schattenriss. Die Luft begann sachte rosarot zu flirren. Am Ufer stimmten die Zikaden ihr Lied an und leise tuckerte das nachtblaue Boot heran.

„Sokrati“, sagte Lena eindringlich.

Sie saßen aneinander gelehnt mitten auf dem blanken Boden des Quais, wo sie sich völlig erschöpft niedergelassen hatten.

„Ti? Was?", fuhr Sokrates zusammen.

„Schlafmütze", lächelte Lena, dann löste sie sich von ihm und stand auf.

Wenig später machte das nachtblaue Boot bei ihnen fest. Der Kugelrunde kletterte mühsam an Land und reichte der Roten galant seine Hand, die diese jedoch ignorierte und stattdessen mit einem sportlichen Satz auf den Quai sprang.

„Típota! Nichts!", knurrte sie Lena und Sokrates an, die sie unverhohlen neugierig anstarrten.

„Wie verhext! Dabei sind die Koordinaten genau notiert. Es ist wie verhext!", plapperte der Kugelrunde, was die Rothaarige mit einem strafenden Blick quittierte.

„Ich bin mir absolut sicher", sagte Vogelnase vom Deck des Schiffs aus, „die Koordinaten richtig aufgeschrieben zu haben!"

„Da ist er sehr genau", sekundierte der Kugelrunde.

„Genau dort", Vogelnase deutete hinaus aufs Meer, „genau dort hat er den Rucksack versenkt. Panagía mou!"

„Térma! Aufhören!", bellte die Rothaarige und funkelte die beiden wütend an, „Die Kollegen kommen gleich und übernehmen mit besserem Gerät. Wir werden diesen verdammten Rucksack finden!" Zornig stapfte sie in Richtung Straße davon und ließ ihre beiden Kollegen wie gescholtene Schuljungen stehen. Der Kugelrunde schüttelte sich und eilte ihr sodann hinterher.

„Wir sehen uns", sagte Vogelnase zu Sokrates und Lena und machte sich an Deck zu schaffen, ohne sie jedoch aus den Augen zu lassen.

Lena zuckte mit den Schultern. „Páme", gähnte sie. Sie war viel zu müde, um sich über diese wenig verdeckte Aufforderung oder noch über irgendetwas zu wundern oder aufzuregen.

„Páme", sagte auch Sokrates.

Hand in Hand trotteten sie los, der Rothaarigen und dem Kugelrunden hinterher. Nach einigen Schritten blieb Lena jedoch unvermittelt stehen. Geduldig hielt auch Sokrates inne. Langsam drehte Lena sich um. Sie wusste selbst nicht, wieso es sie so unwiderstehlich drängte, sich noch einmal umzuwenden.

Die goldene Sonnenscheibe lugte schelmisch über den Horizont und tauchte den Himmel in ein zartes, fast durchsichtiges Blau. Einige Möwen segelten in der sanften Morgenbrise, ihre Schreie ein stürmischer Morgengruß. Dazwischen erklang ein vorwitziges Keckern.

„Éla, Lena", sagte Sokrates müde und zog sacht an ihrer Hand, um sie zum Weitergehen zu bewegen. Aber Lena machte sich los und lief flugs bis zum Ende des Fähranlegers zurück. Dort verharrte sie und starrte wie gebannt aufs Meer.

„Popó! Du meine Güte!", grummelte Sokrates kopfschüttelnd, setzte sich dann aber ebenfalls in Bewegung und ging ihr nach. „Lenaki", sagte er vorwurfsvoll, als er neben ihr ankam, doch Lena flüsterte nur, „Pst! Delfine!"

„Delfine?", knurrte er, aber sehr leise, „Weit und breit sehe ich keine Delfine. Ist mit deinem Kopf wirklich alles in Ordnung? Halluzinierst du vor Erschöpfung?"

„Sokrati!", sagte Lena tadelnd, „Die Delfine sind wirklich da."

In diesem Moment tauchte erst ein, dann ein zweiter und ein dritter Kopf wenige hundert Meter hinaus auf dem offenen Meer, ungefähr dort, wo das nachtblaue Boot geankert hatte, auf. Ihr lautes Keckern klang fast, als lachten sie Sokrates, der sie ungläubig anstarrte, aus.

„Siehst du", sagte Lena triumphierend.

Die Delfine näherten sich dem Quai. Zwei von ihnen sprangen von Zeit zu Zeit in hohem Bogen aus dem Wasser und ihre Klicklaute hallten vergnügt über die Wellen. Nur der dritte schwamm äußerst bedächtig hinter ihnen her.

Nur noch wenige Meter trennte diese kleine Prozession vom Quai, da ließ Lena sich unvermittelt auf die Knie fallen und beugte sich weit über den Rand hinunter.

„Gamóto", fluchte Sokrates. Blitzschnell beugte er sich hinab und bekam Lena gerade noch am Hosenbund zu fassen, ehe sie vom Quai ins Wasser fiel.

„Sieh mal, Sokrati, was uns die Delfine bringen!"

Aus dem Wasser reckte sich der dritte Delfin der halb über dem Wasser schwebenden Lena entgegen. In seinem Maul klemmte ein Gurt, an dem ein unförmige Rucksack baumelte.

„Das glaube ich jetzt nicht!", rief Vogelnase vom Deck des nachtblauen Bootes zu ihnen hinüber.

Ein großartiger Coup

Sehr früh am Morgen klopfte es ungeduldig an ihrer Appartementtür. Verschlafen schlurfte Lena an den Eingang und öffnete.

„Kaliméra, Kaliméra!“, sagte ihr Vermieter äußerst gut gelaunt, „Ich dachte mir, dass ihr auch ein Exemplar der Zeitung haben möchtet!“ Freudestrahlend drückte er ihr eine Ausgabe einer großen griechischen Zeitung in die Hand. „Mit dem druckfrischen Artikel eures charmanten Freundes!“ Er machte eine kleine Verbeugung, dann winkte er ihr mit einer zweiten Ausgabe zu und verschwand im Appartement nebenan.

„Eucharistó“, murmelte Lena verdutzt zu der geschlossenen Tür und schüttelte den Kopf. „Dieser Marios“, dachte sie im nächsten Moment und ein breites Lächeln stahl sich in ihre Mundwinkel.

„Sokrati! Aufgewacht!“
Lena schlüpfte neben Sokrates ins Bett.
„Zu früh“, brummte Sokrates und drehte sich von ihr weg.
„Sokrati“, lockte sie.
„Kein Interesse.“
„Endáxi. Dann lese ich eben allein und erzähle dir auch nicht, dass Marios gerade Besuch hat.“
„Ti? Was?“ Sokrates setzte sich mit einem Ruck auf und sah Lena mit großen Augen an. „Sag nicht …“
„Doch! Jedenfalls ist unser Vermieter gerade eben im Appartement von Marios verschwunden. Dass Marios

überhaupt Zeit gefunden hat, diesen Artikel zu schreiben …" Lena hielt die Zeitung hoch.

Eng aneinander geschmiegt saßen sie im Bett und studierten Marios' Artikel. Sokrates hatte sogar noch rasch einen Kaffee gekocht.

„O kafés xalarónei ta névra. Kaffee beruhigt die Nerven", zitierte Sokrates schmunzelnd Lenas Giagiá, als er Lena die Tasse mit dem duftenden Kaffee in die Hand drückte, „Allein für diesen Titel brauchen wir starke Nerven: Schmuggelnetzwerk zerschlagen. Griechischer Polizei gelingt großartiger Coup gegen Antiken-Schmuggel."

Lena grinste und nickte zustimmend. Sie pustete auf ihren Kaffee und nippte einen winzigen Schluck. „Téleia, Gambroúli mou!"

„Nifoúla mou."

Sie kicherten.

„Loipón", räusperte sich Sokrates.

„Loipón", echote Lena und begann vorzulesen.

Schmuggelnetzwerk zerschlagen. Griechischer Polizei gelingt großartiger Coup gegen Antiken-Schmuggel

Kýthera / Attika. Gleichwohl das Land der Götter sicher zu den archäologisch gut erforschten Gegenden der Welt zählt, halten griechische Böden und Gewässer noch einige Schätze verborgen. Nicht verwunderlich ist es daher, dass diese immer wieder gesucht und auch oft entdeckt werden. Dass diese Funde nicht immer den staatlichen Stellen gemeldet werden, sondern in privaten Sammlungen verschwinden, ist eine Binse. Eine Diebesbande tat sich dabei jedoch über die letzten Jahre hervor; der griechischen Polizei ist es im Zusammenspiel mit ihren europäischen Kolleginnen und Kollegen nun gelungen, diese Bande dingfest zu machen.

„Und ich hätte das ganze Unterfangen fast torpediert", unterbrach Lena kleinlaut ihre Lektüre.

„Das hast du zum Glück nicht geschafft!" Sokrates gab Lena einen schmatzenden Kuss und fügte mit schelmischem Grinsen hinzu: „Die drei sind aber auch die geborenen Verdächtigen!" Er brach in lautes Gelächter aus.

„Maláka", murmelte Lena, musste dann aber ebenfalls kichern.

„Éla! Agápi mou", prustete Sokrates und wischte sich eine Lachträne aus dem Augenwinkel, „lies bitte weiter."

Lange Zeit musste die griechische Polizei tatenlos dabei zusehen, wie immer wieder im Umfeld von großen, teils sogar staatlich geförderten archäologischen Grabungen und Tauchgängen wertvolle Artefakte spurlos verschwanden. Teils wurden diese während der Grabungen respektive Tauchgrabungen entwendet, manchmal aber auch unmittelbar nach den wissenschaftlichen Voruntersuchungen und vor den eigentlichen Freilegungen. Auffällig war zudem, dass es im Umkreis der betroffenen Grabungen immer auch zu einer ganzen Diebstahlserie von meist byzantinischen Objekten aus Gold oder Silber kam. Immer handelte es sich um Gegenstände, die in den richtigen Kreisen mit viel Geld gehandelt werden. Allerdings konnten die Ermittler weder am Tatort Ungewöhnliches feststellen noch erschien eines der Objekte später irgendwo auf bekannten Schwarzmarktforen oder gar auf einer offiziellen, öffentlichen Bildfläche. Fast wirkte es so, als hätte es sie gar nicht gegeben.

Vor wenigen Wochen allerdings tauchte ein Artefakt in einem Museum in München wieder auf. Es handelte sich hierbei um einen kunstvollen, antiken Kompass, der bereits bei seiner Entdeckung in Fachkreisen für Furore gesorgt hatte, da er dem Antikythera-Mechanismus, der vor der Insel Antikýthera gefunden wurde und heute ein Prunkstück des Archäologischen Museums zu Athen ist, ähnelt. (Lesen Sie dazu die Infobox: Antikythera-Mechanismus.) Offensichtlich war der Verkauf an ein seriöses Münchner Museum ein Lapsus der Diebesbande. Ausgehend von diesem wieder aufgetauchten Gegenstand gelang es den Ermittlern in Zusammenarbeit mit ihren Kolleginnen und Kollegen der deutschen Polizei die Wege des Schmuggels und somit das gesamte Netzwerk der Diebesbande aufzudecken. Offen blieb allerdings, wie sich die Diebstähle bei den Grabungen konkret abspielten und wer daran beteiligt war. Eine heiße Spur verfolgte das Ermittlertrio um Kommissarin Kleio Roussou. Ihnen gelang es schließlich auf Kýthera, dieses zweite lose Ende zu verknüpfen. Damit ist der paneuropäische Schmuggelring überführt.

Wie planvoll die Diebesbande agierte, lässt sich gut am jüngsten Beispiel, der Diebstahlserie bei den Tauchgrabungen rund um die Insel Kýthera, nachvollziehen.

Das Beispiel Kýthera

Die Diebesband ging nie auf eigene Rechnung auf Schatzsuche, sondern klinkte sich immer in die Recherchen anderer, auch offizieller Stellen ein. Dementsprechend verlockend muss das Vorhaben der Kytherian Association of Australia *auf die Diebesbande gewirkt haben. Ähnlich wie Schliemann geht man bei der* Kytherian Association of Australia, *einem aktiven Verein in Australien, dessen Mitglieder Wurzeln auf der Insel Kýthera haben, davon aus, dass in den Insellegenden, die von einem sagenhaften Schatz bei den „Bädern der Aphrodite" erzählen, ein Körnchen Wahrheit steckt. (Lesen Sie dazu die Infobox: Legenden auf Kýthera.) Man beschloss, diesen Geschichten endlich auf den Grund zu gehen, sich also auf Schatzsuche zu begeben. Minutiös wurde die Erforschung der Gewässer rund um die Insel Kýthera vorbereitet und wie immer gelang es der Diebesbande, zwei ihrer sehr gut ausgebildeten Leute in die sich formierende Forschungsgruppe einzuschleusen. Solchermaßen war die Diebesbande nicht nur immer bestens über die Fortschritte informiert, sondern konnte auch stets den bestmöglichen Zeitpunkt abpassen, um zuzuschlagen.*

Auf Kýthera allerdings trugen die intensiven Ermittlungen der Polizei Früchte. Als versucht wurde, die gestohlenen Stücke per Boot fortzuschaffen, schnappte die Falle zu. (Lesen Sie dazu ein Interview mit der leitenden Ermittlerin Kleio Roussou auf Seite 3.)

„Das hat Marios aber hübsch umschrieben!", unterbrach Sokrates, „Die Kolleginnen und Kollegen haben tolle Arbeit geleistet: die Verbindungen von München nach Griechenland nachzuverfolgen, klar zu bekommen, wo die Diebesbande wahrscheinlich als Nächstes zuschlägt, dann bei der Tauchgrabung Präsenz zu zeigen, ohne entdeckt zu werden und so weiter. Alle Achtung!"

„Sicher", stimmte Lena zu, „Nur ein bisschen dumm war die Diebesbande schon, oder? Wie doof muss man sein, dass man sich immer und immer wieder fotografieren lässt? Marios ist sofort aufgefallen, dass Igelfrisur und der Beau ziemlich häufig bei erfolgreichen Grabungen mit dabei waren.“

„Hm“, machte Sokrates verschnupft, da er Kritik an der Polizei nie gut vertrug.

„Aber deine Kollegen waren schon toll!“, beschwichtigte Lena ihn, „Immerhin hatten sie uns bereits von der Liste der Verdächtigen gestrichen, obwohl wir uns höchst suspekt benommen haben: Wir tummeln uns in der Bucht, in der sie Untersuchungen anstellen wollen. Ich falle ihnen ständig über den Weg, am Hafen, bei ihrem Boot und so weiter und das Beste: wir verfolgen sie zu dem Haus am Strand, während sie Dionysis und Igelfrisur verfolgen. Und wir brechen auch noch in das Haus ein.“

„Überprüfung ist das Zauberwort“, schmunzelte Sokrates, „Zum Glück hatte ich, als ich so verzweifelt nach einem Boot suchte, Kleio meinen Namen und meine Handynummer genannt, sodass sie mich überprüfen konnte. Sie wusste, dass ich ein unbescholtener Kollege bin. Außerdem waren sie da ja schon auf der Spur von Beau, Igelfrisur und Co.!“

Lena klopfte nachdenklich auf die Zeitung und sagte schließlich mitleidig: „Leider haben wir gar nichts zur Lösung des Falles beigetragen. Wir waren nur dumme Statisten.“

„Dafür haben wir unserem Freund Marios eine gute Geschichte verschafft!“

Lena grinste und ergänzte: „Ich glaube, nicht nur das! Liebe auf den ersten Blick, würde ich sagen.“

„Und ich würde sagen: genug gelesen und über andere geredet! Wer ist hier in Flitterwochen?“

„Wir!“, sagte Lena und ihre Augen strahlten. Dann schlang sie die Arme um ihren Sokrates und fiel in seine braunen Augen.

237

Zukunft

Lena träumt. Sie sieht sich mit einem kugelrunden Bauch, der stolze Sokrates an ihrer Seite inmitten vieler Menschen. Musik durchflutet die Menge, angeregtes Stimmengewirr, Lachen. Ein Fest? In der Ferne sieht Lena die Kumquat-Bäume mit den kleinen, intensiv orange leuchtenden Früchten, die so schön bitter schmecken und nach denen sie seit neun Monaten wie verrückt ist.

Die Musik wird rhythmischer, drängender und Lena merkt, dass es Zeit ist. Sie entfernen sich von der Menge. Weiß umgibt sie und ein intensiver Geruch nach Desinfektionsmitteln. Einzelne Stimmen dringen an ihr Ohr. Helfende Worte, energische Worte. Dann ist es vorbei. Lena fühlt sich plötzlich leer.

Lena ist wieder auf dem Fest, zusammen mit dem stolzen Sokrates. Freudestrahlend erzählen sie von ihrem kleinen Mädchen, das gerade geboren worden ist.

Niki tippt Meropi auf die Schulter und sagt kichernd zu ihr: „Giagiá Meropi!"

Alle lachen und freuen sich.

„Aber wo ist mein Kind?", will Lena fragen, doch stattdessen strahlt sie Meropi an. Meropi, die verwirrenderweise die gleichen Augen hat wie Sokrates. Mutter und Sohn eben.

Meropi lächelt allerdings nicht. Ihre Augen funkeln böse. „Wir haben eine Enkeltochter!", sagt Meropi bedächtig und hält das Baby in ihren Armen. Sie kehrt Lena den Rücken und entfernt sich. Geht immer weiter in die Menschenmenge hinein, die sie schließlich mitsamt dem Säugling verschluckt.

„Óchi! Nicht mein Kind! Nimm es mir nicht weg!“, denkt Lena und laut schreit sie, „Nein!“

Von ihrem eigenen Schrei schreckte Lena aus dem Schlaf. Was für ein furchtbarer Alptraum. Ihr Herz raste. Lena versuchte, tief ein- und auszuatmen. Ganz langsam beruhigte sie sich.

„Was war das?“, grübelte sie, „Eine Zukunftsvision? Wenn Sokrates und ich … Wie soll es mit uns weitergehen?“ Wie ein wildes Gewitter entluden sich nun Ängste und Sorgen, die Lena bisher unterdrückt hatte. Endlich kamen die Tränen und wuschen die finsteren Gedanken weg.

Leise schniefend rollte Lena sich aus dem Bett. An Schlaf war eh nicht mehr zu denken. Vorsichtig tapste sie durch das Zimmer. Ihre Kladde, einen Stift, eine Kerze und Streichhölzer. Behutsam öffnete sie die Balkontür. Über der Bucht von Kapsáli lag bereits ein heller Schimmer, aber noch stand der Mond in voller Pracht über Chóras Felsen und die Sterne glitzerten am Firmament. Weit draußen auf dem Meer schwamm Chýtra als geisterhafter Schatten.

Lena fröstelte. Noch war es kühl, aber in wenigen Stunden würde wieder ein heißer Sommertag auf Kýthera herrschen.

Lena schlich noch einmal hinein. Als sie wieder hinaustrat, kuschelte sie sich in Sokrates’ Pulli. Kurz vergrub sie ihr Gesicht im Ärmel und saugte tief seinen herben Duft ein. Dann setzte sich sie, steckte die Kerze an, die sanft im leichten Wind flackerte, und breitete

Kladde und Stift vor sich aus.

Lena schaute aufs Wasser, das sich als dunkle Masse vor ihr ausbreitete. Vereinzelt spielten Lichtsplitter auf den winzigen Wellen, die durch die Bucht liefen. Irgendwo rief ein Waldkäuzchen. Ab und zu schoss eine Fledermaus auf der Jagd über ihr dahin.

Lena zog den Pulli fester um sich und griff nach dem Stift. Bedächtig schlug sie ihre Kladde auf, strich die Seite glatt. Dann setzte sie an und schrieb.

Die Sonne war ein gutes Stück höher gerückt und erste Strahlen lugten keck in Kapsális Bucht.

Lena war es leichter ums Herz. Das Schreiben hatte ihr schon immer geholfen. „Warum habe ich das nicht längst getan?", fragte sie sich. Sie strich über die Seiten, die sich mit ihrer Schrift gefüllt hatten. „Wir müssen miteinander reden." Das war Lena ganz und gar klar geworden. Wie sie mit der Situation umgehen wollten. Ob Sokrates sich noch einmal bewerben würde oder ob Lena nicht doch nach Korfu ziehen müsste. „Wenn wir zusammen sein wollen, muss ich vielleicht in diesen sauren Apfel beißen. Vielleicht kann ich Meropi trotzdem auf Abstand halten?" Lena bezweifelte das. „Aber vielleicht gibt es Alternativen. Vielleicht könnte Sokrates für einige Jahre woanders in Griechenland arbeiten. Damit wir eigenständig werden. Ohne dass sich Meropi dauernd einmischen kann."

Lena saß in ihre Gedanken vertieft vor dem sich immer heller färbenden Horizont. Rechts von ihr ragte der Fels von Chóra auf, von dessen Spitze das weiße Kirchlein einen morgendlichen Gruß hinunterwinkte; linkerhand blinkte der kleine Leuchtturm mit dem besten Bett Kýtheras; dazwischen, draußen auf dem offenen Meer glitzerte Chýtra grün im ersten Sonnenlicht.

„Kaliméra, Nifoúla mou", hauchte Sokrates zärtlich in Lenas Ohr. Seine Hände lagen fest und warm auf ihren Schultern und glitten dann in eine feste Umarmung. Sein Kopf schmiegte sich an den ihren, sodass sie beide hinaus auf das unendliche Meer blickten, das verheißungsvoll im Morgenschimmer glänzte. „Ein wundervoller Morgen."

In diesem Moment spürte Lena es wieder, wie wenige Tage zuvor im Angesicht der Myrtidiótissa: dieses Gefühl der Verbundenheit zwischen sich und Sokrates wie ein festes Band, das nicht einfach zerschnitten werden konnte, ein sie einhüllender Glückskokon, und – mehr noch – der zuversichtliche Glaube, die Zukunft gemeinsam zu gestalten.

„Nai", stimmte Lena Sokrates zu, „ein phantastischer Morgen!"

Am Ausgang der Bucht von Kapsáli, wo das Wasser tiefblau wird, tauchte erst eine, dann noch eine und noch eine dreieckige Rückenflosse auf. Mit hoher Geschwindigkeit pflügten die Delfine durchs Meer, jagten einander, umspielten sich. Ihre geschmeidigen Leiber tauchten ab und erhoben sich in einem eleganten Bogen sonnenglitzernd aus dem Wasser.

„Sokrati, Sokrati!", rief Lena begeistert, „Siehst du sie? Die Begleiter der Aphrodite!"

Adío heißt auf Wiedersehn

Unsere Zeit auf Kýthera neigt sich dem Ende zu. Zum letzten Mal sitze ich auf unserem Balkon und bewundere den phantastischen Ausblick: die Bucht von Kapsáli im warmen Licht der untergehenden Sonne, Chóra hoch oben auf dem Felsen in pudriges Licht getaucht und Chýtra am Horizont, heute in grün-grau. Morgen müssen wir uns von dieser Insel verabschieden. Aber wir werden wiederkommen, ganz sicher, heißt „Adío" doch: auf Wiedersehn!

Kýthera ist schon jetzt einer meiner Sehnsuchtsort. Sicher: Als Reisejournalistin verliebt man sich fast immer kopfüber in den Ort, an dem man gerade ist. Aber mit dieser Insel ist es anders, wenngleich mir die Worte fehlen, um zu beschreiben, warum diese Insel so berückend auf mich wirkt.

Vielleicht reihe ich mich damit lediglich ein in eine lange Reihe von Menschen, die Kýthera verfallen sind — teilweise ohne jemals die Insel betreten zu haben. Sehen wir einmal von den Mythen und Göttererzählungen sowie von Homer und seiner „Ilias" ab und springen in die Neuzeit. Es ist beachtlich, wie oft dieses Eiland in Literatur und Kunst auftaucht. Spätestens mit Jean-Antoine Watteaus drei Gemälden „Einschiffung nach Kýthera", die er zu Beginn des 18. Jahrhunderts realisierte, firmiert die Insel Kýthera in Frankreich zum Sehnsuchtsort als Insel der Liebe und der Liebenden, ohne Konflikte, ein Ort der Harmonie. Glückseligkeit. Kein Wunder also, dass auf Watteaus Gemälden die Liebesgöttin Aphrodite-Venus das bunte Treiben überwacht. Diese Vorstellungen von freier und erfüllter Liebe, von umfassendem Glück müssen den französischen Weltumsegler Louis-Antoine Comte de Bougainville dazu bewogen haben, Tahiti „Nouvelle Cythère" zu nennen. Auch Charles Baudelaire mit seinem

Gedicht „Un voyage à Cythère" aus den „Fleurs du mal" setzt dieses Bild voraus: hier wird die Insel der Liebesgöttin allerdings hart kontrastiert mit dem schauerlichen Bericht über einen am Galgen Hängenden. Die mit Melancholie überzuckerte Sehnsucht nach dieser Insel und das Versprechen, dass alles gut werden soll, scheint selbst in dem Film „Taxídi sta Kýthera" (Reise nach Kýthera) von Theodoros Angelopoulos, 1984 auf den Filmfestspielen in Cannes vorgestellt, auf. In das begehrliche Verlangen, nach Kýthera als dem Ort der Glückseligkeit zu gelangen, zeichnet sich allerdings immer auch eine gewisse ängstliche Unsicherheit ein, dieses Ziel eben nicht zu erreichen. Treffend wird dies in dem Lied „Ta Kýthera poté de tha ta vroúme", „Kýthera werden wir niemals finden" von Giorgos Katsaros und Charis Lymberopoulos aus dem Jahr 1973 besungen.

Vielleicht hat meine Begeisterung für diese Insel genau damit zu tun: mit Kýtheras Eigenwilligkeit und Widerborstigkeit. Mit der rauen Schönheit und dem unaufdringlichen Charme sowie der unaufgeregten Gastfreundlichkeit der Kytheriote. Das Raue des Felsens, der Kýthera bildet, der teils auch unerbittlich ist, nur wenige fruchtbare Landstriche aufweist, und dem Meer trotzt. Wind und Wolken, die beständig über die Insel ziehen und sie in mystisches Licht kleiden. Betörend schöne und ganz unterschiedliche Strände, mal mit weißem, mal mit rotem Sand, mal steinig, teils sanft, teils wild und vor atemberaubender Kulisse. Die Fülle an Aromen – Salz, Kräuter, Oliven, sonnenwarmer Stein, Kiefernduft –, die der Wind mit sich bringt und mit sich nimmt. Die bodenständigen Speisen, die nach harter Arbeit und der Fülle des Lebendigen schmecken. Das Kommen und Gehen der Menschen, die Heimat auf der Insel gefunden haben oder die ihre Heimat verlassen mussten, aber immer den Sehnsuchtsschmerz nach ihrer Insel empfunden haben. Die Kargheit der Insel, die die Bewohner dazu herausfordert, hartnäckig zu sein, beständig und kreativ, lieber das eigene Ding zu machen, als sich zu verbiegen. Vielleicht ein Grund dafür, dass es den Menschen auf Kýthera bisher gelungen ist, ihre Insel, ihre Eigenart, ihre Kultur und ihre Traditionen zu bewahren und diese nicht einem überbordenden Tourismus zu opfern. Die Insel Kýthera gilt nach wie vor als Geheimtipp. Zum Glück – und möge sie sich diesen Status möglichst lange bewahren.

Zu all diesen Schönheiten, die diese Insel auf halbem Weg zwischen der Peloponnes und Kreta bietet, gesellt sich natürlich das Gefühl, ein Abenteuer bestanden zu haben. Zugegebenermaßen habe ich größtenteils keine besonders glückliche Rolle darin gespielt; decken wir darüber den Mantel des Schweigens. Aber dass letztendlich die Schurken überführt werden konnten, verdankt sich ganz eindeutig mir und „meinen" Delfinen, den Begleitern der Aphrodite!

Apropos Aphrodite: Selbstverständlich gehören diese holde Gottheit und unsere Flitterwochen zusammen wie zwei Puzzleteile, aber darüber hinaus verbindet uns Aphrodite noch auf andere Weise mit Kýthera. In dem Rucksack der beiden Halunken befand sich nämlich neben verschiedenen gestohlenen Objekten aus Kýtheras Kirchen eine kleine bronzene Statue der Göttin. Diese gehört zu dem Schatz, den die Forschungsgruppe tatsächlich bei den Bädern der Aphrodite gefunden hat! Wegen des Trubels rund um die Antiken-Diebes- und Schmuggelbande ist dieser Erfolg ein bisschen in den Hintergrund gerückt. Dabei ist beachtlich, was gefunden wurde: weitere Statuetten der Aphrodite aus Bronze, Vasen (in Tausend Scherben, von denen einige bereits zusammengesetzt wurden und auf denen verschiedene Lebensstationen der Göttin zu sehen sind), Münzen mit dem Abbild der Gottheit, Schmuckstücke in Form von Aphrodites Attributen, wie kunstvolle Rosen oder gewundene Myrtenzweige. Verwunderung löste ein ballartiges Objekt aus, bei dem zunächst niemand die leiseste Ahnung hatte, um was es sich handeln könnte. Unter der Schmutzkruste wurde rote Farbe auf schimmerndem Gold sichtbar und an der Ober- und Unterseite kamen rundliche Einkerbungen zum Vorschein. Man rätselte, bis ein Kytheriote eine zündende Idee hatte: Es soll der Apfel der Aphrodite sein, den Paris ihr als schönster Göttin überreichte. Angeblich, so der findige Kytheriote, habe ihm die Myrtidiótissa diese Einsicht zugeflüstert. Wundersames Kýthera!

Noch laufen die Untersuchungen, aber die Forschungsgruppe vertritt die These, dass es sich bei dem Schatz um Devotionalien und Votivgaben für die Göttin Aphrodite handelt, die aus ihrem Tempel in Paleópoli entwendet wurden. Den Dieben damals war wie denen heute kein Glück beschieden, denn ihr Schiff sank bei Chýtra. Wer denkt da nicht an die Rache der Göttin, die unmittelbar auf den Frevel folgte!

Mit diesem Erfolg der Forschungsgruppe ist eine Insellegende zugleich widerlegt und bestätigt: der trojanische Prinz Paris und die schöne Helena sollen in Kapsáli ihrer Schutzgöttin Aphrodite geopfert und um gute Winde für die Reise nach Troja gebetet haben. Der Ort stimmt, Paris und Helena hingegen entpuppen sich schnöde als gewöhnliche Langfinger.

Kurz: Kýthera hat auf so vielfältige Weise mein Herz erobert. Meine Großeltern hatten recht mit ihrer Schwärmerei für dieses Eiland!

Auf jeden Fall werde ich versuchen, meinen Chef Hans davon zu überzeugen, dass Kýthera einen eigenen Reiseführer verdient hat. (Zugegebenermaßen kein ganz uneigennütziger Wunsch, denn, auch wenn Sokrates und ich uns in den letzten Tagen sehr angestrengt haben, noch einiges zu erkunden, was dieses Eiland

*zu bieten hat – zum Beispiel das noch im Dornröschenschlaf lie-
gende Inseldorf Aroniádika oder den Leuchtturm am nördlichen
Ende Kýtheras, der jeden Besucher schon von Weitem willkommen heißt oder verabschiedet – es gibt noch so viel zu entdecken!)*

*Mit unserem Abschied von Kýthera rückt natürlich auch die
Frage, wie es mit Sokrates und mir weitergehen soll, in den Vor-
dergrund. Allerdings zeichnet sich vielleicht eine Lösung ab.
Heute früh erhielt Sokrates jedenfalls von der Rothaarigen – ich
meine – Kleio überraschend einen Anruf mit einem spannenden
Tipp. Unserem Projekt Zusammenleben könnte also doch noch
Erfolg beschieden sein. Tha doúme!*

Samtiges Dunkel breitet sich in der Bucht von Kapsáli
aus. Die Lichter der Restaurants blinken wie eifrige
Glühwürmchen. Hoch über Chóra leuchtet der Abend-
stern, Venus-Aphrodite.

Anhang

Anmerkung zu griechischen Namen und Ausdrücken

Um das griechische Flair auch textlich darzustellen, werden die Ortsnamen und die griechischen Ausdrücke, die die Figuren von Zeit zu Zeit verwenden, in Umschrift der griechischen Schriftzeichen mit lateinischen Buchstaben und mit Akzenten wiedergegeben. Letztere sind im Griechischen deshalb wichtig, weil sie angeben, an welcher Stelle das Wort zu betonen ist. „Herzlich willkommen auf Kýthera!" heißt also „Kalós ílthate sta Kýthera!" und wird ausgesprochen kalós ílthate (th wie das englische th) sta Kýthera.

Der einfacheren Lesbarkeit halber wurde jedoch bei den Namen der Figuren auf die Akzente verzichtet. Beispielsweise wird der Name der Protagonistin Lena griechisch Lénna ausgesprochen. (Wer es jetzt ganz genau wissen will, dem sei verraten: Níki, Vassílis, Ánna, Merópi, Lákis, Mários, Marína, Dionýsis, Kleió (sprich: Klió).) Bei dem Namen Sokrates ist es ein bisschen komplizierter: Sokrates ist die latinisierte Form; der neugriechische Name lautet Sokrátis. Hier wird auf die für uns gebräuchlichere Form, Sokrates, zurückgegriffen.

Bei den männlichen Vornamen gibt es im Griechischen eine Besonderheit, den Vokativ. Wird jemand angesprochen oder gerufen, so wird aus Sokrates Sokrati, aus Lakis Laki, aus dem Pappoús der Pappoú, aus Vassilis Vassili, aus Dionysis Dionysi und aus Marios eigentlich Marie (was sich allerdings für deutsche Ohren äußerst ungebräuchlich anhört, sodass hier darauf verzichtet wird).

Das Fleckchen Erde, das Lena dieses Mal besucht, ist die schöne Insel Kýthera. Eine andere gebräuchliche Schreibweise dafür ist Kýthira. Kýthera firmiert gelegentlich auch als Cerigo, ein Name, der aus der Zeit, in der die Venezianer die Insel beherrschten, stammt. Die Einwohner*innen der Insel werden hier als Kytheriote beziehungsweise Kytheriotin bezeichnet und als Adjektiv wird kytheriotisch verwendet. Daneben gibt es aber auch die Bezeichnungen Tsirigote beziehungsweise Tsirigotin und tsirigotisch.

Glossar verwendeter griechischer Begriffe und Redewendungen

Adío!: Auf Wiedersehn!

Agápi mou (Aussprache: kompliziert! Das Gamma wird in dieser Verbindung, also bei dunklen Vokalen, wie a, o und u, oder auch bei Konsonanten, ein bisschen wie ein im Hals kratzendes r/g/chr ausgesprochen.): (wortwörtlich) meine Liebe, (im übertragenen Sinne) meine Liebste / mein Liebster, mein Schatz, mein Liebling

Agapoúla: kleine Liebe – *als Kosewort gebräuchlich.*

Aiónios (Aussprache: eónios): ewig

Akrivós!: Genau!

Aláti: Salz

Alítheia? (Aussprache: alíthia): Wirklich?

Avgó (Aussprache: s. agápi): Ei

Bríki: kleines Kännchen zum Kochen des griechischen Kaffees

Chaíro polí! (Aussprache: chéro polí): Angenehm! Ich freue mich sehr, dich/Sie kennenzulernen!

Chárika (polí)!: Angenehm! Sehr erfreut! Schön, dich / Sie kennengelernt zu haben!

Choriátiki: Bauernsalat – *traditionell bestehend aus Tomaten, Gurke, Zwiebeln und Feta, gewürzt mit Salz und gutem Olivenöl.*

Chórta: (eigentlich) Grünzeug oder Kraut – *Gemeint ist grünes Wildgemüse, also alle essbaren grünen Pflanzen, wie etwa Brennnessel, Löwenzahn- oder Mangoldblätter – je nach Jahreszeit. Die Chórta werden gekocht, mit Olivenöl, Salz, Pfeffer und Zitronensaft abgeschmeckt und als Beilage kalt oder warm gegessen.*

Chtapódi (Aussprache: chtapóthi): Oktopus

Dóxa to Theó! (Aussprache: thóksa to Theó): Gott sei Dank!

Éla! / Eláte!: Komm! / Kommt! (oder) Kommen Sie!

Ellinikós Kafés: griechischer Kaffee - *Ein guter griechischer Kaffee oder auch Mokka wird in einem kleinen Kännchen (Bríki) unter viel Rühren aufgekocht. Pro kleiner Mokkatasse wird ein Teelöffel Pulver eingerührt und nach Belieben kein, wenig oder viel Zucker beigefügt. Das typische Schlürfen kommt erstens daher, dass der Kaffee für gewöhnlich heiß ist, und zweitens, weil man den Kaffeesatz natürlich nicht mittrinken will; der soll sich am Boden absetzen (manchmal wird daraus auch die Zukunft gelesen).*

Endáxi! (Aussprache: endáksi): Alles klar! In Ordnung! Okay! Einverstanden!

Ennoeítai (Aussprache: ennoíte): selbstverständlich, natürlich, klar

En oída óti oudén oída (Aussprache: en ítha óti uthén ítha): Ich weiß, dass ich nichts weiß. – *Ausspruch, der dem Philosophen Sokrates zugeschrieben wird und heutzutage ein geflügeltes Wort in Griechenland ist.*

Eucharistó! oder (noch höflicher) Eucharistoúme! (Aussprache: efcharistó / efcharistoúme): Dankeschön!

Fangrí: Meerbrasse

Fatouráda (Aussprache: fatourátha): ein Likör auf Tsípouro-Basis, der mit Zimt und Nelken versetzt ist - eine Spezialität Kýtheras.

Frappé: Frappé - *ist wie der Fréddo ein sehr beliebtes koffeinhaltiges Sommergetränk. Der Instantkaffee wird dabei mit Zucker und etwas Wasser kräftig aufgeschäumt, danach kann mit*

Wasser oder Milch aufgefüllt werden. Eiswürfel nicht vergessen!

Fréddo: Freddo – *ist neben Frappé ein sehr beliebtes koffeinhaltiges Sommergetränk, bestehend aus kaltem Cappuccino oder Espresso, kalt aufgeschäumter Milch und Zucker nach Belieben.*

Gaïdoúri (Aussprache: ga-i-thúri, s. auch agápi): Esel

Gambrós (Aussprache: s. agápi): Bräutigam

Gambroúli mou: (wörtlich) mein kleiner Bräutigam - *Lena nutzt hier die Koseform von „Gambrós", was so viel bedeutet wie: mein herzallerliebster Bräutigam.*

Gamóto! (Aussprache: s. agápi): Verdammt! So ein Mist!

Geiá sas! / Geiá sou! (Aussprache: jiá sas! / jiá sou!): Guten Tag! Hallo! – *„Geiá sas" muss verwendet werden, wenn man mehrere Personen begrüßt oder die Person siezt. „Geiá sou" verwendet man, wenn man die zu begrüßende Person duzt.*

Géphyra tis Agápis (Aussprache: jéphira tis agápis): Brücke der Liebe

Giagiá (Aussprache: jiajiá): Oma, Großmutter

Glykó Koutalioú (Aussprache: glikó kutaliú): der süße Löffel – *in Sirup eingelegte Früchte, die früher traditionell einem Gast zusammen mit einem Glas kühlen Wassers gereicht wurden.*

Gýra (Aussprache: jíra): (hier) Prozession

Kafekopteío (Aussprache: kafekoptío): Kaffeerösterei

Kafeneíon (Aussprache: kafeníon): griechisches Café – *Dorfmittelpunkt, Versammlungsort, in dem früher hauptsächlich die Männer unter sich waren.*

Kalí epitychía! (Aussprache: kalí epitichía): Viel Glück! Viel Erfolg!

Kaliméra!: Guten Tag!

Kaliníchta!: Gute Nacht!

Kalí órexi! (Aussprache: kalí óreksi): Guten Appetit!

Kalispéra!: Guten Nachmittag! Guten Abend!

Kalós ílthate!: Herzlich willkommen!

Kardoúla mou (Aussprache: karthoúla mou): (wort-wörtlich) mein Herzchen, (im übertragenen Sinne) mein Schätzchen, mein Augenstern

Karpoúzi: Wassermelone – *Hier wird unhöflicherweise nicht nur nach dem oftmals angebotenen Gratis-Dessert gefragt, sondern auch noch die Wassermelone zur* Karpoúz *verstümmelt.*

Kástro: Festung, Burg

Kátze! / Kathíste!: Setz dich! / Setzt euch! (oder) Setzen Sie sich!

Kátze kalá!: Lass gut sein! Ist gut! Beruhig dich! Ganz ruhig! Sei vernünftig!

Kinitó: Handy

Korítsi mou!: mein Mädchen! – *als liebevolle Anrede.*

Kouféta: kleine Süßigkeit, wie überzuckerte Mandeln – *aufwendig hübsch verpackte und traditionell zu Hochzeit oder Taufe den Gästen geschenkt.*

Krasí: Wein

Kritharákia: die griechischen, kleinen, reisförmigen Nudeln

Kyría!: Frau (als Anrede)

Ladopaksímada (Aussprache: lathopaksímatha): kytheriotischer Zwieback

Logariasmós: die Rechnung – *Will man um die Rechnung bitten, sagt man:* „Ton logariasmó, parakaló!"

Logiká (Aussprache: lojiká): logisch, klar ersichtlich

Loipón (Aussprache: lipón): also, nun gut

Malákas, (im Vokativ) Maláka!: Blödmann! Heiopei!

Arschloch! Dummkopf! Dödel! Idiot! – *Dieser Ausruf ersetzt gerade bei jungen Leuten im Satz Punkt-, Ausrufe- oder Fragezeichen.*

Méli: Honig

Melizanosaláta: Auberginensalat – *ist eigentlich kein Salat, sondern eher ein Püree oder ein Dip. Die Auberginen werden im Ganzen gegrillt. Anschließend wird das Fruchtfleisch herausgelöst und zerkleinert. Außerdem kommt Knoblauch hinzu sowie Zitronensaft, Zwiebel und Petersilie. Melizanosaláta ist ein rustikaler Genuss und schmeckt zum Beispiel als Dip zu frischem Brot.*

Nai (Aussprache: nä): Ja

Nífi: Braut

Nifoúla mou: (wörtlich) meine kleine Braut – *Sokrates nutzt hier die Koseform von „Nífi", dies bedeutet: meine herzallerliebste Braut.*

Nóstimo!: Lecker!

Nouná / Nounós: Taufpatin / Taufpate

Óchi: Nein

Óla endáxi? (Aussprache: óla endáksi): Alles klar?

Óla kalá: Alles ist gut.

Oréa Prágmata! (Aussprache: s. agápi): (wörtlich) tolle Sachen, (im Sinne von) Wahnsinn! Toll!

Oríste: Bitte sehr!

Paidiá (Aussprache: päthjá): Kinder – *Für griechische Eltern bleiben die Kinder immer Kinder, selbst wenn sie erwachsen sind und auf eigenen Füßen stehen.*

Páme!: Gehen wir! Los geht's! Auf geht's!

Panagía mou! (Aussprache: panajía mou): Heilige Muttergottes! – *Dieser Ausruf entspricht dem vor allem in Süddeutschland gebräuchlichen „Jesses Maria!", der Erschrecken,*

Erstaunen, Abneigung etc. signalisiert.

Pappoús: Opa, Großvater

Pappás: Pfarrer, Geistlicher

Parakaló!: Bitte(schön)!

Paralía: Strand

Patátes tiganités: Pommes

Phasolákia: Bohnen

Philákia: Küsschen

Phílos (mou), (Vokativ) Phíle mou: (mein) Freund – *Einen Kellner mit „Phíle!" anzurufen, wie es einige Figuren in diesem Roman tun, ist eher unhöflich.*

Píso Gialós: hintere Bucht

Plats Plouts: Sprung ins kühle Nass

Popó!: Uiuiui! Ach du meine Güte! – *umgangssprachlicher Ausruf.*

Porphýra: Purpurschnecke

Portokalópita: Orangenkuchen

Pós?: Wie? Wie bitte?

Prosochí!: Vorsicht!

Psarotavérna: Fischtaverne, Fischlokal

Revaní oder Ravaní: Revani – *mit Sirup übergossener Kuchen.*

S'agapó! (Aussprache: s. agápi): Ich liebe dich!

Semprevíva: Sempreviva – *die „immer-lebende" Blume, die nur im Süden Kýtheras und auf Chýtra wächst. Ihren Namen erhielt diese kleine Blume mit den charakteristischen gelb-knolligen Blüten von den venezianischen Eroberern wegen ihrer Robustheit und Widerstandskraft. Einmal getrocknet behält sie sogar fast unvermindert ihre Leuchtkraft.*

Sigá (Aussprache: s. agápi): langsam

Skasmós!: Ruhe!

Sostó: richtig, genau

Stéphana: die griechischen Hochzeitskränze

Stifádo (Aussprache: stifátho): eine Art Gulasch, allerdings mit einer Soße aus Tomaten

(Stin) ygeiá mas! (Aussprache: (stin) ijá mas): Zum Wohlsein! Prost!

Syggnómi? / Syggnómi!: Wie bitte? / Entschuldigung!

Symphonó!: Einverstanden!

Taxídi (Aussprache: taksíthi): Reise

Téleia (Aussprache: télia): perfekt

Térma!: Schluss! Ende der Diskussion!

Tha doúme (Aussprache: tha thoúme): Schauen wir mal! Das sehen wir dann!

Thaumásia: wundervoll

Theotókos: die Gottesgebärerin Maria – *in der Westkirche besser bekannt als Muttergottes.*

Ti?: Was? Wie bitte?

Ti káneis? / Ti kánete?: Wie geht es dir / Ihnen / euch?

Ti Malákas!: Was für ein Idiot!

Típota: nichts

Toastáki: Toast

Tsípouro: ein Schnaps, der ähnlich wie der kretische Raki oder der italienische Grappa aus Trester gebrannt wird. – *In Griechenland wird dem Tsípouro eher in der kalten Jahreszeit zugesprochen, dann gerne heiß mit Honig. Aber auch im Sommer wird er getrunken, dann gerne eiskalt mit Eiswürfeln. Tsípouro lässt sich allerdings auch, wie der deutsche Schnaps, pur genießen und passt somit in jede Jahreszeit.*

Vatikiótiko kremmýdi (Aussprache: vatikiótiko kremíthi): Zwiebeln aus Vatika – *Vatika ist der alte*

Name von Neápoli.

Vlakeíes (Aussprache: vlakíes): Quatsch! Blödsinn!

Xalárose! (Aussprache: chalárose): Entspann dich! Beruhige dich!

Zacharoplasteío (Aussprache: zacharoplastío): Konditorei, Café

Zymariká (Aussprache: simariká): Teigwaren, Nudeln

Lebensweisheiten von Lenas Giagiá & Pappoú

Giagiá: O kafés xalarónei ta névra. Kaffee beruhigt die
  Nerven.
Pappoús: To oúzo voitháei pánta. Ouzo hilft immer.

Intertextualität: Verweise und Bezüge

Kýthera in Text und (bewegtem) Bild

Charles Baudelaire: Un Voyage à Cythère. [Eine Reise nach Kýthera.] In: Ders.: Les Fleurs du Mal. Die Blumen des Bösen. Gesamtausgabe mit sämtlichen Gedichten. Französisch / Deutsch. Übersetzung von Monika Fahrenbach-Wachendorff. Philipp Reclam jun. Verlag GmbH. Stuttgart 2023. S.342f.

Tzeli Hadjidimitriou: In search of Kythera and Antikythera. Venturing to the Island of Aphrodite. [Auf der Suchen ach Kýthera und Antikýthera. Ausflug zur Insel der Aphrodite.] Athen 2013.

Hesiod: Theogonie oder: Der Götter und Göttinnen Geschlecht.

Homer: Ilias.

Giorgos Katsaros / Charis Lymberopoulos: Ta Kýthera poté de tha ta vroúme. [Kýthera werden wir niemals finden.] 1973.

Despina M. Thamianou: Kýthera. Odigós gia Paidiá. [Kýthera. Handbuch für Kinder.] Athen 2015.

Frini Drizou: Pelagía. I gorgóna ton Kythíron. [Pelagía. Die Meerjungfrau von Kythera.] Athen ²2006.

Jean-Antoine Watteau: Einschiffung nach Kýthera. Titel dreier Gemälde: Die älteste Fassung von 1710 befindet sich im Frankfurter Städel-Museum, die bekannteste Version von 1717 im Pariser Louvre und die 1717/1718 entstandene Variante im Berliner Schloss Charlottenburg.

„Είμαι ο Λέων των Κυθήρων" / „I am the Lion of Kythera" (Der Löwe von Kýthera, 2018), Animationsfilm des Archäologischen Museums von Kythera, Regie: Giorgos Didymiotis, https://www.youtube.com/watch?v=Rd01ye-r8Uk&ab_channel=DestinationKythira

„Taxídi sta Kýthera" [Reise nach Kýthera, 1984] von Theodoros Angelopoulos.

Soundtrack von Lenas Flitterwochen

Elena Paparizou: Proteraiotita. 2004.
Elena Paparizou: Euro Edition. 2005.

Kýthera-Links: Zitate und Zitiertes

Charles Baudelaire: „Insel der Herzensfeste und der Heimlichkeiten! / Wo der antiken Venus stolzer Geist noch schweift / Über die Meere hin, wie Düfte sich verbreiten, / Dass Liebe und Verlangen die Seele dort ergreift." Aus: Un Voyage à Cythère. [Eine Reise nach Kýthera.] Zitiert nach: Ders.: Les Fleurs du Mal. Die Blumen des Bösen. Gesamtausgabe mit sämtlichen Gedichten. Französisch / Deutsch. Übersetzung von Monika Fahrenbach-Wachendorff. Philipp Reclam jun. Verlag GmbH. Stuttgart 2023. S.342f.

Johann Wolfgang von Goethe: „Hier bin ich Mensch, hier darf ich's sein." Zitiert aus Fausts Osterspaziergang. V.940. In: Ders.: Faust. Der Tragödie erster

Teil.

Victoria Hislop: Insel der Vergessenen. Roman. München 2007. – Der bereits 2005 auf Englisch erschienene Roman „The Island“ wurde ein internationaler Bestseller. Unter der Regie Theodoris Papadoulakis verfilmte der griechische Mega Channel die Romanvorlage als Serie. „To Nisí“ lief ab Oktober 2010 und konnte national wie international einen großen Erfolg verbuchen.

The Kytherian Association of Australia: https://www.kytherianassociation.com.au/

Sokrates: „ἕν οἶδα ὅτι οὐδὲν οἶδα. Ich weiß, dass ich nichts weiß.“ Geflügeltes Wort, dem Philosophen Sokrates zugeschrieben, zitiert nach Platons „Apologie“.

Kýthera lässt grüßen: Lenas liebste lukullische Köstlichkeiten

Aláti, Salz von Kýthera: Wenn man seinen Finger ins Salz steckt und dann ableckt, kann es sich nur um Salz von Kýthera handeln. Es schmeckt salzig und ist gleichzeitig mild. Auf der Zunge meint man, es trüge Sonne und Wind Kýtheras und den unendlichen Ozean und all seine Geheimnisse in sich. Geerntet wird das Salz an den rauen Felsen der Westküste. Traditionell hat jede Familie eine bestimmte Stelle, zu der sie mit dem Boot fahren, und bereits die kleinen Kinder helfen mit, das kostbare Salz zu ernten.

Choriátiki mit Kapern: Lena mag den einfachen Bauernsalat, bestehend aus guten und frischen Zutaten sowie Öl und Salz. Auf Kýthera kommen noch Kapern hinzu. Eine wunderbare Ergänzung findet Lena.

Chtapódi: Lena liebt Oktopus und Neápoli ist eine Chtapódi-Hochburg. Fast zerschmilzt er auf der Zunge, so zart wird diese Leckerei in den Restaurants am Fähranleger zubereitet.

Ellinikós Kafés: Ohne griechischen Kaffee kann Lena nicht leben. Sie gedenkt immer ihrer Giagiá, die sagte: „O kafés xalarónei ta névra. Kaffee beruhigt die Nerven." Eine gewissenhafte Zubereitung ist für einen griechischen Kaffee das A und O: rühren, rühren, rühren und alles ohne Hast. Auf Kýthera überzeugte Lena der im urigen Kafeneíon in Potamós, aber natürlich sagt ihr der von ihrem „Gambroúli" Sokrates liebevoll zubereitete morgendliche Kaffee ebenfalls besonders zu.

Fatouráda: Der hochprozentigen Spezialität Kýtheras
kann Lena nicht widerstehen. Am liebsten genießt sie
den mit Zimt und Nelken versetzten Likör auf
Tsípouro-Basis eiskalt in einer lauen Sommernacht. In
Gedenken an ihren Pappou meint Lena: Auch
Fatouráda hilft immer.

Glykó Koutalioú: Der „süße Löffel" zählt zu Lenas
Lieblingsspeisen. Früher wurde er einem Gast zur Begrüßung und Erfrischung zusammen mit einem Glas
kühlen Wassers gereicht. Zu Lenas Bedauern gibt es
diesen Brauch aber nur noch selten. Umso größer ist
ihre Freude, dass das Kafeneíon in Potamós diese Leckereien serviert. Besonders gut gefallen hat ihr der
Glykó Koutalioú mit Bergamotte.

Krasí, Wein aus Mitáta: Das kleine Bergdorf Mitáta ist
berühmt für seinen Wein, der leicht daherkommt wie
der Wind, der vom Meer bis in dieses Dorf in der Inselmitte weht. Zugleich ist er dadurch, dass die Wein-
stöcke fest im felsigen Grund verwurzelt sind, bodenständig, ohne je flach zu wirken. Egal ob weiß, rosé
oder rot, ein herrlicher Gaumenschmeichler.

Ladopaksímada: ist ein ganz spezieller, kytheriotischer
Zwieback. Sein Geheimnis ist das Olivenöl. In kleinen
Bröckchen findet man ihn zum Beispiel im Choriátiki.
Lena kann verstehen, dass dieses lokale Produkt gerne
auch außerhalb Kýtheras konsumiert wird.

Méli, Honig von Kýthera: ist bekannt und berühmt,
denn er zählt zu den besten Honigen weltweit – und
das schmeckt man. Seine Süße hat eine gewisse Robustheit, die aber niemals kratzig ist. Außerdem
scheint er die Gerüche und Geschmäcker der Insel

eingefangen zu haben: Kiefern und Pinien, die in der Sonne harzig duften und leise vor sich hinknacken, das Salz des Meeres, das der Wind mitbringt, die wilden Kräuter, die ihr schweres Aroma verströmen, und schließlich den Felsen, der Kýthera ist. Seine außergewöhnliche Qualität hat aber auch seinen Preis. Dass sich diese Investition lohnt, davon ist Lena zutiefst überzeugt. Besonders der Honig aus Mitáta hat es ihr angetan; sie hat gleich drei Gläser dieser goldgelben Herrlichkeit für Zuhause erstanden. Am liebsten mag sie ihn zu Joghurt und Nüssen.

Melizanosaláta: Im Lokal oberhalb der Aphrodite-Strände, wenn die Zikaden ihr Konzert geben, schmeckt dieses rustikale Gericht besonders gut. Dazu köstliches Lamm – und Lena ist restlos glücklich.

Portokalópita: Egal, welchen Kuchen man wählt, die von Rena in der Zacharoplasteío *Géphyra tis Agápis* sind alle himmlisch. Lena und Sokrates haben sich allerdings unsterblich in den Orangenkuchen verliebt: auf einem luftigen Teig schweben die Orangen. Süß und eine Spur sauer.

Rinder-Stifádo mit Zimt: Was eine Prise Zimt bewirken kann – findet Lena. So erblüht ein herkömmliches Rinder-Stifádo zu einem ganz neuen Geschmackserlebnis.

Schwein in Zitronensoße: Deftig, aber fruchtig-herb ist der in Zitronensoße gegarte Schweinebraten, den Lena in Mitáta genießt.

Tsípouro von Kýthera: Für Lena verkörpert der auf Kýthera gebrannte Tsípouro die Kargheit und Wildheit der Insel.

Zymariká, Nudeln aus Ziegenmilch: Diese speziellen Nudeln kannte Lena noch nicht. Bei *Artemis* kommen sie frisch auf den Tisch und im an die Taverne angeschlossenen Laden hat Lena mehrerer Päckchen für Zuhause erstanden. Der leicht scharfe, kräftige Ziegengeschmack harmoniert mit den deftigen kytheriotischen Speisen, aber Lena mag die Ziegenmilchnudeln am liebsten mit einer einfachen Soße aus reifen Tomaten und Kräutern und obenauf gekrümeltem Feta. Téleia!

Neugierig geworden …?

… **auf Lenas erstes Reise-Abenteuer?**

Anne K. Malkomes

Das Rätsel des Achilleion
Ein Korfu-Reise-Krimi

Nur widerwillig begibt sich die junge Reisejournalistin Lena auf die Urlaubsinsel Korfu, um im Auftrag ihres Verlags den vorliegenden Reiseführer der Insel zu überarbeiten und auf den neusten Stand zu bringen. Zwar lebt Lenas beste Freundin Niki auf Korfu, doch die Insel ist auch der Ort, an dem ihr von Sokrates das Herz gebrochen wurde und an den sie deshalb eigentlich nie wieder zurückkehren wollte. Zu allem Überfluss stolpert Lena auch noch in dunkle Drogen-Machenschaft um den zwielichtigen Petros und den Schönling Ben. Kann Lena das Rätsel des Achilleion lösen?

ISBN: 978-3-75970-620-1

… **auf Lenas zweites Reise-Abenteuer?**

Anne K. Malkomes

Auf der Spur des Marmors
Ein Thássos-Reise-Krimi

Thássos: grüne Perle im blauen Meer, weißer Marmor, Ferienidylle. Hier verbringt die Reisejournalistin Lena den ersten gemeinsamen Urlaub mit ihrem Liebsten, dem Kommissar Sokrates. Doch das Paar gerät in jede Menge Turbulenzen. Nicht nur Sokrates' Eltern, sondern auch sein alter Freund Sotiris, heute Polizeichef der Insel, und dessen zwielichtiger Bekannter werfen seltsame Schatten auf ihr Wiedersehensglück. Bald schon blicken Sokrates und Lena zusammen mit ihren neuen Freunden, dem rasenden Reporter Marios und der Kaffeerösterin Marina, auf der Spur des Marmors in Abgründe dunkler Machenschaften.

ISBN: 978-3-7578-2301-6